文春文庫

# 戦士の遺書

## 太平洋戦争に散った勇者たちの叫び

半藤一利



文藝春秋

# 戦士の遺書　太平洋戦争に散った勇者たちの叫び　目次

# 戦士の遺書

## 太平洋戦争に散った勇者たちの叫び

# 戦艦大和に殉じた〃特攻〃艦隊司令長官

## 海軍中将　伊藤整一

海軍中将伊藤整一が総指揮をとる第二艦隊に、沖縄特攻作戦の内命がくだったのは、昭和二十年四月五日の朝である。

「第二艦隊は四月六日内海を出撃し、沖縄嘉手納《かでな》沖のアメリカ部隊にたいして、水上攻撃を敢行せよ。攻撃は四月八日夜明けに予定せらる。燃料は片道分とす」

第二艦隊は、戦艦大和を旗艦とする残存水上部隊（軽巡矢矧《やはぎ》、駆逐艦八隻）である。満身創痍の連合艦隊のうちで、わずかに戦力を保持している十隻あまりの、なけなしの艦隊なのである。

作戦計画は本来その成否がフィフティ・フィフティを限度としてたてられる。それを出撃日、突入時刻まで決められたのでは、航路や気象状況を選ぶことはできなくなる。隠密行動の余地はない。制空権もなく制海権もない大洋に、援護もなしに白昼まる一日、艦隊はその身をさらさなければならない。沖縄海域に到達できる望みは皆無にひとしいのである。

戦艦大和の戦闘詳報は、内命をうけたときの気持をそのままにぶつけている。

「思ひつき作戦は、精鋭部隊をみすみす徒死せしむるに過ぎず」

司令長官伊藤中将は、頭脳明敏、合理主義者をうたわれた逸材である。当然、この連合艦隊の殴りこみ作戦計画には反対であった。虎の子の艦隊であればこそ、最後の本土決戦にさいして、その有効な使い道を十分に考慮せねばならない、と伊藤は考えていた。それゆえに五日朝、水上機で戦艦大和に飛来した連合艦隊参謀長草鹿龍之介《くさかりゅうのすけ》中将の作戦説明にたいして、はっきりと反対の意を表明した。

「成功の算なき無謀ともいえる作戦に、それを承知で七千の部下を犬死させるわけにはいかない。それが小官の本意である」

草鹿は黙って聞いていたが、やがてぽつりと言った。

「これは連合艦隊命令である。要は一億特攻の魁《さきがけ》となってもらいたいのだ」

伊藤はしばし草鹿を睨みつけていたが、やがて表情をやわらげて、

「作戦の成否はどうでもいい。死んでくれ、と言うのだな。それならば何をかいわんや。了解した」

とうなずき、さらに一言、

「もし途中にて非常な損害をうけ、もはや前進不可能という場合には、艦隊は如何にすればよいか」

と自分の心のうちを聞くようにいった。草鹿は一言もなくその眉宇《びう》に期するものある

のを認めつつ、じっと伊藤の顔を見つめていた。

その日の午後、連合艦隊司令長官豊田《とよた》副武《そえむ》大将は全軍に訓示を送った。

「皇国ノ興廃ハ正ニ此ノ一挙ニアリ　茲《ここ》ニ特ニ海上特攻隊ヲ編成シ壮烈無比ノ突入作戦ヲ命ジタルハ　帝国海軍力ヲ此ノ一戦ニ結集シ光輝アル帝国海軍海上部隊ノ伝統ヲ発揚スルト共ニ　其ノ栄光ヲ後昆《こうこん》ニ伝ヘントスルニ外ナラズ……」

第二艦隊は、長官の辞のとおりまさに、「帝国海軍ノ伝統」と「栄光」のために、真紅の大軍艦旗をかかげ、あえて死地に突入するのである。

その日の夕刻、第二艦隊の各艦が燃料、魚雷、弾薬の緊急搭載で繁雑をきわめているとき、伊藤は大和の長官室でひとり静かに、妻と十五歳と十三歳の娘たち、それにすでに嫁いでいる長女夫妻に宛てて遺書をしたためた。

伊藤整一中将

明治二十三年（一八九〇）福岡生まれの伊藤は、ときに五十四歳。妻のちとせは四十三歳。万死を覚悟の、出陣の決意で固めた武人らしい、筆太の、のびのびとした勢いのある遺書であった。

「此期に臨み　顧みると吾等二人の過去は幸福に満てるものにて　亦《また》私は武人として

重大なる覚悟を為さんとする時　親愛なる御前様に後事を托して何等の憂なきは
此上もなき仕合《しあわせ》と衷心より感謝致居候
御前様は私の今の心境をよく御了解なるべく　私は最後迄喜んで居たと思はれな
ば御前様の余生の淋しさを幾分にてもやはらげる事と存候
心から御前様の幸福を祈りつつ
いとしき最愛のちとせどの　　整一」

そして娘たちには、

「私は今　可愛い貴方達の事を思つて居ります。
さうして貴女達のお父さんは御国の為に　立派な働きをしたと云はれるやうにな
り度いと考へて居ります。もう手紙も書けないかも知れませんが　大きくなつたら
お母さんの様な婦人におなりなさいと云ふのが私の最後の教訓です
御身大切に　　父より」

長女夫妻あてにはさらりと、

「色々考へたが貴女達には特に訓《おし》ふる必要もないから今迄通り仲善く幸福の生活を営む事を祈つて居ります

父より」

としたためた。日付はいずれも四月五日である。

伊藤は海軍兵学校三十九期、成績優等卒の俊英として巣立った。その軍歴を見てもっとも特徴的なのは、人事あるいは教育畑の主流コースを長く歩んでいることである。公正無私で偏らず、不言実行、思慮周密という伊藤の資質が、こうした教育畑の歩みを通してよく発揮された。

遺書も、この伊藤の教育的特性がそのままに物語られているといえようか。よき夫よき父のそれであった。

「私の最後の教訓です」と言い、「特に訓ふる必要もないから」と言った言葉に、伊藤がいかに人間修養を大切にしたかが、よくうかがわれる。それに武人としては稀にみるようなやさしい心の持ち主であった。

昭和十六年九月、対米英開戦がもう間近にせまったとき、伊藤は連合艦隊参謀長から軍令部次長という要職に転じた。軍令部は、いざ戦争となれば海軍戦略および戦術の総本山となる。次長とは、総長を援《たす》け、参謀たちを指揮し、その中心的存在とならなければならぬ重責を担っている。教育畑出身の伊藤には、いささかふなれな地位であるがゆえに、いっそう戦争遂行に全力を傾注することになった。

その年の十二月八日の開戦から、昭和十九年十二月までの戦争の大半をこの重職にあって、伊藤は戦闘全般を指導した。全智全能をふりしぼったものの、国力に劣る日本帝国の勝利は次第に望むべくもなくなっていった。作戦的には後手後手をふみ、戦勢は日ましに悪化し、戦略戦術のつたなさから多くの将兵を空しく殺したことに、戦火の三年間を通して、伊藤は強い責任を感じつづけてきた。

それだけに昭和二十年一月に第二艦隊司令長官となり、最後の水上艦隊を指揮し、最前線で戦うことができると決まったとき、伊藤は心から喜んだ。本土上陸の米軍を迎え撃って、戦艦大和の主砲にものをいわせるときが、かならずくる。そのときに備えて猛訓練あるのみ、と第二艦隊の将兵が、伊藤を総大将に、まなじりを決しているとき――一億特攻の先陣を切り、圧倒的優勢な米艦隊の待ちうける沖縄への突入を命じられたのである。

伊藤の心のうちには、作戦がいかに無謀であろうと、多くの将兵を犠牲にしてきた自分として、よき死処を得たの想いがあったことと思われる。遺書には、淡々たる筆致のうらに、もはや生還を期せざる覚悟がこめられている。

四月七日、出撃した伊藤〝自殺〟艦隊はまさに予定どおり、九州坊ノ岬沖の海上で、米空軍三百八十機余の猛攻の前に壊滅した。激越にして一方的な戦闘二時間十分の果て、不沈を誇った大和の最後はもう決定的となった。

伊藤は、その大和の艦橋で、参謀の「突入作戦を中止することはありません。駆逐艦四隻がまだ健在です。移乗して沖縄へ突っこむべきです」という最後の一兵までの論をおさえ、「作戦中止、残存艦艇は内地に帰投すべし」と強く命令した。

幕僚との別れを終えた伊藤は長官室に入ると、内側から錠をおろした。上からの命令に反するかのような意志決定によって、生き残った多くの部下を救い、みずからは生きようとしなかった。

# 十万人の部下に玉砕を命じた剛毅

## 陸軍中将　安達二十三

第十八軍（東部ニューギニア防衛）を指揮した安達二十三《あだちはたぞう》中将が、ラバウルの戦犯者収容所で、みずから生命を絶ったのは昭和二十二年九月十日早朝のことである。その死は戦犯問題とは直接の関係はなかった。

自決の意志や動機は、あとに残された遺書によって明らかである。軍司令官として戦勢挽回の大任を与えられたことは、男子一期の面目と思い有難く思っていた、と記した上、中将は遺書にこう書いている。

「然る処、部下将兵が万難に克《うちか》ちて異常なる敢闘に徹し、上司亦《また》全力を極めて支援を与へられしに拘らず、小官の不敏能く其の使命を完《まっと》ふし得ず、皇国今日の事態に立到る端緒を作り候こと、罪万死も足らず、恐れ入り奉候」

中将が第十八軍司令官に任ぜられたのは、昭和十七年十一月、マッカーサー大将指揮の米濠軍の猛反撃がすでに開始されているときである。ガダルカナル争奪戦に敗れた日

安達二十三中将

本軍は、制空権と制海権のいずれをも失っていた。
安達中将の麾下《きか》には、第二十師団、第四十一師団、第五十一師団を基幹とし、約十二万の兵力を擁していた。しかし、「全力を極めて支援を与へられし」との中将の言とは裏腹に、食糧や武器弾薬の補給はほとんどなく、圧倒的に優勢な米濠軍を敵として、終始激戦死闘の連続を強いられた。

昭和十七年末より十八年初めにかけてのブナの戦《たたかい》、十八年六月より九月までのラエ・サラモアの戦、九月より十二月までのフィンシハーフェンの戦、すべてが自給自足による「飢えとマラリアと強行軍」という三重苦に圧しつぶされた戦闘であった。そして機動力と補給力を失った日本軍は、つぎつぎに米濠軍によって分断され、ニューギニアの北岸沿いに西へ西へと、敗走をつづけねばならなかった。

遺書はつづく。

「作戦三歳の間、十万に及ぶ青春有為なる陛下の赤子を喪ひ、而して其大部分は栄養失調に基因する戦病死なることを想到する時、御上に対し奉り何と御詫びの言葉も無之候。小官は皇国興廃の関頭に立ち、皇国全般作戦寄与の為には、何物をも犠牲として惜まざるべきを常の道と信じ、打続く作戦に疲憊《ひはい》の極に達せる将兵に対し、更に、人として堪へ得る限度を遥かに超越せる克難敢闘を、要求致し候」

中将の言う「人として堪へ得る限度」を超越した作戦とは、その一つが昭和十九年七月に敢行したアイタペ攻撃（猛号作戦）である。東京の大本営は、この作戦が玉砕決戦になる可能性のあることを憂慮し、攻撃を行わず「持久を策」するよう命じてきた。一言で言えば、現地自活して何とか生き延びてくれ、という含意が裏に秘められている。しかし、安達中将は参謀会議で、現地自活の見通しの困難を聞いた。残存兵力約五万四千、食糧は僅か二カ月分、十月末には、全軍が飢え死にする恐れが多分にある、というものである。ついに中将は断をくだした。

「我れ生を欲し、我れまた義を欲す。しかして二者兼ね得ずんば、我れ生を捨てて義を取らん……という孟子の言葉がある。そしてまた、戦いは一期一会、というのが小官の主義である。作戦を実施する」

戦いはやり直しがきかない、なれば常に全力をつくす、それが「戦いは一期一会」の意である。坐して餓死を待つより攻撃である。中将は非人情の鬼将軍ではない。が、「祖国が滅びて何の生やある」という非情の決意をいっそう固めたのである。

七月十日二十二時、第二十師団六千六百人、第四十一師団が一万一千人、そのほかの残存兵力を含め第一線兵力約二万で、攻撃は開始された。安達は「この作戦は、楠正成が湊川に出陣されたときの気持を範としたい」と、参謀に語っていたという。全将兵への訓示にはこうある。

「本職は茲《ここ》に先訓を懐《おも》ひ、更に不屈の信念を振起し、全軍相率ゐて皇軍独特の本領発揮に邁進し、以て国史の光栄に副《そ》はんことを期す。……」

この訓示の底を流れる精神は、全滅と知りつつ出陣した楠正成の心境そのままである、と旧部下であった藤田豊元大尉は記している。

戦闘は悲痛なものとなった。ジャングルでの死闘は二十日余つづいたが、日本軍の戦死者約九千に達した。生き残ったものも弾丸を射ちつくし、飢えと疲労で起《た》てず、動けなくなった。

軍司令官その人も奮闘力戦した。常に「人間として実行できる命令を出す。部下が直面する苦難は、指揮官も共に味わう」と言っていたが、その言葉どおりに、安達は第一線陣地をまわって将兵を激励しつづけた。栄養失調と過労のため歯は抜け落ちて一本もなくなり、かつて九十キロを超えた巨体も五十キロ前後まで痩せ衰えた。激しい下痢にかかり、軍医に絶対安静を宣告されながら、巻脚絆《まききゃはん》に地下足袋姿で、安達は激励と作戦指導のための部隊まわりをやめなかった。

遺書はつづく。

「黙々として之を遂行し、力竭《つ》きて、花吹雪の如く散り行く若き将兵を眺むる時、君国の為とは申し乍《なが》ら、其の断腸の思は唯神のみぞ知ると存候。当時小生の心中、堅く誓ひし処は、必ず之等若き将兵と運命を共にし、南海の土となるべく、縦令《たとえ》凱旋の場合と雖《いえど》も渝《かわ》らじとのことに有之候」

八月三日、安達中将は涙をのんで作戦中止を決断し、翌日全軍の戦場離脱を命じた。作戦は打ち切られたが、第十八軍の生き残った将兵は悲惨から解放されたわけではなかった。食糧は完全に底をつき、生存の危機に立たされた。それにアイタペ奪回はならなかったものの、かれらは渾身の勇をもって歴史の批判に悔いなき戦いを戦ったのである。それゆえの大作戦後に起こりがちの精神的な空白が、弱気が、絶望感が生存の将兵たちをひとしく襲った。

そのとき、安達の屈せざる人間的な強さが光彩をはなった。それからの安達は「食糧技術者であり、医者であり、宗教家であり、行政家であった」という。みずから杖ついて険しい道を東奔西走し、部下を励まし、闘志をかきたてた。二十年三月に出した「健兵は三敵と戦い、病兵は一敵と戦い、重患といえどもその場で戦い、動き得ざるものは刺し違え、各員絶対に虜囚となるなかれ」の訓示といい、同年七月の「各種戦力尽くるに至れば、軍司令部を中心とし、概ねヌンボク周辺の地区に於て玉砕し……」という全軍玉砕の命令といい、安達の大死一番の決心が示されている。

八月十五日、ニューギニアの戦闘は、十二万余の将兵のうち生還し得たもの一万数千という悲惨きわまりない状態で終戦を迎えた。しかし安達を中心に軍としての団結と統制は見事に維持されていた。単に部下に慈父にたいするように慕われたというだけではない。最後の最後まで、安達中将は「人間性保持の意志力」をもちつづけ、断乎戦いつつ部下の生存を完うしたのである。

第十八軍の生存者の大部分は、翌二十一年一月に日本に復員した。安達は百数十名の戦犯容疑の部下とともに戦犯としてラバウルに送られた。安達は部下戦犯のため幾度も濠州軍法廷の証言台で弁明し、最大限の努力をはらった。が、二十二年九月八日、みずからも「責任犯」として無期禁固の判決をうけ、戦犯裁判はすべて終了した。

遺書はつづく。

「一昨年晩夏、終戦の大詔、続いて停戦の大命を拝し、この大転換期に際し、聖旨を徹底して謬《あやま》らず、且は残存戦犯関係将兵の先途を見届くることの重要を思ひ、恥を忍び今日に及び候。然るに今や、……小官の責務の大部を終了せるやに存ぜらるるにつき、此の時機に豫《か》ねての志を実行致すことに決意仕候」

戦後すでに二年たっている。歳月はすべてを風化させ、強い決心であろうと実行に移せないのが普通である。しかも自殺の手段は収容所ですべてとりあげられている。しかし安達は花吹雪のように散った「若き将兵と運命を共に」する二年前の決意を変えなかった。九月十日、北方日本に向かって端坐し、安達は錆びた果物ナイフで割腹し、自分で自分の頸動脈を絞めて死んだ。常人にできることではない。尊厳死とはこういう死をいうのではあるまいか。享年五十七であった。

# 対米英戦に反対した名将の覚悟

## 海軍大将　山本五十六

山本五十六《やまもといそろく》は知らぬ人なき太平洋戦争下の連合艦隊司令長官である。明治十七年（一八八四）新潟県長岡市生まれ、海軍兵学校三十二期。飛行機と航空母艦の重要性にいち早く着眼し、日本海軍航空の発達のため献身的に努力した。

この軍人は、そうした先見性とともに、アメリカやイギリスとの協調こそが国益になる、との考え方で生涯を生きぬいた。くだいていえば米英を相手に戦争をしてはならない、という戦略観である。なぜなら対米英戦は国家を滅亡に導くと、山本は常に広言してはばからなかった。

昭和十一年（一九三六）以降、海軍次官として中央にあって、対米英強硬論・親ドイツ論の高騰する政治の勢いの前に、山本は厳然としてたちはだかった。とくに十四年の平沼騏一郎《ひらぬまきいちろう》内閣のときの、日独伊三国同盟をめぐっての大論争では、米内光政《よないみつまさ》海相をたすけ、その阻止に身命を賭した。万事に茫洋たる米内にたいし山本の鋭鋒は、反対派をあまりにも刺激し、右翼の壮士や狂信的軍人に生命を狙われる、という危険にその身がさらされている。

万一のことを思い山本は早くも、遺書『述志』を平時にありながらしたためている。

「一死君国に報ずるは素《もと》より武人の本懐のみ、豈《あに》戦場と銃後とを問はむや。勇戦奮闘戦場の華と散らんは易し、誰か至誠一貫俗論を排し斃《たお》れて已《や》むの難きを知らむ。

（中略）

此の身滅す可《べ》し、其の志奪ふ可からず」

便箋に書かれ、昭和十四年五月三十一日付のこの遺書は、山本の死生一如の武人の覚悟をもっともよく示している。

戦場で散るのは簡単であるが、斃れてのち已むの信念を貫き通すのは容易なことではない、と山本は言う。その山本の信念とは何なのか。志《こころざし》とは何なのか。対米英避戦である。米英を相手に戦って勝つことはできない。それは亡国への道だと、およそ軍人らしからぬ腰抜けの論を臆せずに言うことであった。大言壮語や幻想で必敗の戦いをしてはならないのである。三国同盟にたいする反対もそれが戦いへとつながるためであった。この志ゆえに、「百年兵を養うは一日平和を守らんがためである」と、山本は常に言った。

しかし、昭和十五年、連合艦隊司令長官として海上へと山本が去ったあと、日本の政略は激しく転回した。米英の対日強硬政策もまた、大きく戦争への歩みに力を藉《か》すことになった。太平洋をはさんで日米関係は極度に悪化した。

山本は、もうごく内輪以外には、それまでたびたび口にしていた対米英戦反対論をぴたりとやめている。実務部隊の長として、心のうちに深く想うところがあったのであろう。

昭和十六年秋、太平洋の波は怒り狂い荒立ちはおさまるべくもなくなった。戦争必至はもう目に見えている。山本も最後の覚悟を決めた。十一月九日、海兵同期の親友堀悌《ほりてい》吉《きち》中将あての一書に山本ははっきりと書いた。

「之が天なり命なりとはなさけなき次第なるも、今更誰が善いの悪いのと言った処ではじまらぬ話也。……個人としての意見と正反対の決意を固め、其の方向に一途邁進の外なき現在の立場は誠に変なもの也。之も命というものか」

悲痛なあきらめの言葉というべきであろう。ここに山本という軍人の悲劇があった。

十二月八日、開戦。山本は連合艦隊全将兵に訓電した。すべからく「本職と生死を共にせ

山本五十六大将

よ」と。そして、真珠湾奇襲攻撃の成功、マレー半島上陸作戦も予定どおり、との快報がぞくぞくと入り、大歓声でわくその朝、山本は旗艦長門の長官室にひとりあった。机に向かってゆっくり墨をすり、筆をとった。半紙に「述志」とまず一行を記した。

「此度は大詔を奉じて堂々の出陣なれば、生死共に超然たることは難からざるべし
ただ此戦は未曾有の大戦にして　いろいろ曲折もあるべく　名を惜み己《おのれ》を潔《いさぎよ》くせむの私心ありては　とても此大任は成し遂げ得まじとよくよく覚悟せり
　されば
大君の御楯とたたに思ふ身は名をも命も惜しまさらなむ
　昭和十六年十二月八日　　　　　　　　山本五十六」

　これが真珠湾攻撃大勝利でだれもが有頂天になっているときの、山本の感懐なのである。名をも命も惜しまぬという。潔くしようなどと格好はつけないという。かれにおけるハワイ作戦とは、海軍精鋭の忠誠に倚信《いしん》していたと同時に、いわば名をも命も惜しまぬという自己抹殺の精神に根本をおく、最後の手段であったことを物語っている。作戦が成ろうが成るまいが、覚悟はひとしかった。あえていえば「必敗の精神」で虎穴に躍りこんだ。もし失敗したら、山本は即座に腹を切ったに違いない。

山本はもはや生きて還らぬ覚悟を、開戦にあたって、〝遺書〟のようにして書き残した。その覚悟どおり、戦いがはじまってからのかれの戦法は、短期決戦による「有利な条件での和平」を意図し、求めて戦いにいくような〝性急さ〟と〝激しさ〟でおし通された。

山本が戦争直前に、嶋田《しまだ》繁太郎《しげたろう》海相に出した手紙で、みずから推進した真珠湾作戦を評して、

「桶狭間とひよどり、越《ごえ》と川中島とを合わせ行うのやむを得ざる羽目」

と自分で言ったのはよく知られているが、より正確に言えば、真珠湾攻撃からミッドウェイ作戦への一連の連続攻勢作戦は、すべてが桶狭間とひよどり越と川中島とを合わせた、定石《じょうせき》（伝統）の戦術をかえりみぬ〝異端〟の作戦であったのである。

それ以外に、このやってはならない戦争の勝ち目はない、そう確信する山本の心奥を、だれも笑うことはできないであろう。

山本五十六という軍人は、当時の海軍軍人の考えとはまったく違うところで戦争を考えていた。現場指揮官である山本は、表面的にみると海軍中央の命令には違反してはいない。しかし心の底ではこれを無視し、「自分の戦争」を戦い、死に場所を求めていたと考えられる。だが、昭和十七年六月のミッドウェイ海戦の敗北と、八月のガダルカナル島への米軍反攻で、日本軍は戦力消耗の長期戦にひきずりこまれていった。

和平の機会は完全に失われた。戦えど戦えど好転せぬ戦況に、そうなると見定めていたとはいえ、山本の憂愁は深くなっていく。旗艦大和の長官室で、つねに身から離さぬ古い手帳に、しみじみと見入っている山本の姿を、多くの部下が心にとめている。それは、戦死殉職した部下たちの名を府県別に、遺族の名前住所とともに書きとめたものであった。

山本はしきりに死を希求しはじめた。開戦一年目の十七年十二月八日を迎えたときの、山本の感懐は、知友に送られたかれの書簡にはっきりと記されている。

「小生、十二月八日の所感は、

一とせをかへりみすれば亡きともの
　数へがたくもなりにける哉

なるも、それだけ小生も、この世にもあの世にも等分に知己や可愛い部下が居ることとなり、往つて歓迎して貰ひたくもあり、もう少々この世の方で働きたくもあり、心は二つ身は一つといふ処にて候」

もちろん、この歌は、山本の好きな良寛禅師の「指折りてうち数ふれば亡き友の……」に感応されて歌われたものであろう。しかし、それだけではない。「あと百日で余命をすりへらすべく」と最後の覚悟を決めた最高指揮官の、追いつめられた心が、読むものの胸奥にひびく。山本らしい歌というべきであろう。

　山本は歌に手紙に死への熱い思いを吐露しつつ、なお頑強に戦いつづけた。そして昭和十八年四月十八日、山本は最前線の上空で米軍機の攻撃をうけ、開戦前からの覚悟どおりに、いや希《のぞ》みどおりと書くべきか、機上で戦死した。その半カ月前に最後の一首を詠んでいる。

　　天皇《すめらぎ》の御楯とちかふ真心はとどめおかまし命死ぬとも

「名」などはどうでもよい。しかし、わがうちなる真情（魂魄《こんぱく》）だけは生命絶えたのちもとどまってあれと、山本は切なる祈りを捧げている。

　死後、トラック島基地の山本の机の中からは、いくつかの遺《のこ》された文書が発見された。そのなかの一つに「遺品処理の件」という簡単な遺書があった。

　「一、機密漏洩の虞《おそれ》あるに付、私品と認めらるる書籍、書類、手紙等一切は、級《クラス》会
　幹事堀中将指定の場所へ御届願上度
　一、此他の荷物（呉水交社に一個あり）中、戦時寄贈品等は可然〔二字不明〕処理

相成度く」

これが全文である。この事務的なそっけなさのうちに、あれほど反対した戦争を、自分が指揮して戦わねばならなかった武人の怒りをみることはできないであろうか。日付は十八年四月二日、山本がトラック基地から最前線のラバウルへ飛ぶ前日のことである。山本はみずからの死を求めて最前線へ進出したとしか思えない。

山本が戦死した日の南の戦場は、すばらしい快晴であったという。幕僚たちは、全員の反対をのけて巡視飛行に飛び立とうとする山本に、これまで着て通した白服では敵の目につきやすいから、草色の第三種軍装にするようにと進言した。珍しく山本は素直に言われたとおりにして、宿舎を出た。そして空を見あげて言った。

「今日は上々の飛行日和だ」と。

あるいは「死ぬにはもったいないほどの」と山本は言いたかったのかもしれない。

# 玉砕強要の軍司令部命令に抗す

陸軍少将　水上源蔵

ビルマ（現ミャンマー）に進攻した日本陸軍は、烈・祭・弓・菊・龍の五兵団より成り、その守備範囲は、インドと国境を接するほとんどビルマ全域にわたり、さらには国境を越え、中国の雲南省の一部にまで進出した。

悲劇は、インパール作戦に端を発した。昭和十八年も終わりに近く、ビルマ方面軍の主任務はそれまでの防衛方針をやめ、国境を越えてインドの要衝インパール進攻と決定、年が明けると、烈・祭・弓兵団が西へ西へと進撃を開始した。

残りの菊・龍の二兵団は、この主作戦を成功させるための、背面守備の持久作戦を要求されることとなった。インパールを攻略するまで、北ビルマや雲南省からいかなる大軍が反攻してこようが、堅忍不抜の粘りによって敵の出血を強い、背後を磐石の安きにおかねばならなかったのである。

ところが、戦いの神は奇妙な偶然を用意していた。日本軍がインパール作戦を開始したとき、アメリカ軍の最新装備によって編成、猛訓練をうけた連合軍が、全面的な反攻による被占領地奪回作戦をはじめようとしていたのである。タイミングは合致しすぎた。

まず北部ビルマに、つづいて雲南方面へ、米・英・中・インド連合軍がすさまじい勢いをもって攻撃をかけてきた。

北部ビルマのカチン州の州都であるミイトキーナ（現在ではミチーナ）は、ビルマの母なる大河イラワジに接し、空路や鉄道や道路の要地。かつてマルコ・ポーロが通ったといわれる幹線の隊商路はそのまま中国へつづいている。ここを攻略するか守り抜くか、それが連合軍対日本軍の北ビルマ作戦全体を決する戦いとなったのである。

ミイトキーナ守備の日本軍部隊は、丸山房安《まるやまふさやす》大佐の指揮する歩兵第百十四連隊の、歩兵二個大隊を基幹とする小部隊にすぎなかった。戦闘員七百名、兵站《へいたん》部隊三百十八名、入院加療中の患者三百二十名、飛行場勤務部隊百名という混成部隊である。これにたいして攻撃をかけてきた連合軍は、米軍スチルウェル中将の総指揮をとる精鋭部隊約三万。十九年四月十二日の偵察攻撃を皮切りに、空襲・猛砲撃の援護をうけつつ、雲霞のようにミイトキーナに襲ってきた。

しかし日本軍守備隊は二十倍の敵の包囲をうけつつ、よく戦った。五月中旬にいたるも、連合軍は市街に突入することもできなかった。戦果はあがったが、重なる敵の猛攻に、日本軍の戦死傷者はふえるいっぽうであり、弾薬も乏しくなっていく。悲痛な戦闘報告をうけた龍兵団司令部は、救援するために五十三師団主力をもってしようとした。が、雲南方面より十五倍の中国軍の大攻勢をうけた十八師団が危機に瀕したため、この計画を中止、やむなく歩兵団長水上源蔵《みずかみげんぞう》少将に歩兵一個大隊と山砲二門という小兵力を与え、ミイトキーナの救援に派遣することとした。

　これが結果的にきわめて拙劣な人事となったのである。丸山連隊長をはじめ守備隊が望んでいたのは、数多い砲と戦闘員である。とくに丸山連隊長は上官など欲してはいなかった。ところが五月三十日、かれら守備隊が迎えたのは、少数の戦闘員と砲わずか二門、そして、いままでに接したこともない将官が最高指揮官となるという事実であった。

　つまりは、インパール攻略を主作戦とした無理の結果が、随所に大きな傷口をひらかせてしまったのである。その一時しのぎの愚策が、第一線の戦闘員に各地で惨たる悲劇をもたらすことになった。

水上源蔵少将

　とはいえ、守備兵力は三千人に近くなり、意気は揚った。かつ水上少将と丸山連隊長との間にも、ただちに暗黙の諒解が成立した。戦闘の直接指揮は連隊長が、命令系統による統御者は水上少将が、それぞれうけもつことになった。変則的ではあるが、敵前にあってはそれが最良の方策であった。

　そして特筆すべきは、水上少将の卓越した人間性が、やがては全守備部隊将兵の心の頼りとなったということである。「みごとなヒゲをたくわえておられるというわけではなかった。行ない澄ました風貌でもなかった。たぶん、作戦の切れ味がさえているというわけでもなかった。それでいて閣下は、心から敬礼することのできる軍人であり、敵軍すら称賛を惜しまぬ将軍であった」と、少将のそば近くにあった丸山豊軍医中尉は書いている。

激闘一カ月余、戦いがいよいよ末期に近づいたある夜、夜襲のたびに見事な戦果をあげたある中隊長が、雨をおかして報告にきた。戦死の日のいよいよ迫ったのを覚悟し、わざわざ少将に最後の別れを告げにきたのである。少将は自分の部屋に導き、とっておきの清酒で、別れの盃をかわす。これで思い残すことはないといった爽やかさで、中隊長は、雨の中をまた火線の真っ只中へ戻っていく。その後ろ姿を見送った少将は、

「惜しいなあ、死なせたくないなあ」

と長大息した。こうした挿話《エピソード》なら、数かぎりない、と丸山軍医中尉は言う。そしてこの水上少将の徳性は、ミイトキーナ守備の全軍に伝わっていた。菊兵団の将兵で、閣下に一目お目にかかってから死にたいと、わざわざ挨拶にくるものが踵《きびす》を接した。見せかけの徳ではなく、部下たちと素裸の人間としてかかわり合おうとする誠が、声となり、まなざしとなり、仕草になった。丸山軍医中尉は書く。

「それこそ戦場の闇での何ものにもまさる光であることを、兵隊ひとりひとりの死を目

前にした清澄な心がはっきり感じとるのである。閣下は、裸の精神を統《す》べるりっぱな統率者であった。魂の司令官であった」

しかし、圧倒的優勢かつ増援思うがままの敵を前に、この水上少将の徳性をもってしても如何ともしがたい戦況となっていく。このとき、患者や負傷者の後送ができれば、守備隊もまた一気に後方にさがることができる。患者や負傷者をみすみす見殺しにすることはできない以上、とどまって戦うほかはない。水上少将からの、患者後送の方途なしの電報を受けた軍司令部は、七月十日、暗号電報による玉砕命令を水上少将個人に送達した。

「水上少将ハミイトキーナヲ死守スベシ」

これにたいし少将は返電した。

「守備隊ハ死力ヲツクシテミイトキーナヲ確保ス」

この玉砕命令のもと、大河を背にしての、ミイトキーナ守備隊の最後の戦闘がはじまったのである。その戦いを戦った人の、痛哭の句が残されている。

大夏野わが死にかざる一花なし

それは悲惨この上ない戦いとなった。被爆すると身体がただれて、死後幾日も燐の光がたちのぼる黄燐弾《おうりんだん》を、敵は容赦なく射ちこんできた。こっちのタコツボには生きた兵隊が死の順番を待ち、向こうのタコツボには燐をかぶった兵隊の死骸が、腐敗したまま青白い光を放っていた。

しかも、ミイトキーナ死守の命令が南方総軍から来ていることは、水上少将とそのまわりにいる幕僚五、六名しか知らなかった。死をえらぶことと、死を待つことは、戦場にあっては大きな違いがあった。逆をいえば、死をえらべるということはまた、生をえらぶこともできることを意味しよう。

水上少将は、だれにいうともなくぽつりと、その心のうちにあることを口に出した。

「勝つことのみを知って、負けるを知らぬ軍隊は危険だよ。孫子も言っているようにね」

あるいは、こうも語った。

「みんなの身体は、それぞれご両親のいつくしみをうけて育ちあがった貴重なもの、これを大切にとりあつかわぬ国はほろびます」

七月下旬、南方総軍から水上少将へ暗号電報が届いた。

「貴官ヲ二階級特進セシム」

これをうけて少将は「妙な香典が届きました」とにっこり笑った。さらに二日後、また電報が送られてきた。

「貴官ヲ以後軍神ト称セシム」

少将はこんども微苦笑した。「へんな弔辞が届きましたね」。少将には名誉とか武人の本懐とかいう白々しい言葉はなかった。

しかし、この「死の督促」にたいして少将はひそかに覚悟を決めていたのである。守備隊の背水の陣の応戦も、せいぜいあと二、三日とだれもが思った八月一日、少将から全軍へ、河を渡ってイラワジ対岸への撤退命令がくだされた。南方総軍の玉砕命令に反し、少将はその身を捨てて部下をたすけようと決心した。

部隊は三夜にわたってイラワジ河を渡った。東岸に集結したのは約八百名、これはさらに抗戦しつつ南下し、百四十キロ南のバーモで友軍に収容され生きのびた。負傷者三百余名ものちに連合軍によって救われた。

水上少将は八月二日に主力の渡河を見届けると、拳銃で自決した。かたわらの図嚢《ずのう》の上に作戦命令の用紙がひろげられ、文鎮がわりに小石がのせてあった。

「ミイトキーナ守備隊ノ残存シアル将兵ハ南方へ転進ヲ命ズ」

命令という形の、鉛筆書きの絶筆である。それは、二階級特進も軍神の名もなげうった少将の遺書というべきものであった。部下将兵を生き残らせるため、あえて抗命をする。内に光り輝くものをもつ、魂の人らしいいさぎよさがある。明治二十一年山梨県出身。陸士二十三期。最後の階級は陸軍中将。二階級特進していなかった。

# サイレント・ネイビーに徹した生涯

## 海軍大将　井上成美

井上成美《いのうえしげよし》、明治二十二年（一八八九）生まれ。宮城県出身。海軍兵学校三十七期、卒業成績は百七十九人中の二番。海大卒。若いころから理知的な分析力、客観的な判断力の持ち主として知られた。

それだけに、太平洋戦争を戦った軍人のうちで、この人ほど、冷徹な広い視野で戦争の結末すなわち国家敗亡を見ぬいていた提督はなかった。対英米関係がどんどん悪化していく昭和十四年、陸軍が主唱、革新官僚も加わって推し進められた日独伊三国同盟を、締結すべきではないと、時の米内光政海相、山本五十六次官とともに軍務局長として井上は猛反対の先頭に立った。海軍部内にも賛成派があり、事態は微妙に紛糾しつつ推移したが、米内・山本・井上の海軍トリオは、力ずくで下剋上をおさえつけ、右翼の脅迫などにも微動だにしなかった。

なぜかれらがそれほど頑強に反対したのか。世界新秩序を目標とするナチス・ドイツに与《くみ》することは、必然的に英米による世界秩序を打倒する戦争にまきこまれることである。といって、日本の海軍戦備とくに航空軍備の現状をもってしては、対米英戦争となった場合の勝算はまったくない。それゆえにドイツと同盟を結んではならない、というまことに明白な理由によった。

さらに昭和十六年、対米英開戦へと坂道を転がるように進んでいく状況を、井上は心から憂えた。航空本部長として、開戦が亡国につながることを、井上は説きに説いた。その根底にはかれの卓越した世界観があったのであるが、海軍中央はそれに一顧だにしようともしなかった。いらざる提言と斥けた。海軍には「列外のもの発言すべからず」、すなわち、その掌《しょう》にいないものは余計なことを言わない、といううるわしい伝統があったのである。

開戦前の井上の、あらんかぎりの努力はこうして空しくなった。

それというのも、井上の存在が海軍内部にあって、はるか以前から少数派というより冷静すぎる硬骨漢として、周囲から煙たがられ、ずっと敬遠されてきたからである。そのあまりに合理的であるゆえ、過去においてもしばしば上長と衝突し、正論を守りぬいて屈せず、海軍を去ることを二度も三度も決意している。その人材たることを惜しむ先輩や同僚が、そのたびに拝むようにして井上を飜意させた。

それを如実に語るようなエピソードが残されている。昭和九年に井上はいっぺん死を覚悟して遺書を書いているという事実である。このとき海軍の長老伏見宮軍令部総長や東郷平八郎元帥の威光のもとに、「軍令部条令」の改定の発議があり、これをめぐって、ときの海軍省軍務課長として反対をとなえる井上は孤軍奮闘した。軍令部側の猛者たちは自分のほうの権能がプラスされる改定に躍起となったが、井上は、改定は軍事国家への道をひらくものだ、と一歩も譲ろうとはしなかった。

「かまわん、あんな野郎はぶっ殺してやる」の声が、強硬派のうちからしきりにあがっていることを知った井上は、簡潔におのれの死後の始末を記した。

「本人死亡せばクラス会幹事開封ありたし」として、紙一枚につぎの二行があった。

一、どこにも借金なし
二、娘は高女だけは卒業させ、出来れば海軍士官に嫁がせしめたし

井上成美大将

この簡潔さが井上の流儀であった。余計なことを言わないのである。要点だけをずばりと言った。万事においてこのようであり、海軍部内では〝カミソリ〟とよばれてひそかに嫌われた。相手がだれであろうと、場合によっては、〝希代の悪口屋〟となり、歯に衣をきせず直言し、いささかの逡巡をもみせることはなかった。

こうしたさめた目をもつ人だけに、昭和十六年十二月八日の対米開戦を迎えたとき、井上は天を仰いで慨嘆した。しかしかれもまた武人である以上は戦わねばならなかった。戦いのはじまる以前に中央を追われた井上は、第四艦隊司令長官として、トラック島に司令部をおき戦闘を指揮した。十七年五月の珊瑚海海戦は、まさしくかれが全責を負って指揮したものである。

結果は、勝ち負けなしの互角であったが、戦いぶりには勇猛心と決断に欠けるときびしい批判をうけることとなる。「やっぱり口舌の徒は戦争はダメだ」と悪口雑言され、やがて海軍兵学校校長に左遷される。

歴史はまことに皮肉なものである。ずっと第一線にあったら、山本五十六大将のように、あるいは井上も戦場に華と散らねばならなかったかもしれない。歴史は、彼を日本内地の江田島へ引き戻したことによって、戦争の末期に、米内海相をたすけ海軍次官として、終戦への道を切りひらくのに大いに役立たせたのである。

大臣米内と次官井上のコンビは、字義どおり「あ・うん」の呼吸の仲としか言いようがない。《おれが表に立って戦争終結の道をさがす。そのときに頼みの海軍がガタガタしては成るものも成らぬ。内側を固める、それを貴様に頼む》と米内が言い、《承知しました。国を救うものは海軍を措いてほかにない。海軍のことはお任せください》と井上が無言のうちに答えた。つまり、戦争終結のためにともに死せん、の覚悟を二人は言わず語らずで心のうちに固めたのである。

しかし、時すでに遅かった。あまりに冷静で合理的にすぎる思考は、ことごとに猛り狂う陸軍と衝突し、「米内・井上には海軍のみがあって、国家なし」と批判をたえずうけねばならなかった。昭和二十年五月、大将進級とともに、米内海相はついに井上を手放さざるをえなくなった。

次官退任の日、井上は米内に言い放った。

「小官のつくった川柳をご披露しましょう。負けいくさ大将だけはやはり出来。後世のいいもの笑いですな」

しかし、笑ってすまされる事態ではなかったのである。海軍はどうであれ、日本はその頭脳とさめた眼を必要としていたのである。「海軍の決まりに大将の次官はない」と言って井上は去っていったが、それは彼の合理主義の限界であったかもしれない。国家浮沈のときには破られてよい原則もあるのではないか。第一に、それが緊要なら大将の次官があってもよかったのではあるまいか。井上はそれをしなかった。清濁あわせ呑むことなどおよそ彼の辞書にはなかったのであろう。

戦いは無条件降伏をもって終わった。

それだけに戦後の井上の生き方はすさまじいの一語につきる。昭和七年に妻に死なれ、以後は独身で、終戦後はただひとりの娘と暮したが、彼女も昭和二十三年に死去、いらい最晩年に後添いをもらうまでは、井上は完全な孤独のうちに戦後を生きぬいた。海軍とも縁を切り、米内をふくめた海軍関係者と会おうともしなかった。開戦を阻止しえず多くの人を死なせ、国家を徹底的な敗亡に導いた痛恨と責任から、みずからを罰し責任をとって、井上は横須賀に隠棲し、昭和五十年十二月十五日、死を迎えるまで一度も公的な場に出ることはなかった。また自分のやったこと、自分の考えてきたことなど、一言も語ろうとしなかった。サイレント・ネイビー（無言の海軍）に徹しぬいた。そして毎年八月十五日には、一日絶食し、端坐して遠い海を眺めるのを常とした。その最後の言葉は「海へ……江田島へ」であった。あるいは海兵校長時代の楽しかった想い出が、脳裏をよぎったのかもしれない。

死後に「遺言」状が発見された。

「小生の葬儀は密葬の事

雑件

㈠葬儀場は勧明寺（長井町四七六七―（漆山））

電話五六局の〇八六五

井上宅から歩いて十分

㈡埋葬。東京多磨霊園の本家墓地に埋葬のこと。この事は在中野分家の現主人承知。

㈢花輪、供物、香典等は一切お辞退の事。
付言、おつ夜その他の段等は荒井、長井等一般世間の習慣に依る事」

これもまた平和を希《ねが》った一人の戦士の遺書といえるであろう。その孤高にして蕭殺《しょうさつ》たる生活、責任をとってみずからをきびしく律した生き方に、人は清冽にして苛烈な〝美〟を見る。求められる人間像を見るのである。それを証するように、残された遺言に書かれているのは自分の死後のことのみ、簡潔かつ客観的なのである。

# 戦犯裁判を第二の戦場として闘う

陸軍中将　岡田資

昭和二十四年九月十七日午前零時三十分、元第十三方面軍司令官兼東海軍管区司令官であった岡田資《おかだたすく》陸軍中将は、絞首台上で永遠の眠りについた。捕虜となったB29搭乗員を処刑した戦争犯罪の責任を問われたのである。享年五十九。

前日の九月十六日、岡田は家族への遺書をしたためている。長文であるが全文を引用する。

「私は戒名なんて不要です。仏縁により今生を得て、働かせて貰ったその俗名こそ懐かしけれ。何々院殿ではやり切れない。子供達もあれでは遠からず忘れるでせう。髪とか爪とか、私は残す必要を認めません。私の手紙でも品物でも、何でも私の精神を寄す事に於ては同じです。こんな時世に特に葬式、法要も不要です。お曼荼羅の前に写真や俗名を並べて呉れたら、それで結構です。私は、仏の御愛用を信念としてゐる身です。仏を離れて私は在りませぬ。此の世に御都合なところに、又法位を頂戴して働きます。

私の生命は真に久遠《くおん》です。業《ごう》は正に不滅であり、又少々思索が六ケ敷《むつかし》いかも知れないが、小なる自我を去れば我は大我である。総べてと一体である。即ち之亦《これまた》永遠である。飽く迄も国家民族の為に、そして無論、広く世界民族の為にも、順序は近きよりです。

過去私の愛した幾十万青年の、心の内容には必ず宿つてゐます。最愛の家族には云ふ迄もない事です。私の業力の泉は、バックに宇宙の大生命力となつて、即ち仏様の力が有る限り、有限定量のものではありません」

岡田 資中将

岡田独特の考え方があり、少々飛躍して判りづらいところもあるかもしれないが、死を前にして、生命の永遠と自分のしたことの不滅を信じた元中将の、揺るがざる信念だけはだれにでも察せられよう。戦犯処刑などという無念さを超越し、岡田はすでに生き仏となっていたということができようか。

明治二十三年（一八九〇）鳥取県生まれ。陸士二十三期。陸大卒。参謀本部員、連隊長、旅団長、師団長などと順調な軍歴をへて、昭和二十年二月に岡田は名古屋をふくむ東海地区防衛の第十三方面軍司令官となった。着任して間もなくの三月以降、名古屋地区を中心にB29の無差別爆撃がはじまった。名古屋市だけでも一夜にして焼失家屋十一万戸、死者八千人という大被害。方面軍のある部隊では撃墜した搭乗員を戦時重要犯として処刑した。

ところが戦争が終わって日本本土に進駐してきた連合軍は、これを犯罪行為として、その責任者を断乎処罰するという方針を突きつけてきた。すなわちBC級戦犯である。こうして昭和二十一年九月、方面軍の関係者二十名が戦犯として巣鴨刑務所に収容され、横浜法廷で、軍事裁判にかけられた。

敗戦後の多くの日本人は、まさに根こそぎにされた人びとであった。烏合の衆であった。よって立つ基盤を失い、民族の誇りを失い、連合軍の威力の前に平身低頭し、その命令に一喜一憂するばかりなのである。ましてや裁判にかけられるとあっては、罪をのがれようとかつての仲間を売り、無罪を勝ちとろうと、あがく情けない人びとが、つぎつぎにあらわれていた。

二十一年三月、戦犯問題で大きく揺れ動いている現状を目のあたりにして、岡田元中将は痛烈な批判の文を草している。

「敗戦直後の世相を見るに言語道断。何も彼も悪いことはみな敗戦国が負うのか？ なぜ堂々と世界監視のうちに国家の正義を説き、国際情勢・民族の要求、さては戦勝国の圧迫もまた重なる戦因(戦争の原因)なりし事を明らかにしようとしないのか?

要人にしていたずらに勇気を欠きて死を急ぎ、あるいは建軍の本義を忘れていたずらに責任の所在を弁明するに汲々として、武人の嗜《たしなみ》を棄て生に執着するなど、真に暗然たらしめられるものがある」

まさに武人である岡田は、そう考えているゆえに、戦犯法廷に立たされたとき、寸毫《すんごう》もたじろぎをみせなかった。かれはB29搭乗員処刑はいっさい自分が命令したことだと言い切り、終始胸を張って米空軍の無差別爆撃の非人道性を非難しつづけた。

岡田は強く主張した。連合軍は明らかに国際法にもとる非人道的行為をした。だからといって、われわれ日本人は、自分たちのしたことを正当化しようなどというのではない。しかし、国土が戦場となっているとき、われわれがなした行為はあくまでも作戦行為の一環であり、準拠としたものはまさしく軍律というものである。一言でいえば、純乎たる統帥《とうすい》問題である。わが部下たちは、私の統率下であくまで戦いぬかんと決心したものである。さすれば全責任は軍司令官たる私にあって、部下将兵は私の命に従ったまでで責任はない……。

岡田は裁判を「法戦」と認識した。彼我の軍律の戦いという意である。戦いには敵を知らねばならないが、勝者の軍事法廷である以上はそれは如何ともなるまい。といってすべて弁護士まかせでは、案ずべき戦機をつかむことはできない。それゆえにみずからが戦いの陣頭に立つ。自分の考えや信念は自分から吐露し、大いに戦わんと勇みたった。しかし、そのいっぽうで、岡田は巣鴨の獄中にあってすでに書いている。

「死の宣告は必然だが、覚悟はとくの昔に完了だ。われは国敗れ全軍潰れた日本陸軍の将軍だ。この法廷で若い多数の部下を救ひ得たら、それで本望である。祈るはただ一つ、死するに勝る恥無かれかしと。留守宅には改めて言ふ事はない。合掌」

この覚悟をもって法廷で、岡田は日本陸軍の将軍として、武人として、徹底的に正々堂々と戦いぬいた。五月十八日、判決の日。それは岡田の願いどおりとなった。岡田のみが絞首刑、二十人の将兵の刑は重労働ですんだ。

死刑囚の岡田は準備された独房に禁固された。何もないコンクリートの部屋に、高窓がただ一つ中庭に向いて開いている。その日、真綿をちぎったような白雲が右から左へ、一片また一片と、悠々と流れていたという。

「このやうな落ち着いた気持は敗戦後初めてである。静かに合掌して長い軍職の最後の幕を、恥もすくなく引く事を得させて頂いた事を感謝したい」

ずっと張りつめていた気持がはじめて和《なご》んだことが、しみじみとわかる岡田の一文である。その心中は明鏡止水という言葉がぴったりする。岡田の武人としての名誉を賭した戦いは終わったのである。裁判の全過程において、年寄りが責任を負って陸軍に殉じ、若い人は戦後の日本再建に、というのが将軍の願いであった。それを頑強におし通した。それだけに、

「縁あつてともに奉公せしわが最も愛する日本の青年よ、諸君はわが業力を多少なりとも感得してくれた事と思ふ。起《た》つて日本再建の魁《さきがけ》たれ。民族の前途は洋々たる希望に満つ。その実現もはなはだ近い。無論、山なす苦難は襲ひかかつてくるだらう。襟度をひろくして全部消化するのだ。いよいよいけないものは粉砕してしまへ」

という、判決後の、岡田のいわば喜びをもって綴った青年への檄は、筆が躍っているかのようである。

岡田は獄舎にあって、死刑のその日まで、心静かに最後の時をすごした。法廷での、かつての日の闘将の面影は完全に拭いさられ、その行住坐臥は悟りをひらいた禅僧のそれであった。ときに詩吟を低唱することがあったというが、そのときふと武人であった

おのれにかえるのかもしれない。

酔うて沙場に臥す　君　笑うことなかれ

古来征戦　幾人か回《かえ》る

刑が執行される夜、房を出て刑場への道を歩む将軍のあとを追うように、獄舎のいたるところから「お世話になりました」「有難うございました」という声があがった。それにいちいち「うん」「うん」と応じながら、岡田は最後の大扉の前にまで達したとき、ふり向いて大きな声で言った。

「君たちは来なさんなよ」と。

# 押しつけられた偶像「特攻の父」

## 海軍中将　大西瀧治郎

軍令部次長大西瀧治郎《おおにしたきじろう》中将が自決したのは、昭和二十年八月十六日午前二時四十五分である。作法どおり腹を切り、頸と胸を刺したが、なお死ぬことができなかった。急報でかけつけた軍医の姿を認め、大西はこのまま死なせてくれとばかりに手をふった。たしかに、腸のとびだしている状態ではたすかる見こみもなかった。「死ぬときはできるだけ長く苦しんで死ぬ」と言っていた大西は、介錯も強く拒み、

「これでいい、送り出した部下たちとの約束を果たすことができる」

と、あふれる血のなかで破顔しながら十数時間後に息を絶えた。

遺書は二通。一通は長野に疎開中であった淑恵夫人に宛てたものであり、もう一通は、かれに見送られて十死零生の作戦に散った全特攻隊員に宛てたものであった。

「特攻隊の英霊に曰《もう》す／善く戦ひたり深謝す／最後の勝利を信じつゝ／肉弾として散華《さんげ》せり

然れ共其の信念は／遂に達成し得ざるに至れり／吾死を以て旧部下の／英霊と其

の遺族に謝せんとす
次に一般青壮年に告ぐ／我が死にして軽挙は／利敵行為なるを思ひ／聖旨に副《そ》ひ奉り／自重忍苦するの誡《いましめ》とも／ならば幸なり／隠忍するとも日本人たるの／矜持《きょうじ》を失ふ勿れ／諸子は国の宝なり／平時に処し猶ほ克《よ》く／特攻精神を堅持し／日本民族の福祉と／世界人類の和平の為／最善を尽せよ」

終戦の天皇放送の流れるその直前まで、無条件降伏に反対し、全軍特攻を提唱し神州不滅を叫んでいた闘将とは思えないほどに、遺書には冷静な祈りが織りこまれている。徹底抗戦の主張から一転し、ここでは軽挙妄動をつつしめという。生き残った若い人たちに「諸子は国の宝なり」とよびかけ、これからの日本建設そして世界平和のために、特攻隊のような自己犠牲の精神を発揮し最善を尽せよ、と大西は願っている。

国家のためとはいえ、非情な特攻攻撃でつぎつぎに生命を散らしていった隊員たちは、すべて若人である。国の宝であった。その国の宝を体当り攻撃で送り出した痛恨の想いが、大西にこの遺書を書かせた。死に臨んで闘将大西は、何よりも平和を希んでいた、と言えるかもしれない。

今日われわれは大西中将を「特攻の父」とよんでいる。特攻作戦を発案し、それを実行に移した提督という意である。地下に眠る大西もまた、その名をかならずしも拒否するものではないことであろう。全責任を一身に負って自刃したかれの胸中には、十万億土で散華した多くの若者の先頭に立つの想いがあったであろうから。

しかし、歴史的事実を深くたずねれば、そこに疑問なしとはしないのである。特攻戦術が採用されるに至るまでの経過は、きわめて混沌として見極めがつけにくい。一概に、大西中将の提唱によって、などと結論づけることは事実を見失うこととなろう。

昭和十九年七月、サイパン島を失い、戦局は日本帝国にとって最悪の段階を迎えた。本土全部がB29の爆撃圏内に入ることを意味し、軍事工業が壊滅すれば近代戦の遂行は不可能になる。当時、軍需省航空兵器総局の総務局長であった大西は、この事態に対応すべく断乎たる処置を強請する意見書を、海軍大臣嶋田繁太郎大将に突きつけた。

大西瀧治郎中将

その所見が海軍中央を震撼させるのと前後して、東条英機内閣が総辞職し小磯国昭内閣が成立、海軍首脳部が一新してしまう。しかし大西の意見書の波紋はおさまらぬどころか、いっそう荒立ち、十月五日付で大西の南西方面艦隊司令部付が発令される。やがて、つぎの決戦正面であるフィリピンの第一航空艦隊司令長官に任命されるであろうふくみが、その裏にあった。

この最前線転出が、はたして懲罰人事であったのか、それとも決戦正面へ海軍航空のエースを登場させる重要な意味をもっていたものなのか、真相は曖昧模糊とした霧の中にある。しかも人事発令四日後の十月九日、大西は蒼惶《そうこう》として東京を去るのである。途中で台湾沖航空戦の予期せぬ戦闘もあって、大西がフィリピンのマニラに着いたのは十月十七日。翌十八日、米軍の比島上陸作戦が開始され、捷《しょう》一号の決戦作戦が発令される。大西は十九日夕刻に最前線であるマラバカット基地へ赴いた。そしてその夜も、時計の針が二十日になろうとする午前零時前後に、下からの盛りあがる力によって、敵艦船に体当りする特別攻撃隊の編成が決定された、ということになっている。

もう少しくわしく書けば、その特別攻撃案を一つの案として、マラバカットにいた第二〇一航空隊の副長玉井浅一中佐と参謀猪口力平中佐に示したのが、大西中将なのである。

「零戦に二百五十キロの爆弾を抱かせて体当りをやるほかに、確実な攻撃方法はないと思うが……どんなものだろうか」

これに玉井副長が答えた。

「私は副長ですから、勝手に隊全体のことを決めることはできません。司令である山本栄大佐の意向を聞く必要があります」

これにたいして大西中将は、おおいかぶせるように、

「山本司令とはマニラで打ち合わせずみである。副長の意見はただちに司令の意見と考えてさしつかえないから、万事、副長の処置にまかす、ということであった」

と言った。しかし、事実は、マニラで大西は山本司令と会ってなんかいなかった。ということは、大西が完全な嘘をついて、玉井副長に決定的な判断を求めたことになる。

ここで少し前のところを読み直してほしい。大西はまだこのときは南西方面艦隊司令部付の一中将で、なんの命令権も決定権もない。であるから、わたくしは大西中将と書いてきた。第二〇一航空隊を指揮する第一航空艦隊司令長官に正式に任命されるのは、翌十月二十日なのである。ならば、玉井副長をだましたりせず、長官になってから大西は正々堂々と話し合えばよかったのである。大西はそれをしなかった。何故なのか。

ここに一通の興味深い電報が残っている。軍令部の源田実《げんだみのる》参謀の起案になるもので、日付は昭和十九年十月十三日。

「神風攻撃隊ノ発表ハ全軍ノ士気昂揚竝《ならび》ニ国民戦意ノ振作ニ至大ノ関係アル処　各隊攻撃実施ノ都度　純忠ノ至誠ニ報ヒ攻撃隊名（敷島隊、朝日隊等）ヲモ併セ適当ノ時期ニ発表ノコトニ取計ヒ度《たし》……」

この電報起案は、大西中将が東京を離れた数日後に、すでにして書かれている。しかも、何ということか、神風攻撃隊の名も決められている。さらに言えば、十月二十日に特攻作戦が正式発令となり、大西が名付けたという本居宣長の「敷島の大和心を人問はば……」の歌に発する敷島隊、大和隊、朝日隊、山桜隊の攻撃隊名も、この電報の中にある。

この合致は決して偶然なんかではない。明らかに、体当り攻撃は作戦の総本山軍令部の発案、そして決定によるものであったことを語っている。つまり特攻という非人間的な攻撃の責任は、海軍中央が負うべきものである。大西はその実施命令の発動者になる役割を負わせられて、早々に東京を旅立った。しかし、大西には長官として「命令だけはしたくない」の深い想いがあったと思われる。それが真夜中の、まだ一中将の提案となり、玉井副長への欲せざるごまかし発言となった。

明治二十四年（一八九一）生まれ、海兵四十期、百四十四人中の二十位で卒業、頭も決して悪くない。生えぬきの航空屋として山本五十六大将の信頼の厚かった大西は、単なる我武者羅な勇猛、豪胆の士ではない。親分肌の人情家、神経もこまやかであった。そして作戦は九死に一生をもって限度とす、自分ができぬことを命令してはならぬ、そうしたよき海軍魂を身につけた闘将でもあったのである。

それだけに特攻攻撃の生みの親とならねばならぬ自分の立場をのろったと思えてならない。大西長官は、だから、たえずこう洩らしていた。

「特攻なんてものは、統率の外道の外道だ」

また、副官の門司《もじ》親徳《ちかのり》大尉にしみじみ語ったという。

「わが声価は、棺を覆うても定まらず、百年ののち、また知己はないであろう」

大西の死を聞いたとき、かれを知る海軍航空の関係者は驚きもなくうけとめた。なぜなら、大西中将は戦争に勝っても腹を切ったであろうと、だれもが思っていたからである。

辞世がある。

これでよし　百万年の仮寝かな

# 「冶子ちゃん、さようなら」

## 陸軍少尉　上原良司

知覧《ちらん》——そこは鹿児島の南が二つの半島にわかれているその西の、薩摩半島のなかほどにある陸軍航空基地で、戦争中にはここが陸軍特別攻撃隊の死への出発点となった。昭和二十年四月六日から六月二十二日の沖縄での抵抗が終わった日まで、この飛行場から第六航空軍の陸軍機八百二十五機が飛び立った。

これはそのなかの一つ、六月十一日の物語である。

爽やかな夜明けの空気のなかで、歩きながら煙草をくゆらしている特攻隊員を、T記者はみとめた。紅顔の上原良司《うえはらりようじ》少尉である。

「あなたに会えてよかった」

と少尉も記者の顔をみるとぽつりと言った。

「出発までに会えなかったら、このまま抱いていってしまうつもりでした」

この青年の癖の、正視しようとせず、はすかいに眺める目で記者を見ながら、

「昨夜お約束した私の本当の気持を書いたものです。私が出撃したあとで読んでやってください」

と、そう言いすてると、一通の封書を記者に渡し、すたすたと仲間につづいて戦闘指揮所に入っていった。

やがて、出撃予定時刻の六時十五分がきた。

戦友とともに特攻機の近くにいた上原少尉が、ひとり広い方へ進み出たのを記者は見た。少尉は直立不動の姿勢をとる。東の方を向いている。T記者はしめつけられる気持でそれを見つめた。

〈東には……彼の故郷がある〉

上原少尉は、しばしあって広い飛行場の彼方の空に向かって、静かに挙手の礼をする。男らしいその横顔。黒ずんだ飛行手袋が、長い長いあいだ、動かなかった。

男なら男なら　離陸したならこの世の別れ
どうせ一度は死ぬ身じゃないか
目ざす敵艦体当り　男ならやって散れ

歌声が起こったが、その楽しそうな歌い方は、これから競技にでも行く学生のように見えた。

「出発！」

隊員は敬礼をし、もう一度眼を見合い、それぞれの愛機のもとに走っていった。

上原良司少尉

その朝、知覧を出撃し還らざる旅に立った陸軍機は四十機、同じ時刻に、沖縄沖をめざして飛んだ特攻機は、ほかに海軍機六十四機があった。一機また一機と飛び立った四十の機影は、上空を一周すると南の空にすぐ消え去った。見送ったT記者は、ただやるせなく、雲の多い空の一点をぼんやりと見つめていた。

作戦としての特攻は用兵の原理に反した外道であり、機械のかわりに人間を消費した非文明の戦法であった。恐らくだれにでもわかるこの邪道の作戦が、事務的に機械的に遂行されていたことは、日本帝国が、日本人が、勝利を求めて熱狂の頂点にのぼりつめたためというほかはない。しかし一億の国民すべてがそうであったろうか。

大正十一年（一九二二）長野県生まれ、慶応大学出身の上原少尉その人は、少なくとも冷徹に、特攻作戦の非人間性について思いをいたしていたことはたしかである。それはT記者に残していった手記によっても明らかとなる。

手記は便箋四枚に綴られていた。前半がペン字、後半が鉛筆書きの、頭に浮かびきたすべてのことを、そのままぶつけるような激しい字体で、ぎっしり書きこまれてあった。

「思へば長き学生時代を通して得た信念から考へた場合、或ひは自由主義者といはれるかも知れませんが、自由の勝利は明白だと思はれます。人間の本性たる自由を滅することは絶対にできません。たとへ、それが抑へられて居る如く見えても、底に於ては常に闘ひつつ、最後には必ず勝つといふことは、かのイタリアのクロオチェもいつて居る如く真理であると思ひます」

読みながらT記者は思わずアッと心のうちに叫んだ。この青年が、決して人を正視しようとしなかった理由が、そのとき、明確にわかったからである。

「空の特攻機のパイロットは一器械にすぎぬと友人が言つたことは確かです。操縦桿を握る器械、人格もなく、感情もなく、勿論、理想もなく、ただ敵の航空母艦に向つて吸ひつく、磁石のなかの鉄の一分子にすぎないのです。（中略）

一器械である吾人は、何もいふ権利はありませんが、ただ願はくば、愛する日本を偉大ならしめんことを、国民の方々にお願ひするのみです。私は、愛する恋人に死なれた時、一緒に精神的に死んで居りました。彼女は今天国で待つて居てくれるでせう。天国において彼女に会へると思ふと、死は、天国へ行く途中でしかありませんから、何でもありません。

明日は自由主義者がまた一人、この世から去つて行きます。彼の後姿は淋しいですが、心の中は満足で一杯です」

読みながらT記者は、あふれくる熱いものをどうにもおさえることができなかった。そしてつぶらな瞳を輝かせ、愛機飛燕《ひえん》にのり、真っすぐ前方に視線を向け滑走していったこの青年の、りりしい横顔がくっきりと思いだされてきた。

とともに、彼がある日なんら臆することもなく言い放ったつぎの言葉も――。

「全体主義の国で、戦争に勝つことはできません。日本もきっと敗けますよ。私は軍隊でどんなに鍛えられても、この考えを変えることはできません……」

知覧基地の無電室はせまい地下壕のなかにあった。今日の特攻隊の最後の攻撃を知るべく、特別の機械が準備してあった。幾人かの兵がレシーバーを耳にあて、じっと機械に硬い表情を向けていた。九時――目標上空に達する時間である。

すでに米軍の無電が盛んに入ってきていた。肉声の電話でよび合っているのが、手にとるように響いてくる。

「自殺機が超低空でくる。早く戦闘機をあげろ！」

真っ赤な火箭《かせん》、雲とまごう濛々たる爆煙、熾烈《しれつ》な砲火が飛び弾幕が空を蔽《おお》う。無数のロケット砲が機動部隊に厚く鉄と火と煙の幕をかぶせる。そのなかを突いて自殺機がおどりこんでくる。一機、二機。米軍将兵の叫び合う声、声。

「日本機、北方より別の一隊、突っこんでくるッ」

地下壕の無電機が鳴った。ジーと低く流れた。いつまでも長く……。それらもやがてぷつりと切れ、やがてまったく静かとなる。九時十分——時計は、激しく淋しい戦闘を知らぬげに、きちんと静かに時を刻んでいく。こうして六月十一日の物語は終わった。

あれからすでに五十年がたつ。知覧はもとの田園の町となり、これをめぐる山々は美しく、もはや格納庫や三角兵舎の跡などどこにもない。自然だけが美しく、人間のやったことの残滓はいじけて醜い。特攻作戦は戦争中に発表されたままの、いさぎよく国に殉じた物語としていまや後世に伝えられようとしている。陸軍は海軍に、海軍は陸軍に張り合って誇大な戦果を発表し、宣伝のための戦争の感さえあった特攻作戦、その真相はあっさりと消し去られていく。

しかし、それは民族精神の発揮でも何でもない、やってはならぬ作戦の外道であった。むしろそれは民族の悲劇として、国民的熱狂が何を生むかの教訓として、永遠に考えつづけていかなければならないことなのである。

黒沢という商大出の少尉がいた。出撃を見送ったのち、夫人は後を追って自殺してしまった。だが、少尉はエンジン不調で基地に戻ってきた。

またある少尉の妻は、人々の手をふりはらい離陸しようとする夫の飛行機の前に駆けよった。叫ぶ間もない一瞬であった。数人の整備兵があとを追った。轟々たる夫の飛行機と手をひろげて立ちはだかる妻――つぎの瞬間、人びとの見たものは現実を超えた何かであった。

また、昭和二十年八月十九日、すでに戦いは日本の降伏をもって終わっていたのに、満洲の原野をおおって南下するソ連軍戦車部隊に向かって、特攻機が出撃した。第五練習飛行隊第一教育隊の大虎山分屯隊の、十機の九七式戦闘機である。

その一機には最愛の夫と死をともにする妻が同乗していた。谷藤徹夫少尉と妻朝子である。かれらはその年の二月十五日に結婚したばかりの新婚であった。またもう一人、名前はいまもわからぬ将校宿舎のお手伝いの女性も、大倉巌少尉機に同乗していたという。

この十機は、上から命令された特攻ではなかった。しかし十人の若者と二人の女性の一途に結び合った心で、無法な敵戦車群に攻撃をかけ、全員が散っていった。

遺書は残ってはいない。ただわずかに、朝子が「もし夫が死ぬようなことがあったら、子供もいないし生きていく張り合いがない」と友人に語った言葉と、お手伝いの女性がつねづね言っていた訴え「女でもお国のために」とだけが、いまに伝えられている。

従容《しょうよう》として死地に赴いた上原良司少尉には、さきに記したT記者に手交した遺書とは別の、もう一つの遺書が残されていた。市民哲学者クロオチェを論じた彼の愛読書がそれであった。ひろげてみると、本文のところどころに十数頁にわたり赤い印のついた文字がある。その活字をたどっていくと、そこには愛する人への胸裂かれる告白があった。

「きようこちゃん、さやうなら。私は君が好きだつた。しかしその時既に君は婚約の人であつた。私は苦しんだ。そして君の幸福を考へた時、愛の言葉をささやくことを断念した。しかし私はいつも君を愛してゐる」

# 「終戦」後に特攻出撃した闘将

海軍中将　宇垣纏

　左の写真は、昭和二十年八月十五日の午後四時すぎ、出撃を前に撮られた海軍中将宇《う》垣纏《がきまとめ》の、別離のスナップの一葉である。場所は大分海軍航空基地の指揮所前。

　この日、すでに正午の玉音放送で終戦と決したことを知ったあとの、午後四時、第五航空艦隊司令部の一室で、幕僚と別盃をくみかわした司令長官宇垣中将は、故山本五十六元帥から贈られた脇差一腰を手にし、自動車で飛行場に向かった。沖縄周辺のアメリカ艦隊にたいし、長官みずから指揮官機に搭乗して特攻に出撃するためである。戦いの終わったいまはその要なし、と飜意をすすめる幕僚の意見具申に耳を藉《か》そうともしなかった。

　宇垣は言い切った。

「いまだ停戦命令に接せず、多数の殉忠の将士のあとを追い、特攻の精神に生きんとするにおいて、考慮の余地はない」

　すなわち、かれがこれから敢行しようとしているのは、特攻の精神に「生きん」とすることであり、死ぬことではなかったのである。

夏草のしげる飛行場には艦上爆撃機彗星《すいせい》が十一機、試運転の爆音をとどろかせていた。指揮所の前に、二十二名の搭乗員が整列しているのを認めた宇垣は、先頭に立っている中津留達雄大尉に、

「命令は五機のはずであったが……」

と言った。大尉は大声で答えた。

「長官が特攻をかけられるというのに、たった五機という法がありますかッ、私の隊は全機でお伴いたします」

宇垣は前におかれた台の上にあがった。

「皆、わたしと一緒にいってくれるか」

宇垣 纏中将

という宇垣に、全員が「ハイッ」といっせいに答え、右手を大きく振りあげた。

「有難う」

宇垣は静かに微笑をもってこれに答え、台をおりると幕僚の一人、一人と握手して最後の別れを告げた。

写真はそのあとに撮られたものである。もはや中将の階級章もその襟からとりはずされてい

る。指揮官としてではなく一特攻隊員としての覚悟をそこに示している。しかも、写真の長官は明らかに笑みを浮かべている。すべてにたいし常に木で鼻をくったような冷淡な表情と、字義どおりの傲岸不遜《ごうがんふそん》な態度を示すことから「黄金仮面」あるいは「鉄仮面」とかれは陰でよばれていた。その宇垣の最後の表情に、ひそやかな笑みがある。この笑みの意味するものは何なのか。

宇垣纏は明治二十三年（一八九〇）二月に岡山県に生まれた。海軍兵学校四十期、卒業成績は百四十四人中の九番、秀才である。海軍大学校卒。ドイツ駐在、海大教官、連合艦隊参謀、戦艦日向《ひゅうが》艦長などエリートコースを歩んだ。そして昭和十六年八月に連合艦隊参謀長として、旗艦長門に着任する。ちょうど日米交渉は暗礁にのりあげ、風雲ただならぬときであった。

秀才にして几帳面なかれは、もはや戦争への道は避け得ないと観じ、十月十六日から日記の筆をとりはじめる。

「その日その日にまかせて書き綴る事は、将来ナニガシカの為めに必要と考へるのである。従つて本日誌は之《これ》を戦の屑籠、否『戦藻録《せんそうろく》』と命名するのが適当であらう」

と、そのはしがきに記した。

いまの日本では、宇垣の名を知る人は少ないかもしれない。しかし、かれの名は『戦藻録』一巻（原書房刊）とともに不朽であるといって差しつかえあるまい。それは歴史資料として貴重なばかりではない。一字一字がそのまま、昭和の一海軍軍人の人格であり、緻密な頭脳、固い信念、さらには識見の顕現となっている。同時に、それは最後の最後まで一丸となって戦った帝国海軍の、唯一無比といってよい敗戦秘史なのである。

対米英開戦やむなしと決まった昭和十六年十一月三日、宇垣は記す。

「皆死ね、みな死ね、国の為俺も死ぬ」

それはこの戦いの前途が決して明るいものではないという、宇垣の透徹した戦略観を語る、とともに、早くも死を覚悟した心情をあからさまにしていよう。

宇垣の信念は「統帥の根源は人格である」というところにあった。強靱な意志が土台であり、みずからが挫けては人の指揮はできない。しかもその戦略観は抜きがたいほどの大艦巨砲主義である。堂々たる正面からの決戦を終始求めつづけた。それだけにいったん戦争となったとき、かれはだれよりも勇戦力闘型の闘将であろうとした。その戦いぶりはまさに前進また前進の激越さを示した。しかし、宇垣が夢みたような大艦巨砲による決戦は出現せず、太平洋の戦場は航空戦であり、消耗戦となっていた。

真珠湾作戦の大勝からミッドウェイでの敗北、さらにガダルカナル島争奪の苦闘――『戦藻録』の筆は次第に重く、暗くなっていく。そして十八年四月、山本長官の戦死のとき、二番機に乗った宇垣も重傷を負う。

内地に戻り九カ月の療養の末、十九年二月、宇垣は第一戦隊（戦艦部隊）司令官に補され、ふたたび凄惨苛烈な戦場に赴いた。もはや戦勢は大艦巨砲で敵を粉砕し、勝利を得るなどは夢のまた夢と化し、かつて想像したこともない連合軍の陸海空の圧倒的な戦力による日本兵殺戮戦となっていた。

「長門に着任、中将旗を掲げ死処とす」(三月六日)

この死の覚悟を、みずから証明するかのように、戦勢まったく非となった後半の戦闘での宇垣の指揮ぶりは、さながら死処を求めているかのような積極果敢ぶりを示した。マリアナ沖海戦(六月)、比島沖海戦(十月)では戦艦大和に坐乗して戦い、二十年四月からの沖縄決戦では第五航空艦隊司令長官として、九州の最前線基地にあって特攻作戦の指揮をとる。それは絶望の、非人間的な戦いとなった。しかし、こうするほかはないと思い定めている宇垣は「皆死ね、みな死ね」とばかりに特攻機を送り出した。六月二十七日、沖縄の日本軍玉砕。その日の『戦藻録』に宇垣は、

「此の頃『虚無』ならん事を修養の第一義と心得あり」

と冷たく死を希求する心境をはっきりと綴っている。

しかし、なお武人としての闘魂に衰えをみせてはいない。

「しかし、之からまだまだやるのだ。そして敵の次の手に遺憾のないやうにするのだ。支那へ向はうが、本土に来やうが、斃《たお》れても勝つまでは攻撃の手を止むるものではない。……国民全部が真実に一丸となり、生産と防衛に全力をつくすなら、なに敗けはせ

んよ」

七月五日付の、海軍軍医として出征中の子息に寄せた最後の書簡の一節である。肉親にも弱みを微塵もみせず叱咤激励する。闘将としての真面目をみる想いがある。

しかし宇垣の軍人としての戦いはそれまでであった。多くの若者が空に海に散ったあとに、八月十五日がめぐってきた。沖縄積極攻撃中止の命をうけたにもかかわらず、闘志燃えさかる宇垣は特攻機にのって攻撃をかけ死ぬことを決意する。そして日記『戦藻録』にその遺書ともいうべきことを最後に記した。

「独《ひと》り軍人たるのみならず帝国臣民たるもの今後に起《おこ》るべき万艱《ばんかん》に抗し、益々大和魂を振起し皇国の再建に最善を尽し、将来必ずや此の報復を完うせん事を望む。余また楠公精神を以て永久に尽す処あるを期す」

そして「之にて本戦藻録の頁を閉づ」として筆をおいた。

ここで最初の写真に戻る。ここに見られるように、死に支度を固めた宇垣中将の頰にわずかに浮かんだ笑みは何なのか。それはまさしく死処を得たことにたいする本懐の想い以外の何ものでもあるまい。死して「七生報国」の楠公精神をもって護国の鬼となる、報復を誓う、それが闘将の最後の最後まであきらめぬ、米英にたいする戦いであったのではないか。

宇垣中将はこうして空のかなたに飛び去っていった。

宇垣搭乗の彗星を操縦して同じように散った中津留大尉の父が、戦後にしみじみと語った言葉がある。

「私は宇垣長官がうらめしいと思います。なぜ、自分だけ腹を切らずに、うちの一人息子まで連れていったんですか」

生きていながらすでに鬼と化した宇垣には、二十二名の若者たちの生命にまで想いをめぐらすゆとりはなかったのであろうか。

# 自決を迫る妻と「グズ元」の胸中

## 陸軍元帥　杉山元

日本陸軍は来るべき本土決戦に備えて、日本列島を東西の二つにわけ、第一総軍（東日本）と第二総軍（西日本）の軍司令官にそれぞれ陸軍の最長老ともいえる元帥杉山《すぎやま》元《はじめ》と元帥畑俊六《はたしゅんろく》を任命した。しかし、〝最後の一兵まで〟を覚悟した本土決戦を前に、日本帝国はポツダム宣言を受諾し降伏した。

降伏から二日後の昭和二十年八月十七日、杉山元帥の妻啓子は、腸チフスの後保養のため滞在していた山形県上山《かみのやま》温泉から、いそぎ東京の家に帰った。彼女は温泉宿のラジオで、陸相阿南惟幾《あなみこれちか》大将の自刃を聞いたとき、第一総軍司令官の重職にある夫も当然自決するものと思いつめていた。

いや、夫人は夫の責務をもっと重大なものと考えていたかもしれない。元帥という軍人として最高の地位にあるということは、杉山の軍歴が国家の運命を左右するほどの重責を負っていたからにほかならない。それらとくらべれば、ついに戦うことのなかった第一総軍司令官の任務など、とるに足らぬものでしかなかった。夫人は、国家を敗亡に導いた最大の責任者のひとりであると、夫の元帥を観じていた。自分もまた国防婦人会の役員として、戦争遂行のため銃後の日本女性の先頭に立って、積極的に旗を振ってきた。その責任をみずからも痛感していたのである。

しかし、八月十七日夜、自宅の玄関で見たのは、出迎えに出た夫の悠揚せまらざる顔容であった。夫人は思わずカッとなった。あとには何を叫んでいるか自分でもわからぬほどの激情が、哀しみが、彼女を襲った。杉山はそんな病後の夫人の健康を危ぶみ、言葉をつくして慰めたが、夫人は頑として納得しなかった。それぱかりでなく、もし元帥がみずから決するところがないというなら、せめて自分だけは日本婦人にたいし罪を詫びて自決するが、それでもいいかと迫るのである。

老夫婦の言い争いは連日のようにつづいた。夫人は一日も早い自決をと強要した。病後の青白い顔をいっそう蒼くし、ついには無言で夫を睨む夫人に、杉山はなおただおだやかな笑顔を向けていた。夫人にはそんな優柔不断とも見える夫が我慢ならないことなのである。この精神的なだらしなさはいまにはじまったことではない。その想いが夫人をさらに苛立たせた。元帥という最高位にありながら、ついにこの人は何事であれ、自分の責任においてみずから決しようとはしないのであろうか。

杉山元は明治十三年（一八八〇）福岡県に生まれた。陸士十二期。陸大卒。ともに輝かしい成績を残したわけではなかったが、昭和陸軍の大御所宇垣一成《うがきかずしげ》大将にみとめられ、エリートコースを歩みだした。「精励恪勤《せいれいかっきん》、承詔必謹」が買われたためという。しかも二・二六事件後の全陸軍の粛軍で、先輩の大将連が退役し、いっぺんにトップに躍り出てしまった。

部隊勤務が少ない典型的な宮僚軍人として次第に昇りつめ、教育総監から陸軍大臣へ。さらに参謀総長と、陸軍最高の三長官のポストを歴任したのは、昭和陸軍になってこの人だけである。

その陸相のとき盧溝橋事件が起きた。部内統制の実力を発揮せず、中堅幕僚の意のままに動き、みずから策をほどこすことを知らなかった。その結果、つけられたあだ名が、「グズ元」、またの名が「便所のドア」、押されればどちらにでも動くロボット将軍の意である。そのグズさは、国家最大の危機にさいしての参謀総長のときも同じであった。

杉山 元元帥

杉山が参謀総長になったのは昭和十五年十月、日独伊三国同盟が締結され、ドイツのポーランド進攻にともない、世界中が戦火にまきこまれたとき。日本は第二次世界大戦にまきこまれるか否か、崖っぷちの危機に直面していた。

杉山は参謀総長に就任したとき、側近に、「参謀総長は陛下の幕僚長である。その務めは、何よりも陛下の御威徳を守ることにある」

と、その心境を洩らしている。その言葉どおり、杉山が貫こうとしたのは天皇への忠誠であった。いや、忠誠というより忠僕主義といったほうがいいか。天皇に忠ならざることを極度に畏怖した。昭和十六年、当時六十一歳の杉山は、四十一歳の天皇の前にでると心身ともに硬直させた。その揚句に叱られては「また天ちゃんに叱られちゃったよ」とペロリと舌をだし、冗談めかして言うが、その実は頭をかかえて考えこみ、小心翼々、天皇の前に出て説明することをますます恐れるようになった。

杉山はこうして陸軍を代表して天皇の叱られ役に徹した。そして海軍の自称天才の永《なが》野修身《のおさみ》軍令部総長に尻を叩かれ、部下の幕僚たちの強硬論に引っぱられ、ついに天皇に堂々と対米英開戦のやむをえないことを奏上するようになるのである。

戦勢がようやく傾きはじめた昭和十八年六月、永野とともに杉山は元帥の称号を得た。大本営での会食の席で、永野が言った。

「わしのようなボンクラが、よくもまあ、元帥にまでしていただいたものだと思うよ」

開戦前から永野にリードされてきた杉山は、この手放しの喜びようにボソッとした声で応じた。

「閣下は眠っていても、ものが見えたり聞こえたりするからいいが、わしは眼をあいていても、陛下の御前ではいつも冷汗三斗です」

戦い利あらずに責任を感じはじめた〝天皇の忠僕〟としての杉山が、相変らず「敷島の煙草を下唇につけたまま居眠りする」永野の無神経にたいし、精一杯に放った皮肉であったかもしれない。

昭和十九年二月、東条英機首相兼陸相が参謀総長も兼任するという強硬手段に出たとき、杉山は決死の覚悟でそれに反対しようとした。しかし、杉山に知らされたのは、東条が天皇の内諾をすでに得ているという思いもかけない内情であった。ごく近しい部下だけに、杉山はしみじみとした口調で言った。

「いま自分が死をもって反対すれば、それは陛下への反逆となる。自分にはそれはできない。陛下への申しわけが立たないことになる」

そして結果として東条に屈し、参謀総長の席をあけ渡した格好になった。

杉山のこうした動きをみてくると、たしかに「グズ元」の異名が象徴するように、優柔不断とみとめられるところが多かった。その上にこの人は軍人らしくあまり弁解するところがなかった。夫人が最後の最後にいたってなお、長年連れそった夫を白い眼で見なければならなかったのは、決してゆえなしとはしないのである。責任をとることもなく死に遅れ、生にしがみつこうとしているのか、と。

しかし、事実は、杉山は八月十五日夜すでにして自決を決意していたのである。それは国家敗亡ということより、かれにあっては天皇へのお詫びのために身を捨てるのである。忠僕たる杉山の面目躍如たるものがある、といえようか。

「御詫言上書

大東亜戦争勃発以来三年八ケ月有余、或ハ帷幄《いあく》ノ幕僚長トシテ、或ハ輔弼《ほひつ》ノ大臣トシテ、皇軍ノ要職ヲ辱《かたじけの》フシ、忠勇ナル将兵ノ奮闘、熱誠ナル国民ノ尽忠ニ拘ラズ、小官ノ不敏不徳能ク其ノ責ヲ完フシ得ズ、遂ニ聖戦ノ目的ヲ達シ得ズシテ戦争終結ノ止ムナキニ至リ、数百万ノ将兵ヲ損ジ、鉅億ノ国帑《こくど》ヲ費シ、家ヲ焼キ、家財ヲ失ヒ、皇国開闢《かいびやく》以来未ダ嘗テ見ザル難局ニ擠《さい》シ、国体ノ護持亦《また》容易ナラザルモノアリテ痛ク宸襟《しんきん》ヲ悩マシ奉リ、恐惶恐懼《きようこうきようく》為ス所ヲ知ラズ。其罪万死スルモ及バズ。

謹ミテ大罪ヲ御詫申上グルノ微誠ヲ捧グルト共ニ、御龍体ノ愈々《いよいよ》御康寧ト皇国再興ノ日ノ速《すみやか》ナランコトヲ御祈願申上グ。恐惶謹白

昭和二十年八月十五日認《したた》ム

陸軍大将　杉山　元（花押）」

すでに覚悟のあったことは、この「御詫言上書」の日付によっても明らかである。大罪を天皇に詫び、天皇の健康を気づかっている。

そして杉山がやっとその心のうちを妻の啓子に明かしたのは、八月二十三日深更のこ

とであった。包みきれなくなってはじめて杉山は夫人に諄々として説いた。第一総軍としての武装解除、将兵の復員、占領軍進駐の応接などの最後の任務もあり、心ならずも生き恥をさらしている……。夫人はむせび泣いた。夫を疑ったことを強く反省した。そしてそれからの最後の日々を、森鷗外の書くところの短篇「ぢいさんばあさん」のむつまじさで二人は過ごしたという。

杉山がすべての戦後処理を終えて、参謀総長室で四発の拳銃弾を胸に射ちこんで死んだのは九月十二日朝、すでに多くの人が生きることを考えはじめたときであった。その死にあたっても杉山は、いかにも杉山らしい面目を発揮したという。副官にモーゼル拳銃に弾丸をこめてもらい、部屋に入った。上官の覚悟の死を前に、緊張で咽喉もからからになって隣室に待機する副官の前に、

「おい、弾丸が出ないよ」

と、杉山はのんびりとした表情で出てきた。びっくりする副官の手で、拳銃の安全装置をはずして貰った。そしてあらためて、副官に微苦笑をうかべながら別れをつげて、悠然と部屋に戻っていった。

その死が電話で知らされたとき、電話口で啓子夫人は「息をひきとったのは間違いありませんか」と確認して、黒紋付の単衣《ひとえ》と黒いモンペに着がえた。そして線香の煙の流れる仏前に端坐し、青酸カリをのみ、短刀で胸を刺し、乱れることなく夫のあとを追っ

た。

夫妻がふたたび相会ったのは幡ケ谷葬儀場においてである。

# 反乱軍鎮圧後、従容として死す

## 陸軍大将　田中静壹

陸軍大学校校長の田中静壹《たなかしずいち》大将が、東部軍管区司令官兼第十二方面軍司令官に補せられ、甲府から東京へ着任したのは昭和二十年三月九日のことであった。憲兵司令官二回、東部軍司令官もすでに一回の前歴をもつ大物の田中の着任は、最後の本土決戦を目睫《もくしょう》にしての帝国陸軍の悲壮な決心を、全軍に示すためのものとなった。

前年の十一月一日、サイパン島基地を発したB29が本土上空にはじめて姿を見せた。標的《ターゲット》たる日本本土の上で、いよいよ本格的な戦いがはじまった。そして十回余にわたる写真偵察ののち、B29の大編隊による東京空襲が敢行されたのは十一月二十四日。いらい東京都民の生活は連日のように鳴りひびく空襲警報のサイレンとともにあった。

田中の東京着任は、この空襲のより激化が予想され、宮城の安泰すら保証しえない状況下において行われた。竹橋の軍司令部の舎前で、田中は参謀の起案した訓示の素案をのけ、みずから筆をとって指揮下の諸隊に示した。

一、旺盛なる闘志、二、総力を作戦準備に結集、三、訓練の精到、四、築城（防禦線）の概成《がいせい》と増強、五、実行の確認と戦陣生活の徹底、という五項目である。

そのいうところの意味は、兵員素質の低下、幹部将校の能力不足および近代戦にたいする認識不足、装備の不完全、後方輸送の途絶、弾薬の超僅少など、あげればキリのない悲観的現状を、なんとか打破しなくては、どうして日本の心臓部たる関東地方の防衛がなろうか、という田中の悲痛な叫びでもあったろうか。

こうした準備不十分、訓練未熟の寄せ集め部隊の抵抗力をあざ笑うかのように、田中着任のその日の夜半、空襲警報が発令され、B29三百三十機余が東京の下町を低空から攻撃した。死者八万八千人余、負傷十三万人、焼失家屋二十六万八千戸、そして百万の人が住むところを失った。東京下町は廃墟となった。

この三月十日を境に、東部軍の任務はもはや敵上陸に備えての準備どころではなくなった。防空作戦にひたすら取り組むほかはない。しかし高射砲は思うように敵機に届かず、防空戦闘機の燃料は、B29の一群が一回に使うほどの分量を、一カ月に分けて使うほどしか東部軍には補給されていない。また、せっかくの灯火管制も米軍の科学的な撮影と透視にはまったく役立たなかった。

米軍の無差別爆撃は、いまや無人の野を行くように狙いどおりに、夜となく昼となく日本の首都を焼き滅ぼしていった。火焔に包まれてカンナくずのように燃えて死んでいく老若婦女子のむごたらしい姿。田中の顔には焦燥と苦悩の色が濃くなる一方となった。

四月十三日、爆撃の被害は小さいながら宮城内八カ所に出た。またこの日、明治神宮本殿が炎上した。田中は責任上辞表を提出したが、大本営は「その要を認めず」としてもどしてきた。

五月二十五日夜の空襲で、田中の官舎が焼失した。もちだされたのはリンゴ一つと懐中時計だけ。「この家が焼けても、何ももって出る必要はない。大勢の国民の家を焼いた責任は俺だから」と田中の口癖がそのまま実行されたのである。防空作戦室でこの報を聞いたとき、「ウム、それでいい」と言ったあとで、田中はぽつりともらした。

「宮城は大丈夫かなあ」

いや、田中の杞憂《きゆう》は現実のものとなっていた。まさにその夜、三宅坂の参謀本部が焼け落ち、その飛び火が宮城正殿を紅蓮の焔で包みこんでいたのである。崩れ落ちる表宮殿から火の海に浮かんで黒々と建つ奥宮殿へと、三つの渡り廊下を伝わって火は高くふきあがった。報告をうけて田中は車で現場へかけつけたが、手の施しようもなかった。

田中静壹大将

夜が明けて司令部に帰ってきた田中は見るも哀れなほど悄然としていた。しかしその表情には、はっきりとある決意が浮かび出ていた。田中の次男である大本営参謀の田中俊資少佐には、それが何であるか、とっさにわかった。少佐は言った。

「死処は米軍が上陸するときに選ぶべきではないでしょうか。いま、軍司令官が代ることは、重要な関東地区の作戦準備を頓挫させるだけです。陛下にお詫びするときはかならずありましょうから……」

田中はギラッとした眼で、わが子を睨んだが、あえて何も言おうとはしなかった。それでも責任を痛感する田中は辞表を提出した。このときも「その儀に及ばず」として辞表はもどされてきたが、今回の進退伺い却下は、天皇の内意にもとづくものであることを、田中は知らされた。のみならずお詫び奏上で参内した田中は、かえって天皇から、

「消火によく努め、ご苦労であった」

と親しくねぎらわれるという光栄に浴したのである。

それからの田中は作戦計画の完成にいよいよ熱中した。米軍主力は九十九里浜に来攻する、一部で相模湾を襲うであろう、との判断を基礎とする迎撃計画である。それはおのれの死に場所を求める計画でもあった。

「第一回の上陸はかならず蹴落してやる。しかし二回三回と反復上陸してくると……」

と田中はごくごく親しい人に洩らしていたが、その再度の敵上陸こそが、皇居炎上のお詫びのときと覚悟していたのである。

しかし、歴史は田中の決意どおりには進まなかった。八月十四日午前十一時すぎから

の御前会議で、天皇はポツダム宣言受諾による終戦の聖断をくだしたのである。田中はかねての意図とは違うが、いよいよ決心を実行するときがきた、と思ったかと察せられる。ところが事態は、田中にその機会を与えまいとするかのように動いていった。

十五日未明、麾下《きか》の近衛師団の一部隊が、大本営の若手参謀の策謀にのって、宮城占拠そして徹底抗戦への逆転を狙う〝反乱〟を起こしたのである。いわゆる宮城事件である。この危機にさいして上官としての田中の対応は適切かつ沈着この上ないものであった。師団命令は偽命令であること、師団長が殺害された事によって近衛師団は東部軍司令官が指揮をとること、宮城占拠部隊の囲みを直ちに解くこと、などをつぎつぎに断々乎として指令した。

そして夜明けとともに、みずから宮城内にのりこみ、反乱部隊の説得に当たった。こうして反乱は真夏の夢と化した。身を捨てた有無をいわせぬ田中の気魄《きはく》が、事件を未然に収拾したといえる。天皇はこれを喜び、その日の午後に田中をよび、親しく言葉をかけている。

この八月十五日からの毎日は、田中にとって自決のときを思案する日々となった。軍管区司令官としての任務を終了するときこそ、の思いが田中にはあったが、混乱と騒動が続出し、その機会が容易におとずれない。しかし、八月二十四日午後、予科士官学校生徒が埼玉県川口の放送局を占領するという最後の事件が起き、これを鎮圧すると、その夜十一時十分ごろ、田中は従容として死についた。死ぬときを求めつづけ、それもならず、恐らくやっと死ねるかの想いがあったと思われる。拳銃で心臓を射ぬき、駆けつけた副官に「万事よろしく頼む」と二回くり返して永遠の眠りについた。

遺書は五通。公務的なものは各軍司令官および直轄部隊長宛てのつぎの一通であった。


「御聖断後、軍は克《よ》く統制を保ち一路大御心《おおみこころ》に副《そ》ひ奉りあるを認め深く感謝仕候。

茲《ここ》に私は方面軍の任務の大半を終りたる機会に於て、将兵一同に代り闕《けっ》下《か》に御詫び申上げ、皇恩の万分の一に報ずべく候。

閣下並に将兵各位は、厳に自重自愛、断じて軽挙を慎まれ、以て皇国の復興に邁進せられん事を。

聖恩の恭けなさに吾は行くなり」


「将兵一同に代り」の文字に田中は万感の想いをこめた。血のにじんだ上衣の内ポケットからは、八月十五日午後、御文庫で天皇から親しく賜ったお言葉の写しがでてきた。

「今朝、軍司令官ノ処置ハ誠ニ適切デ深ク感謝ス。今日ノ事態ハ真ニ重大デ色々ノ事件ノ起ルコトハ因《もと》ヨリ覚悟シテ居ル。非常ノ困難ノアルコトハヨク知ッテ居ル。併《しか》シ斯《カ》クセネバナラヌノデアル。田中ヨク頼ム。シッカリヤッテ呉レ」

この日までの田中は、この天皇の言葉を胸に抱いて、焼土を東奔西走し、さまざまな騒動や戦後処理に挺身した。純誠至忠そのものの姿であった。しかし皇居炎上によって象徴される東京焼尽、そして多くの非武装の国民を死なせた責任を、ついに田中は忘れ去ることがなかったのである。

明治二十年（一八八七）兵庫県生まれ。享年五十八であった。

# 全滅覚悟の出撃「湊川だぜ」

海軍少佐　野中五郎

〝尊王討奸〟の名のもとに青年将校が反乱を起こした二・二六事件の、「蹶起《けっき》趣意書」に記された筆頭名義人は、陸軍歩兵大尉野中四郎である。以下は「外　同志一同」とある。反乱は成功しなかった。最先任の将校として先頭に立った野中大尉は、二月二十九日午後、陸相官邸において責任をとり拳銃で自決した。

「天壌無窮《てんじょうむきゅう》　陸軍大尉　野中四郎　昭和十一年二月二十九日」

とだけ書かれた絶筆がそばのテーブルの上に残されていた。

兄の四郎が陸軍士官学校へ進んだのと違い、弟の野中五郎は海軍兵学校を選んだ。卒業は前年の昭和十年、兄が事件に起《た》った雪の朝、弟は海軍飛行学生として霞ヶ浦航空隊で雪上訓練をしていた。その野中を教官がよび、兄の蹶起を伝えた。それから四日後、兄の死が弟の五郎にもたらされた。

幼いころから五郎は、兄を心から畏敬していた。姿勢をくずさずむつかしい書を読む兄にたいし、弟は寝ころんで立川文庫のような講談本を読みふけった。兄は端正な秀才であったが、弟は天衣無縫の暴れん坊。性格的には対照的な兄弟でありながら、仲の良いことは無類であった。五郎は海兵生徒当時から陸軍にいる兄を、友人たちに自慢した。霞ヶ浦へ来てからも、何かといえば兄を例にもちだした。

野中兄弟の父の勝明は、ドイツに留学した砲術の権威として知られた退役陸軍少将で、尊皇精神の厚い人物である。その教育もそれに徹していた。それだけに反乱軍となり天皇に弓を引いたという事実は、一家にとってはあまりに衝撃であった。人一倍快活な五郎も、その後しばらくは気の合った仲間とも語らなくなった。そしてただよき飛行機乗りたらんと訓練に没頭した。数年ののちに、ようやくいつもの五郎に戻ったが、しかし兄の四郎のことについては、それからのかれの生涯において、ついに一度も語ることはなかった。

野中五郎少佐

そして、ほんとうにわずかな友だけが知ることであったが、野中五郎は終生、兄四郎の写真を肌身につけて離すことはなかったという。

いちどは野中も軍籍から身をひくことを考えたが、海軍がそれを許さなかった。海軍というより、海軍航空が、生まれながらの飛行機乗りといった野中を是非にも必要としたのである。

また、野中にとって、海軍航空隊という手荒いところが、いわば天国であった。技倆《ぎりよう》を磨き、航空戦術を練ることだけがかれの生き甲斐となり、また心の深いところの傷を癒すことになった。

その間に、世界の政治情勢は日一日と悪化し、太平洋をはさんで日米両国の関係は、対決の様相を深める一方となった。反米英の国民的熱狂は戦争待望への狂気と変わり、やがて戦争のもつ冷酷な力学が人間の良識を踏み潰していく。

野中五郎は、そうした急奔する時代の流れを背景にして、霞ヶ浦航空隊から空母「蒼《そう》龍《りゆう》」乗組、土浦航空隊などを経、第一線の雷撃部隊の指揮官へと急成長していった。しかも野中の指揮ぶりたるやおよそ常識からとっぱずれたアウトロー的なものとして、海軍部内でつとに有名になっていった。それは一種のやくざ、といって悪ければ、講談調の、〝ベランメエ〟によって象徴される乱暴この上ない指揮ぶりである。

配属された部下将兵が着任すると、背の小さなくりくり坊主の野中は、

「遠路はるばる若い身空でご苦労さんにござんす。てめえ、野中というケチな野郎で、ま、奥に通んな」

と大声でこれを出迎え、若い飛行機乗りのど肝をまず抜くのである。

これは、あくまで部下掌握を目的とした自己演出であった、とかれをよく知る人たちはいう。実は気持のこまやかな、優しい男であったともいわれている。ではあったが、一見がさつとも思われるベランメエの野中節によって、堅苦しい裃《かみしも》をとりさり、上下の

関係をぬきにした一心同体の戦闘部隊が形成されたこともまた、事実なのである。人はかれの隊を「野中一家」と呼んだし、隊員はそう呼ばれることを誇りとした。

この野中一家が、陸上攻撃機の主力部隊である第一航空隊に移って間もなく、太平洋戦争が勃発した。野中は部下をみだりに殺さぬことをモットーとして、戦火に身を投じていった。

昭和十六年十二月　比島のクラークフィールド飛行場攻撃、マニラ攻撃、香港攻撃
昭和十七年一月　コレヒドール攻撃
　同　二月　ポート・ダーウィング攻撃
昭和十八年五月　アッツ島艦船攻撃
　同　七月　ガダルカナル島飛行場攻撃
　同　十一月　ギルバート方面艦船攻撃

この年のこの月に野中は少佐に進級。

昭和十九年六月〝死ぬ年〟とみずから決め八幡大菩薩の旗を掲げ、八幡部隊として硫黄島に進出し、サイパン島夜間攻撃。

こうして野中少佐の戦歴をごく大づかみに見てみると、その作戦行動はそのまま太平洋戦争の諸主作戦と合致していることがわかる。字義どおり野中一家は太平洋を狭しとばかりに働きつづけたのである。

この、参加した「大小の合戦百余回」と自称する野中少佐に、「桜花」特攻のため新編成された神雷部隊の、陸攻隊隊長を任ず、の命がくだったのは、昭和十九年十月一日。

もはや大日本帝国に勝利のないことが明確になったときである。

着任した〝雷撃の神様〟野中がただちに認識したのは、この作戦の成功率がかぎりなくゼロに近いという事実であった。特攻兵器桜花を吊すことで、母機である陸攻の航続力が三割、速度が一割減少する。敵艦隊の二十キロ手前で桜花を切り離す計画になっているが、迎撃してくる敵戦闘機に親子もろとも撃墜される危険が予想された。それを振り払うには、陸攻一隊（十八機）に四倍の直衛戦闘機（七十二機）以上が必要であるが、それだけの戦闘機が整備されるはずはなかった。つまり作戦は無謀にして愚策の一語につきる。

野中は「この槍、使い難し」と歎じ、

「俺は、たとえ国賊とののしられても、桜花作戦だけは司令部に断念させたい」

とかれが信頼する部下にハッキリと言った。

「司令部は、桜花を投下したら攻撃機はすみやかに帰り、また出撃するのだと言っている。そんなことできるものか。ムザムザとやられるだけだ。それくらいなら、桜花投下と同時に、自分も他の目標に体当りしてやる」

そう口に出して死の決意を語った野中の胸中には、このとき、おのれが、国のため天皇のために華々しく散ることによって、兄の汚辱をそそぐという代償的心理が去来していたのかもしれない。少なくとも、強要の拳銃自決に果てた兄のあとを喜んで追う気持が強かったことであろう。

野中一家は、その日を待ちつつ、楠正成が用いたという「非理法権天」「南無八幡大菩薩」の大幟《のぼり》を指揮所にはためかせて、最後を派手やかに飾った。大きな陣太鼓をもちこみ、これを打ち鳴らして、「搭乗員整列」「訓練開始」などの合図とした。それと、およそ季節はずれの鯉幟の吹流しがへんぽんとして、たえず基地のまん中にひるがえっていた。

尋ねられると、野中少佐は、

「五つになる長男から借用してきたもんさ」

と言ったというが、そのときは決まって大照れに照れたという。

戦局挽回の期待をになって神雷部隊が出撃したのは、昭和二十年三月二十一日。それが初陣の日となった。直衛の戦闘機は予期したとおり数少なかったが、総指揮をとる宇垣纏中将は、

「いまの状況で桜花を使えないのなら、使うときがない」

と、断乎として九州沖に姿を見せた敵機動部隊を目標に出撃を命じた。陸攻十八機と直衛戦闘機三十機を率いて飛び立つとき、野中隊長はただ一語を残していった。

「湊川だぜ！」

結果は、まさしく全滅覚悟の、楠正成の湊川出撃そのものとなった。この九州沖航空戦は惨たる結果となった。未帰還者は野中隊長以下百六十名。戦果なし。桜花隊は全滅、母機の陸攻隊もほとんど還らなかった。あまりにも空しい玉砕戦であった。

野中の遺言は「湊川だぜ」の一言だけではなかった。曽我部博士《ひろし》氏が発掘の、出撃を前にして愛児に書きのこした遺書がある。

「ボー　マイニチ　オトナチク　チテルカ　オバアチャマ　ヤ　オジチャマガ　ヰ
ラッチャルカラ　ウレチイダロウ
オタンヂャウビ　ニワ　ミンナニ　カワイガラレテ　ヨカッタネ
オメデタウ　オメデタウ
オトウサマハ　マイニチ　アブー　ニノッテ　ハタライテイル
ボー　ガ　オトナチクチテ　ミンナニ　カワイガラレテヰルトキイテ　ウレチイ
モウチョロ〳〵　アルカナケレバイケナイ　ハヤクアルキナチャイ
オカアチャマノ　イフコトヲヨクキイテ　ウント　エイヨウ　ヲ　トッテ　ヂョ
ウブナ　ヨイコドモニナラナクテハイケナイ　チュキ　キライノナイヨウニ　ナン
デモオイチイ〳〵ッテタベナチャイ

デワ　チャヨナラ

オトウチャマヨリ　ボーへ」

アブーに乗って、死地へ飛び立った三十五歳の猛指揮官・野中少佐にあったのは、もうそのときには、可愛いボーへの優しい心だけであったと思われる。

# 過早突撃を戒めペリリュー島を死守

陸軍大佐　中川洲男

昭和十九年秋、米軍の東京進攻の、二本の矢のうちの一つ、機動部隊を中心とする太平洋ルートは、サイパン、グァムの占領で一段落した。つぎは二十年春以降を期して小笠原諸島を島伝いに攻めのぼる。しかしマッカーサー大将指揮のもとに、フィリピンに向かって北上するもう一本の矢のほうは、年内にいくつかの基地攻略を完了しておかなければならなかった。そのために急を要する島嶼《とうしょ》作戦は、パラオ諸島へのものとなった。とくに、パラオ本島より南へ約四十キロ離れたペリリュー島が、米軍にとっては許しがたいほど邪魔な存在であった。戦前より日本の海軍航空基地が築かれ、軍事的価値としてはほかの島より群をぬいた要衝となっている。比島進攻作戦を援護するための基地として、米軍がこの島を最大の攻撃目標としたのは当然のことといえた。

連戦連勝で意気揚る米軍は、昭和十九年九月十五日、パラオ諸島に攻撃をしかけてきた。数日前からの艦砲射撃と爆撃、そして当日未明からの砲撃など、すべてこれまでの島嶼作戦において熟達している戦法である。圧倒的に優勢な攻撃力をもって、ペリリュー島は三日で占領できると米軍の海兵第一師団は予定した。——が、戦闘は十一月二十四日まで、いや正確には昭和二十二年四月二十一日、残存日本兵三十四名が〝戦い〟をやめるまでつづけられたのである。この恐るべき闘志をもつ戦闘集団の指揮官が、歩兵第二連隊長中川洲男《なかがわくにお》大佐その人であった。

明治三十一年（一八九八）熊本県出身、陸軍士官学校三十期。中肉中背、無口、平凡、ただ真面目としか見えなかった人柄のどこにあれだけの強固な意志がひそんでいたのか。

中川大佐は満洲北部の嫩江《のんこう》からペリリュー島へ赴任するとき、久しぶりに家へ立ち寄った。出発にさいし、夫人に夏服と冬服を用意するように言った。思わず「どちらへ」と問いかける夫人に、中川は言った。

「永劫《えいごう》演習さ」

中川洲男大佐

夫人は、わけのわからないことを言うと、思いつつ、挙手の敬礼で立ち去る夫を見送った。言うまでもなく、永劫演習すなわち未来永劫につづく演習という言葉によって、二度と帰れぬ出陣の意を、それとなく中川は夫人に語ったのである。

しかし、それがまた中川の信条をそのまま語っているのである。ペリリュー島に着任すると、中川はただちに指揮下の大隊長に猛訓練開始を厳命し、こう訓示した。

「兵の精強さ如何はすべて訓練による。戦いに勝てる軍隊とは、訓練どおりに戦い得る軍隊である」

中川大佐指揮下、歩兵第二連隊三千五百九十名を中核に、増援の陸軍各部隊と海軍警備隊を加えて七千名余が、その日に備えて、こうして猛訓練に明け暮れた。

そして陣地構築にとくに入念に、全力を傾注した。たいして九月十五日、舟艇によって上陸作戦を開始した米軍は第一海兵、第八十一歩兵の各師団を中心に総数四万八千七百人を超えた。

「要するに、わが軍は日本軍にたいして、人員で七倍、小銃は八倍、機銃は六倍、火砲三・五倍、戦車十倍。戦闘は短期間で終わるものと確信する。たぶん三日間、あるいはほんの二日で終わるかもしれない」

と師団長ルパータス少将が豪語したのも、決して空威張りをしたわけではなかった。

戦闘は、しかし、そのような安易なものではなかった。中川大佐が造った陣地は強固で、島を揺るがす砲爆撃にも、人員、兵器ともほとんど損害をうけることなく、日本軍は頑強、かつ猛烈に、訓練どおりにこれを迎え撃ったのである。やっと海岸線に橋頭堡を確保して上陸第一日の夜を迎えた米軍は、早くも死傷千三百人近くの大損害をうけていた。しかも、その夜は黒ヒョウのように襲撃してくる日本軍斬り込み隊のため、海兵はほとんど一睡もできなかった。

師団長ルパータスにとって、戦闘はかつて想像もしていなかった形で進められた。島の中部の台地群が日本軍の主陣地であることは明白である。それゆえ包囲戦が最上の策とわかっていても、台地群へは険しい地勢を突破せねばならず、また日本軍陣地は予想もしないところに築かれていた。その上に、守備する日本軍が、いたずらに寡兵《かへい》による突撃というこれまでの常識を破って、完全に守勢に立って迫る米軍を果敢に迎え撃つのである。そして夜間だけ少数の斬り込み隊が襲い、生命ばかりでなく米軍の胆を奪った。

ルパータスは頭をかかえて苦慮した。この島の日本軍はバンザイ突撃することなく、超持久戦を意図していることはいまや明白となった。しかし、攻撃せねば占領の目的は達成できない。といって、やみくもに攻撃することは、ただ日本軍のねらい射ちの標的となるだけであった。

時間はどんどん経過していった。日とともに日米両軍の被害は激増していく。上陸二週間たっても、中川大佐の本陣のある中央台地群は手つかずのまま。米第一海兵連隊は指揮下の三個大隊がどれも五十五パーセント以上の損害をうけ、ついに戦闘能力なしと判定され、後退を命じられるほどであった。

日本軍は損害を少しずつ大きくしながらも、なお頑張った。洞窟は、旧燐鉱石の廃坑をうまく利用してつくったもので、深い竪坑のほかに横坑を整備し、あくまでもモグラとなって戦う作戦をとりつづけた。中川連隊長は熊本なまりをまじえ、部下をたえず激励していった。

「戦《いくさ》は、つまるところ人と人との戦いである。戦う意志と力をもつものがいるかぎり、戦いは終わらず、勝敗も決まらない。陣地を守る事はその戦いぬくための手段のひとつ。問題はできるだけ多数の敵を倒し、できるだけ長く長く戦闘をつづけることにある。それには守る陣地が多いほどよかと」

そして、ややもすれば突撃に転じたくなる部下の焦りを、きつく戒めた。

「一兵といえども過早の出撃は許さぬ」

この中川連隊の、執拗にして頑強な抵抗と、少数精兵による思いきった夜間斬り込みのくり返しとは、各方面で敗報を聞いて沈みがちであった日本軍全体の士気に、大いに活を入れる作用をもたらした。ラバウルの主将今村均大将は、部下の将兵に訓令して「ペリリュー精神を見習え」と言った。大本営も元気づき「ペリリューはまだ落ちない」を朝の挨拶がわりとした。国民も、敗勢迫る十九年秋のたった一つの朗報として、ペリリュー島の猛戦を声高く語り合った。

この奮戦の報は天皇の耳にも達した。毎朝、お文庫より表御座所に出られると、侍従武官に、

「ペリリューはどうなったか?」

と聞かれるのが日課となった。そして十回ものご嘉賞の言葉が、ペリリュー島の中川大佐のもとに送られた。

しかし、いかに戦いぬこうにも限度があった。十一月十七日、弾薬はもちろん、食糧はつき、また飲み水もまったく涸れてしまった。一粒の米もない日がつづいたが、中川はなお〝突撃〟を許さなかった。十一月二十日、米軍は連隊司令部の百メートル前面に迫った。直接に掌握する兵力はわずか五十人足らず、しかし中川は玉砕突撃を許さなかった。

二十四日、米軍が十数メートルに迫ったとき、はじめて軍旗を奉焼し、部下にたいしては各個のゲリラ戦続行を命じた中川は副官根本甲子太郎大尉に介錯を頼んで自決した。遺書はない。かわりに根本大尉に語った中川の、死にのぞんでの最後の言葉が、遺書がわりに生残者によって伝えられている。

「軍人は最後の最後まで過早の死を求めず、戦うのが務めというものだ。百姓がクワをもつのも、兵が銃をにぎるのも、それが務めであり、務めは最後まで果たさんならんは、同じこと。務めを果たすときは、誰でも鬼になる。まして戦じゃけん。鬼にならんで、できるものじゃなか」

中川は〝護国の鬼〟となりながら、死のそのときまで冷静そのものであった。

# Uボート内で自決した技術者の無念

## 海軍技術中佐　庄司元三

ドイツ潜水艦U234号が、夜の闇にまぎれこむようにして、ノルウェー南端のクリスチャンサンを出港したのは、昭和二十年四月十五日である。目的地ははるか彼方の日本。大西洋も太平洋も、連合軍に制空・制海権をにぎられている戦勢のもと、いかに戦塵にもまれ卓越した能力をもつUボートであろうと、それを容易にのりきれる行程と思うものはだれもいなかった。

艦には二人の日本海軍の技術士官が乗艦していた。庄司元三《しょうじげんぞう》技術中佐、四十二歳。友《とも》永英夫《ながひでお》技術中佐、三十六歳。ともに東京帝国大学を卒えて海軍に身を投じた技術者で、庄司はジェット・エンジンを推進力とする飛行機の研究、友永は高速潜水艦の研究のため、ヨーロッパに赴任していたのである。

かれらの研究成果がもたらされることは、敗色濃厚の日本にとっては、貴重この上ないものであった。一刻も早くの思いがドイツ駐在の日本人のだれの胸にもあった。そこへUボートの日本派遣が計画されたのである。二人の技術士官に帰国準備をさっそくととのえるよう指令があったのは、その年の初めのこと。この潜水艦の日本への航行がいかに危険なものであろうと、あえて二人を日本へ送還し研究を生かさねばならない。それが戦士に与えられた任務というものであった。

当時ストックホルムにいた庄司中佐は、ドイツへ飛ぶ前の晩の一月三十一日に、ジェット機関係の設計図などの梱包をすませると、家族宛ての遺書をしたためた。昭和十四年六月末に日本をあとにしてより、実に六年ぶりの帰国ということになる。しかしその喜びは少なかった。祖国もまた、友邦ドイツの戦場全域の惨たる敗退以上に、有史はじまっていらいのみじめな敗北を迎えようとしていることを知っていたからである。

庄司はこの六年間、その全智全能をあげてジェット機とロケットの研究に打ちこんだ。

「ドイツにきてみて余り突飛なことが実現しているので、びっくりして夜も眠れない」

庄司元三技術中佐

という状況から「俺は少々頭が変になってきたぞ」となるまで、この時代の先端をゆく研究を自分のものにしていった。かれの鋭敏な感受性が有効に働き、そこに研究の進歩があり、新発見があったといえる。

なろうことなら、自分自身の頭脳のなかにしっかと刻みこんだジェット機製造の知識を、設計図とともに運びこみ、敗亡にあえぐ祖国の運命を逆転させるために役立てたいと、庄司は衷心《ちゅうしん》より思った。そのことを出発前にかれは知友に語っている。しかし、それが間に合うかどうか、というより、日本へ無事帰りつけると期待することの方が、むしろ夢想にひとしい、という苛烈な戦況下にあったのである。同行する友永中佐もまた、同じ覚悟を定めていた。

庄司は出発を前に、池田春男主計大佐に遺書を託した。友永は日本を離れる折に友人にすでに遺書を残していたので、心残りはないように見えた。二人はルミナール（睡眠薬）を多量にポケットに納めていた。そしてUボートに乗艦するとき、見送りの友人たちに、

「いざという時には、やるよ」

と、笑って言った。

こうしてひそかに領海を離れたドイツ潜水艦U234号は、大西洋の底を這うように航進をつづけた。何日も何日も潜航をつづけ、艦内空気の汚濁がはなはだしく窒息の危険が増大したときに、はじめて浮上し、全員が新鮮な空気を吸って生き返った。

クリスチャンサンを出港してから、爆雷攻撃をうけるなどの危機に何度か遭遇しながらどうにか切りぬけて、二十日間が過ぎた。庄司も友永もドイツ語が巧みなので、乗組員たちとの間に楽しい友好関係を育てあげた。二人はまた、自分から申告して艦内勤務をにない、当直に立ったりした。

五月七日、日本への距離の約五分の一を航行し、艦はカナダのニューファウンドランド島東方九百キロの洋上に達した。ここからアフリカ大陸の南端喜望峰へのコースをとる。が、その日の夕刻、突然、海軍総司令官デーニッツ元帥よりの緊急指令が飛びこんできた。

「ドイツ全艦艇ニ告グ。祖国ハ無条件降伏セリ。各艦ハ、ソレゾレ最寄ノ連合国ニ降伏セヨ……」

U234号艦長は、悲痛な表情のもとにこれを全員に伝えた。艦は航行をつづけていたが、口をきくものはなかった。使命は終わった。日本への道をたどることはもう必要がなくなった。デーニッツの命令どおり、艦長は、降伏を決意した。が、難問が一つあった。どうしたらよいのか？　艦には日本人士官が二人乗っており、しかも日本は戦争をいぜん継続している。

「われわれは、日本人士官に事情を説明して、かれらを監禁することに決した。かれらは少しも騒がず、従容たる態度で、莞爾として監禁を甘受した」

と、庄司・友永と同室で暮らしていたザンドラルト陸軍大佐が回想する。

「(かれらにとって) 潜水艦を破壊することなどは、やろうとさえすれば、朝飯前だったであろう。なぜならば、友永中佐は、潜水艦の専門であったから。しかし、かれらはそれを敢えてしなかった。一方、かれらの海軍士官としての名誉心は、生きながら敵に投降することを禁じた。かれらはわたしにたいして『艦はわれわれ二人について何も懸念するに及ばない』と誓約した。そこで艦長はただちにかれらの監視を打ち切った」

こうして、何日間かの監禁から解かれ、部屋から自由に出ることを許された庄司・友永の二人が、まずしたことは携行してきた機密書類や設計図を処分することであった。鉛の錘《おもり》をつけられた梱包が海中に沈んでいくのを見つめていた二人の眼には、キラキラと光るものがあった。監禁状態の日々において二人は決意を固めていたのである。

沈黙を保ったまま、ふたたび部屋に戻った二人は、ドアをゆっくりと閉めた。艦は西へ向かって航進している。その方向にはアメリカがあった。日が、没した。

五月十二日早朝、ザンドラルト大佐は、頭上のベッドにならんで臥している二人が、まったく動かないことに不吉を予感した。

「二人は致死量のルミナールを仰いでいた。こときれるまでには、長い長い時間がかかった。われわれは力なく、それに相対しているほかなかった。われわれもまた、二人の宗教的な、愛国的な理由から選んだ自決を尊重せねばならぬ、という強い想いにとらわれていた」

大佐はこう回想している。

ベッドの傍らに、友永の書いた艦長宛てのドイツ語の遺書が残されていた。

「われらの遺骸を水葬にせられたし
われらの所持品は乗組員に分配せられたし
われらの死を速やかに祖国日本へ通報せられたし
貴官の友情に感謝し、ご一同の幸運を祈る」

日付は五月十一日、前日に書かれたものであることを示している。

ドイツ人たちはだれもが、なぜ二人が死をえらんだのか、理解できなかった。この二人の日本人は海軍軍人ではあるが、東京帝国大学出身の技術者であり、戦争ゆえに軍服を着たまでのことではないか。俘虜になっても恥じることは少しもない。そう考えるドイツ軍人たちには、かれらが自決する理由がわからなかった。わずかに、それこそが日本の武士道と思うものがいたが……。

二人の遺体は甲板上にはこばれ、遺書にあるとおり水葬された。ケンバスに包まれた遺体のうえに、ドイツ軍艦旗がかぶせられた。艦長の命のもと、遺体は波浪のうねる大西洋上に一体ずつ水しぶきをあげて落とされた。

二人の技術中佐の戦死の公報は、昭和二十一年七月初旬に家族のもとに郵送された。うけとる夫人にはすでに覚悟ができていた。それより少し前に、かの地で抑留され二十一年に帰国した池田大佐から、庄司夫人は夫の遺書をうけとっていたのである。幼い息子に宛てた長文のそれのなかで、庄司中佐はこう書いていた。

「……早く日本へその（ジェット機とロケット兵器の）技術を伝へないと大東亜戦争に日本が苦戦をすると思ひ、欧州へ特に長く残つてロケットの技術の研究に従事した。年老いたおばあさん、可愛いい可愛いい子供を失つたお母さん、元信、元昌がお父さん早くお帰りなさいと呼ぶ声は始終耳に聞こえておつたが、お父さんは又日本の航空技術を背負つて立つ身なり。……（略）。

……百日間の航海中ドイツが英米に屈服してしまはないかといふ心配もあるが、お父さんが戦死してお前達が孤児になつても、お前達の父も又他の多くのお前達の同僚のお父さん達と等しく、日本の為、天皇陛下の御為、又お前達日本の後継者の為、其の命を捧げたといふ点を承知して貰ひたい。……（略）」

遺書の最後は、やさしい心遣いでとめられていた。

「……参考迄にお父さんが滞欧中比較的長く住んでいた住所を書いて置く。若しお前達が洋行でもする機会があつたら訪ねて見よ」

庄司中佐は、このとき、平和になった世界で、別れるときまだ幼かった子供たちが大きくなり、外国旅行を楽しんでいる姿をあたたかく想い描いていたに違いない。

# アッツ島玉砕は大本営の無策怠慢

陸軍大佐　山崎保代

昭和十八年四月十八日に死んだ連合艦隊司令長官山本五十六大将の、国民に与える影響を考慮して、公式に戦死発表があったのは五月二十一日。それから十日もたたない五月三十日、大本営発表は、アリューシャン列島アッツ島守備隊の全滅の悲報を伝えた。これが太平洋戦争において日本国民が聞いた〝玉砕〟という言葉のはじまりであった。

「アッツ島守備部隊は、五月十二日いらい極めて困難なる状況下に寡兵よく優勢なる敵にたいし血戦継続中のところ、五月二十九日夜、敵主力部隊にたいし最後の鉄槌をくだし、皇軍の真髄を発揮せんと決意し、全力を挙げて壮烈なる攻撃を敢行せり、爾後通信全く途絶、全員玉砕せるものと認む。

傷病者にして攻撃に参加し得ざる者は、これに先立ち悉《ことごと》く自決せり。我が守備部隊は二千数百名にして、部隊長は陸軍大佐山崎保代《やまざきやすよ》なり、敵は特種優秀装備の約二万にして、五月二十八日まで与えたる損害六千をくだらず」

山本長官戦死につづいてラジオが伝えるこの悲報に、粛然として頭をたれる国民を叱咤激励するかのような訓示を、大本営陸軍報道部は臨時番組で流した。山崎部隊は十倍の敵を迎え撃ち、一兵の増援も求めず、わが皇軍の『戦陣訓』そのままを実践したものである。すなわち「従容として悠久の大義に生くることを悦びとすべし」（第七・死生観）、「生きて虜囚の辱《はずかしめ》を受けず、死して罪禍《ざいか》の汚名を残すこと勿《なか》れ」（第八・名を惜しむ）、山崎大佐以下の死はまさにこの戦陣訓にのっとった皇軍道義の顕現であったのである、と。

新聞もまた、「アッツにつづけ」「この仇を討て」というキャンペーンで紙面を埋めた。さらにアッツ玉砕の歌が悲愴なる調べを街や学校や職場に流した。

　刃も凍る北海の
　御楯と立ちて二千余士
　精鋭こぞるアッツ島
　山崎大佐指揮をとる

山崎保代大佐

国民はひとしく悲痛の想いを噛みしめたが、だれひとりとして玉砕の裏に隠されている〝真実〟を知らなかった。ひとり昭和天皇は、参謀総長杉山元《すぎやまはじめ》大将の報告奏上をうけたあとで、侍従武官長にこう言った。

「今度の如き戦況の出現は前から見通しがつい

ていたはずである。しかるに五月十二日に敵が上陸してから一週間かかって対応措置が講ぜられ、濃霧のことなど云々していたが、霧のことなどは前もって解っていたはずである。早くから見通しがついていなければならぬ。陸海軍の間に本当の肚を打ち明けた話合いができているのであろうか……」

天皇は、アッツ守備隊玉砕の悲劇が、統帥部の作戦指導の見通しのなさ、誤まりによるものであるのではないか、ということをはっきりと指摘したのである。

事実、それは大本営のとんでもない怠慢、無策、錯誤によるものであった。アリューシャン列島のアッツ島とキスカ島の占領は、昭和十七年六月に陸軍の北海支隊と海軍の北方部隊の協同作戦のもと敢行された。それはミッドウェイ作戦と呼応して行われたもので、一、敵の航空進攻基地の利用阻止、二、哨戒《しょうかい》線の前進、三、米ソの連絡遮断、などを目的とした。しかし、ミッドウェイ作戦の失敗によって、その占領目的の大半はなくなった。いわば戦略的な価値がなくなり、そこを確保することにほとんど意義を見失っていたのである。

しかもアメリカ軍は、十七年八月にアダック島に、さらに十八年二月にはキスカ島に近いアムチトカ島に航空基地を設けて、反攻の勢いをみせてきた。大本営はそれにたいしてなんら対策を講じようともしなかった。短期確保から一旦放棄へ、いや長期確保だと目まぐるしく構想が変わった。のみならず海軍は戦略的に無価値になったからと、要領よくさっさとアッツを切り捨てた。陸軍は文句をつけながらも、それ自身も長期確保を言いながら、離島防禦にかんする研究を何一つしようともしなかった。昭和天皇が「陸海軍の間に本当の肚を打ち明けた話合い」がない、ときびしく叱ったのももむべなるかななのである。

アメリカ軍は、日本軍が無策のまま放置している間に、自国の領土を直接踏みにじられた憤激もあり、国内輿論《よろん》にもおされて、アッツ、キスカ両島奪回の大作戦に出た。戦艦三、空母一、重巡三、軽巡三、駆逐艦十二という大艦隊の支援のもと、第七師団一万一千人が上陸を開始したのである。

これを迎撃するアッツ島守備隊は、北海道第七師団から派遣された歩兵一個大隊を基幹に砲兵・高射砲兵と、少数の海軍を加えて二千三百七十九名、弾薬〇・八会戦分のみを保有していた。指揮官の山崎保代大佐は、四月十八日に歩兵百三十連隊長より転じて着任したばかり、山梨県出身、明治二十四年（一八九一）生まれ、陸士第二十五期、その軍歴は常に第一線の歩兵連隊勤務に終始し、陸軍中央の省部勤務は一度もなし、という字義どおり生え抜きの歩兵育ちの闘将であったのである。

山崎大佐は、孤立した離島に大軍の上陸を迎え、その敵からの投降勧告に、まず「冷笑」で応じたという。そのすでに死を覚悟した笑顔に、部下将兵たちは指揮官の人間性をたしかに見とどけたのである。雪と岩と泥の島、その自然を利用して、全員が死戦を決意した日本軍の戦いぶりは、すさまじいの一語につきた。米軍は最前線指揮官を交替させねばならないほどの苦戦を強いられた。

しかし、それとても、はかない抵抗と書くほかはないのを悲しまざるをえない。苦闘二週間余、南方方面の戦局が急迫をつづけているため、アッツは大本営に見捨てられた。山崎部隊は大きな犠牲を敵に与えつつも、島の北東チチャゴフ湾をのぞむ高地に追いつめられていった。最後の関頭にさいして山崎大佐はゲリラ的な戦いを選ぼうとはしなかった。

五月二十九日（午後二時三十五分発）の最後の電文が残されている。

「敵陸海空の猛攻を受け、第一線両大隊は殆んど潰滅（全線を通じ残存兵力約百五十名）。辛《かろう》じて本一日を支ふるに至れり。

野戦病院に収容中の傷病者はその場に於て、軽傷者は自身自ら処理せしめ、重傷者は軍医をして処理せしむ。

非戦闘員たる軍属は各自兵器をとり、陸海軍とも一隊を編成、攻撃隊の後方を前進せしむ。

ともに生きて捕虜の辱しめを受けざる様《よう》覚悟せしめたり。他に策無きにあらざるも、武人の最後を汚さんことを虞《おそ》る。英魂とともに突撃せん」

さらに一本、

「機密書類全部焼却、これにて無線機破壊処分す」（十九時三十五分）

これらは冷静に書き記された山崎大佐の遺書というべきものである。大本営にたいする愚痴や抗議めいた文言はいっさいない。

残存部隊出発は午後八時、夜陰に乗じて平地にくだり、黎明の曙光すなわち五月二十九日午後十時三十分（現地時間午前三時三十分）、最後の突撃を決行した。その戦闘の勇猛さを「バンザイ突撃」の名とともに、米軍はいまも讃えている。米軍は突撃の壮烈さに唖然とし、戦慄してなすところを知らなかったと戦史は伝えている。

山崎大佐が、上長のキスカ守備隊司令官からうけていた最後的命令は「マサッカル湾付近の飛行場予定地域の確保」である。それゆえに山崎大佐はその地域をめざして一直線に突撃した。目標にいたる最短距離は直線、その直線上を障害をものともせず突進、という歩兵の本領を遵守した突撃であった。あるいは、「他に策無きにあらざるも」あえてした精神の突撃というべきであったろうか。

日本軍生還者二十七名のうちの一人が伝えた山崎大佐の、バンザイ突撃を前にした最後の訓示が残されている。

「弾丸が尽きたら銃剣で闘え
剣が折れたら拳で撃て
拳が砕けたら歯で敵を噛め
身体が砕け心臓が止まったら魂をもって敵中に突撃せよ
全身全霊をもって皇軍の真髄を顕現せよ」

戦後の遺骨収集で、その訓示どおり、夜襲バンザイ突撃の最先頭のものが、大佐の遺体であったことが確認されている。

# 妻子とともに自決した降伏反対論者

## 海軍少佐　国定謙男

随筆家にして芸能家の徳川夢声《とくがわむせい》は太平洋戦争下の克明な日記を残している。その昭和二十年九月十二日のところにつぎの記載がある。

「＝御無沙汰

去る二十二日夜、国定少佐、土浦にて、御家族共々自決さる、墓地にて、幼き二児は各々ヽと人形を胸に抱き、軍刀枕に眠れるが如く、傍《かたわら》なる夫人又端然たり、少佐自ら墓碑に倚《よ》り、同じく拳銃にて頭射抜かれたり、寔《まことに》見事なる御最後なりきと。

城夏にして民草青み、死花咲かせむものと、競ひたるも、国破れて山河あり。

その河滔々として濁流逆巻き溢れ、夏草共の根を洗へり、数ならぬその一本花咲かず望も絶え、浮き漂ひて、落着く先も知らずなりぬ。

嗤《わら》ふべき哉敗残の将、又何をか言はむ＝

右は富士子宛に来た、河合中尉のハガキの文面である。国定少佐の立派な死に対して、今朝の新聞に出ている東条大将の自決ぶりは何たることであるか。」

夢声はこう書いてきて、このあとめんめんと東条英機大将の自決未遂のことを綴り、

「なんだか吉良上野介の最期を想わせられる」と吐き棄てるように言う。そして国定少佐一家の霊に、

草の露小さきむくろに人形に

と、哀別の一句をささげている。文中の富士子は夢声夫人、河合中尉とあるのはよく訪ねてきていた海軍軍人、そしてϒという文字を夢声は（コノ字ガ分ラナイ）としているが、飛行機を意味する海軍の略号である。死の旅を共にした幼き坊やが飛行機の模型を胸に抱いていたのであろう。

この記事を読んでいらいずっと国定謙男《くにさだかねお》という海軍少佐のことが気になっていた。軍人として国家敗戦の責を負い一家もろとも殉ずる、というのはただごとではない。それに終戦史をくわしく調べていくうちに、陸軍軍人はもとより、降伏にあくまで反対し〝最後の一人《いちにん》まで〟を呼号する海軍軍人が数多くいたことを知った。国定少佐もそのひとり、というよりも、最強硬論者であることもわかっていたからである。

終戦時、少佐は軍令部の第二部部員として本土決戦の戦備計画に必死にとりくんでいた。それ以前には、飛行機乗りとして、日中戦争から戦闘に参加した少佐は、太平洋戦争の苛烈さをきわめる昭和十八年から十九年にかけて、航空隊教官として飛行予備学生の教育に心血を注いだ。過労から肺浸潤の再発で倒れる、という無理をおし通して若鷲を錬磨育成した。そして、かれの薫陶をうけた第十三期の飛行予備学生たちは、特攻隊

員としてつぎつぎに南溟《なんめい》に散っていった。病い癒えて第一線に復帰したとき、少佐には、いずれ教え子たちの後を追わんの自責と痛切の想いだけがあったかと思われる。

そこに無条件降伏の決定である。八月十日未明の第一回聖断から、十四日のポツダム宣言正式受諾の第二回聖断までの数日間の上層部の動きは、国定少佐にとっては許しがたいものであった。とくに海相米内光政大将が降伏派の中心人物であることは、少佐を憤激させ、ある決意を固めさせるに十分なものがあった。

ある決意とは――海相暗殺である。少佐は拳銃をふところに海相の身辺をしきりにうかがった。うるわしの国体を護持せんがために身を捨てることを決意する。それが大義であると信じた。しかし、海相護衛は非常な厳重をきわめ、さらに海相は宮城内にあることが多く、ついに少佐のひそかな決意は歴史の激動の渦の中におし流されてしまった。

その国定少佐が、夢声の日記にあるように、八月二十二日に家族ともに自決した――ただひとりの死ならわからないでもない。しかし、夫人と幼い子供二人までを道連れにするという事実には、しばし暗澹たるものを感じないわけにはいかなかった。いかに戦士としての

国定謙男少佐、喜代子夫人、長女・緋桜子

熱情のしからしむるゆえとはいえ、責はただ一人でとればいい、の想いがどうしても残るのである。あるいは狂気に走っていったのかもと……。

しかし、こんど歴史家の田々宮英太郎氏の書いたものを読み、『夢声戦争日記』を目にしたときいらいの疑いが氷解した。海軍兵学校第三十期(昭和八年卒)の同期の人びとの追想を、田々宮氏はいくつか書きとめている。そのうちの大崎適男《おおさきたまお》少佐の回想の一部を引用する。すでに死を決していることを知っている大崎少佐は、なんとか翻意させようと「貴様の様な有能の士こそこれからの日本が切望するものだ」と説得する。しかし、国定の決意はゆるがなかった。

「私は更に『せめて妻や子供は残したらよいではないか。貴様の遺志を継ぐ人をこの世に残すのだから』と言えば、『それも考えぬことはないが、妻が承知しないだろう。妻がどうしても自分と共に往くとすれば、子供だけ残すのはなおさら可哀そうだから』と答えた。

恐らく君はかくあることを予期し、その時とるべき手段を夫人と合議されていたのではあるまいかと推察する」

国定少佐はきわめて冷静であったのである。夫人もまたそれ以上に冷静に国家敗亡後の自分たちのあり方を考えていた、とみてとれる。〝二人ともに〟の死の決意は、深くそして潔い人のこころの誠に発していた。武人としての、その妻としての、信念と徳操と精神の強靱さにおいて、二人は屹然《きつぜん》としていたのである。

八月二十二日早朝、茨城県土浦市の善応寺で一家四人はともに死出の旅へ旅立った。夫人は紺の紬《つむぎ》のモンペ姿に白足袋、女の子は絽の赤い模様の着物、男の子はセーターにズボン姿、拳銃の弾丸がいずれも左こめかみから射ちこまれ、即死であった。少佐は第三種軍装で、長剣や図嚢《ずのう》までつけていた。少佐は家族を射ったあと、三人の遺体を頭を東にしてならべ、みずからは右こめかみを射ちその後を追った。

遺書は三通、隣接の墓の囲い石にのっていた。土浦憲兵隊長、警察署長、市役所関係者殿と連名の宛て名書きの公的なそれの、全文をかかげる。


「一、作戦停止ノ大命下リ海軍軍人トシテ日頃ノ信念ニ従ヒ自決ス
二、最後マデ陛下ノ栄誉アル軍人トシテ武装ノ儘決行スルニ付種種ノ規則等アランモ特ニ現服装ニテ宮城ニ面シ土葬セラレ度
三、善応寺ヲ選ビタルハ我敬慕スル佐久良東雄《さくらあずまお》先生ト地ヲ共ニセント思ヒタルナリ
四、霞ヶ浦航空隊長谷川少佐又ハ十航艦司令部副官永井主計大尉ヲ通シ軍令部副官又ハ同二部ニ通報ヲ乞フ
私事ニ関シテハ妹夫婦佐久間正敏弘子、千葉県松戸市馬橋、本日来タル様、手配

シアリ

追記

妻行ヲ共ニセンコトヲ願フニ依リ再考ヲ促スモ決意固キニ付許可ス　幼児ヲ伴フト云フ国家ノ将来ヲ考ヘザルニハ非ザルモ虚弱ナル二児ノ身ヲ思ヒ愚ナル親心ヲ察シ乞フ

妻　喜代子　三十一歳

長男　隆男　二歳

長女　緋桜子　五歳

小生幼時ヨリ桜ヲ好ミ長女ハ緋桜子（岩国川ノ辺ニテ生ル）ト名付ケ　皇国ノ隆昌ヲ祈リテ長男ヲ隆男トナセリ、然ルニ我等ノ努力足ラズシテ今日ノ戦局ニ遇フ無念ナリ

以上」

この「無念ナリ」の最後の一行に少佐は万感の想いをこめた。それ以上は何も言わなかった。

しかし、少佐が何を考え何を祈って拳銃の引き金をつぎつぎに引いたか、そのことを語るもう一つの遺書が残されている。八月十六日夜、義弟佐久間正敏に宛てて、万年筆

で名刺の裏に走り書きしたそれである。

「軍は原子爆弾に破れたるに非ず　赤化せる官僚、外務省、親米重臣のため戦機の一歩前で背負なげを受く　泣くにも泣けず真相は実に〳〵残念なり　陛下は彼らのために誤まられました　今後はいろ〳〵多難がありませうが宜敷く次の日本のために努力を願ひます」

国定少佐は冷静に、歴史の流れに逆らって憤死したというほかはない。享年三十三である。

# 悲劇の名将、死処を得ざる苦しみ

## 陸軍大将　山下奉文

満洲の曠野《こうや》にあって対ソ戦に備えて指揮をとっていた山下奉文《やましたともゆき》大将に、第十四方面軍（在フィリピン）軍司令官の大命がくだったのは、昭和十九年九月二十三日である。マリアナ諸島防衛の決戦に敗れ、この戦争における大日本帝国の勝機は完全になくなっていた。山下は明らかに自分の国の最終的な敗北を予期し、あわせて自分の運命についても正確に見通した。

一緒に満洲にいた久子夫人ら家族のものに山下は言った。

「内地に帰って、最後のときは両親と一緒に死ぬほうがよい」

その覚悟を決めて九月二十九日に東京に戻ってきた山下を激怒させたのは、戦況緊迫を理由に、十月一日には比島へ出発せねばならなくなっている限られた日程であった。正味二日では、大本営での諸打ち合わせが手一杯で、各方面の人に別れを告げる余裕がない。ましてや天皇に拝謁する時間がないではないか。

対米英戦争の緒戦のマレー・シンガポール攻略戦において、山下は殊勲の将軍となった。しかし作戦終了と同時に、軍機の名のもとに東京の土を踏むことなく、一直線に満洲の牡丹江《ぼたんこう》へ赴任させられてしまった。軍司令官の新任務への就任には、天皇に拝謁し、戦況上奏とともに親任式が行われることになっている。山下にはこのとき、武人の無上の光栄ともいうべきこの式を、省略させられた痛恨の想いがある。

「こんどもまた親任式を省略するというのか。大本営は一体何を考えているのか。この出陣におれは服するわけにはいかん」

戦争がはじまっていらい、はじめての帰京なのである。大本営の命なりといえども絶対に後へは引かぬ決意が、山下のいかつい顔面にみなぎった。だが、その反面にかれの心中には、沈潜しているある淋しさがふたたび湧きあがってきていた。陛下はそれほどまでに山下を嫌っておられるのか、というつらい想いである。

山下奉文大将

それは昭和十一年の、いわゆる二・二六事件における天皇の、山下にたいして放たれたという強い叱責の言葉であった。皇道派の一員として、叛乱将校に一掬《いっきく》の同情をもっていた山下は、二月二十八日に川島義之陸相とともに宮中に侍従武官長本庄繁大将を訪ねた。かれは青年将校の苦衷を語り、かれらが罪を謝するために切腹する覚悟でいることを、武官長に語った。ついては、かれらを安んじて自刃させるためには特別の慈悲をもって「勅使を賜り死出の光栄を与えてもらえまいか」と涙ながらに申し出たのである。

しかし侍従武官長から奏上をうけた天皇は、かつてない怒りを示していった。

「たとえいかなる理由があろうと叛軍は叛軍である。自殺するならば勝手にさせるがい い。かくのごときものに勅使などもってのほかのことである」

そして天皇は語をついで言ったという。

「そのようなことで軍の威信が保てるか。山下は軽率である」

あからさまに臣下を名指しで戒《いまし》めることをしない天皇が、はたして「山下は軽率である」と言ったかどうかについては確証はない。ただし「軽率」の一語が天皇の言葉として山下の耳に入ったことは確かであった。

あのときから、すでに八年半もの暦日がすぎている。にもかかわらず、山下の名のあるところにまだ雪の日の惨劇が大きく立ちはだかるのか、という絶望の想いが、かれの胸中を埋めるのである。

その山下が、参謀総長梅津《うめづ》美治《よしじ》郎《ろう》の計らいで、天皇と皇后に拝謁することができたのは、出発が延ばされた十月一日のことであった。襟を正した山下が、やや上気した面持ちで退出してきたとき、控えていた副官にはその表情が「もうこれで、いつ死んでも心残りはない」といっているように感じられたという。事実、皇居を辞するとき、侍従長に「私の生涯においてもっとも幸福なときでありました」としみじみと語っている。忠誠なる軍人として山下はひそかに天皇に別れを告げた。

こうして山下は比島防衛の大任を負って、日本本土から飛び立った。しかし、それはあまりに遅すぎていた。着任が十月六日、それから一週間もたたないうちに、米機動部隊は比島の日本軍陣地に大空襲をかけてきた。決戦準備よりさきに戦闘がはじまったのである。しかも当初計画されていたルソン島に兵力を集中しての一大決戦は、台湾沖航空戦で大戦果をあげたという大本営のとんでもない誤判断から、兵力分散のレイテ島決戦に変更された。山下はこの愚策に猛烈に反対したが、大本営も上級司令部の南方軍も、頑として耳を藉《か》そうとはしなかった。

山下は天を仰いで言った。

「レイテ決戦は後世史家の非難を浴びることになろう」

はじめから無謀愚策の一語につきたレイテ決戦に敗れ、兵力の大損耗をまねき、昭和二十年二月からは超優勢な米軍のルソン島上陸を迎え、山下軍は北部山中に籠城しゲリラ的抵抗をつづける持久戦に入った。寡兵による広大なる守備範囲、食糧と弾薬もままならず、補給なしとあっては、放胆な攻勢作戦のとりようもなかった。しかし第十四方面軍の将兵はねばれる限りねばり抜いて抵抗した。

八月十四日夜、ポツダム宣言受諾を知った山下司令部では、参謀たちが、虜囚の辱《はずかしめ》をうけず、また敗戦の責任を負って軍司令官は自決すべきかどうかで、議が闘わされた。

しかし山下は淡々として言った。

「私はルソンで敵味方や民衆を問わず多くの人びとを殺している。この罪の償いをしなくてはならんだろう。祖国へ帰ることなど夢にも思ってはいないが、私がひとり先にいっては、責任をとるものがなくて残ったものに迷惑をかける。だから私は生きて責任を背負うつもりである。そして一人でも多くの部下を無事に日本へ帰したい。そして祖国再建のために大いに働いてもらいたい」

山下はその言葉どおり、ルソン作戦中にたびたびあった住民虐殺の責任を負い、マニラのアメリカ軍戦犯法廷で絞首刑を宣告される。

「十分に覚悟しているから安心しろ。それよりもお前たちは、日本へ帰ってしっかりやってくれよ」

と弁護に立ったもとの部下たちに言うのを、山下は常とした。

山下が刑死したのは昭和二十一年二月二十三日。独房にあったとき、山下は毎日のように「アメアメフレフレ、カアサンガ……」と口ずさんでいたという。そして処刑のとき通訳としてつきそった僧職森田師に、辞世の歌三首と、将兵一同とその家族にたいする最後の言葉を口述している。

野山わけ集むる兵士十余万還りてなれよ国の柱に
今日も亦大地踏みしめ還り行くわがつはものの姿たのもし
待てしばし勲《いさお》残して逝きし友後な慕ひて我も逝かなむ

「私の不注意と天性が暗愚であったため、全軍の指揮統率を誤り何物にも代え難いご子息、あるいは夢にも忘れ得ないご夫君を、多数殺しましたことは誠に申し訳のない次第であります。激しい苦悩のため、心転倒せる私には衷心よりお詫び申し上げる言葉を見出し得ないのであります。（中略）

私は大命によって降伏した時、日本武士道の精神によるなれば当然自刃すべきでありました。事実私はキヤンガンで、あるいはバギオで、かつてのシンガポールの敗将パーシバルの列席の下に、降伏調印した時に自刃しようと決意しました。しかし、その度に私の利己主義を思い止まらせましたのは、まだ終戦を知らない部下たちでありました。私が死を否定することによって、キヤンガンを中心として玉砕を決意していた部下たちを、無益な死から解放し、祖国に帰すことができたのであります。

私は武士は死すべき時に死処を得ないで恥を忍んで生きなければならない、というのがいかに苦しいものであるか、ということをしみじみと体験しております……」

悲劇の名将とよぶにふさわしい山下の、刑執行四十分前の言葉には、かつての部下を一人でも多く祖国へ帰してやりたいという、あふれんばかりの想いだけがある。忠誠な軍人としての、天皇にたいする別れはもうとっくにすんでいたのであろう。

# 超大型潜水戦隊司令の〝降伏〟

## 海軍大佐　有泉龍之助

　太平洋戦争がはじまったとき、日本海軍は戦艦十、航空母艦十、巡洋艦四十一、駆逐艦百十一、潜水艦六十四、その他の艦艇十八、計二百五十四隻の威容を誇っていた。戦争中に新たに建造、改造されたのは戦艦二、航空母艦十五、駆逐艦六十三、潜水艦百二十六、その他の艦艇百七十七、計三百八十三隻。

　太平洋戦争は実に六百三十七隻の艦艇によって戦われたのである。

　戦うこと三年八カ月余、昭和二十年八月十五日、ポツダム宣言の受諾により戦争が終わったとき、なお航行可能であった艦船は、戦艦一、航空母艦二、巡洋艦二、駆逐艦三十二、潜水艦五十、海防艦八十、その他三――。

　字義どおり「最後の一兵まで」戦いぬいた、これが日本海軍最後の姿であった。

　そしてその日、太平洋にあって作戦行動中であったのはほんの数隻の潜水艦のみ。そのなかに連合艦隊最後の奇襲作戦の期待をになって、米機動部隊の根拠地である南太平洋のウルシー環礁に直行している潜水艦二隻があった。イ四〇〇潜とイ四〇一潜である。ともに昭和十九年十二月から二十年一月にかけて完成したいわば機密兵器。これらは

「航空魚雷一個または八百キロ爆弾一個を搭載する攻撃機をつんで、四万浬《かいり》航海できる大型潜水艦」、すなわち空を飛ぶ「海底空母」という構想のもとに建造された。計画から完成までは苦心の連続であったが、ともかくも晴嵐（水上攻撃機）三機を搭載する排水量五千二百トンの超大型潜水艦が誕生した。それもどうやら間に合ったのがたったの二隻。もはや全滅に近い状況にあった連合艦隊としては、虎の子の新兵器であった。

この二隻に、やはり晴嵐二機搭載の最新鋭のイ一三潜、イ一四潜を加えて、第一潜水隊が編成されたのが二十年三月。四隻が計十機の水上攻撃機という戦術単位となり、はじめはパナマ運河攻撃が計画された。そして全指揮をとる栄えある司令に、生えぬきの「どん亀屋」有泉龍之助《ありいずみたつのすけ》大佐が任命された。

開戦時は軍令部作戦課の参謀、中佐、真珠湾攻撃作戦のさいの特殊潜航艇による海中攻撃を積極的に推進した。その後はみずから第一線を希望し、イ八潜の艦長として、アンダマンを根拠地にインド洋方面で活躍した。スマートが真骨頂の海軍軍人のなかで、「一週間でも二週間でも風呂に入らんほうがかえって元気がでる」などと言い放つ豪のもの。戦いっぷりには遠慮会釈がなかった。身体は頑健そのもので、大酒豪であり、豪毅果断、年齢も四十一歳という働きざかりであった。

「五月のドイツ降伏によって、大西洋にある連合国艦艇がパナマ運河を通って、太平洋へ回航されるのは必至である。それを阻むには運河破壊が絶対である。かつそれは大きな心理作戦ともなり、一石二鳥である」

と有泉は大いに勇み立った。敗色濃厚の戦況などは、かれにあってはなんの憂慮とはならなかった。

しかし六月下旬になって、沖縄守備隊は玉砕、本土空襲で防衛体制の整備は進まないまま本土上陸作戦は確実、という極悪の状況となった。こうなっては「海底空母」を遠くパナマ運河へ送る時間的余裕など失われた。計画はいそぎ変更された。敵主力の機動部隊攻撃力を少しでも減殺しておこう。それがウルシー攻撃計画であった。

攻撃予定日を八月十五日と決定し、七月二日に二隻の「海底空母」は日本本土を離れた。潜水隊旗艦をイ四〇一潜とし、有泉司令は乗員二百四名とともに乗組んだ。だれもが、生きてふたたび内地の土を踏むことはないと、覚悟を決めた。

有泉龍之助大佐

しかし、戦さの神マルスは皮肉なことをする。予定の前日十四日に、目標南方二百浬の沖合いで会合し、協同して攻撃をかける手筈になっていたので、イ四〇一潜が浮上し数時間待ったが、イ四〇〇潜があらわれなかったのである。焦燥と不安のうちに時を過ごしているとき、呉の第六艦隊司令部より攻撃予定日を八月二十五日にくりさげるという緊急指令が打電されてくる。已んぬるかな、と乗員が落胆するままに艦は急速潜航した。結果として、この手はずのミスが全員の生命を救うことになったのである。

イ四〇一潜が終戦の通達をうけたのは八月十五日。敵の謀略かと思い、司令と艦長南部伸清少佐は、乗員にいっさい知らせぬまま、予定どおりウルシーに向かっていたが、十七日夜、

「いっさいの武器弾薬を棄てて帰投せよ」

の命令が艦隊司令部から送られてきた。もし両艦が予定どおりに会合していたら……、もし終戦があと十日遅かったら……、歴史に「ｉｆ」はないが、世界唯一の大型潜水艦がいかなる働きをみせたことか。しかし現実には、ついに一本の魚雷を放つこともなかった。

八月三十日、晴嵐も、魚雷三十七本も爆弾五発も、すべてを海中に投じ丸裸となったイ四〇一潜は太平洋上で、米潜水艦セグンドの命ずるままに〝降伏〟した。海軍省軍務局からは「米艦の言うとおり横須賀に行け」の回訓命令もとどいた。米海軍の将兵五人が上甲板に寝泊まりして、きびしい監視についたのもこの日夕刻からである。

最高責任者の有泉司令が、死の決意をしたのはほとんどそれと同時であったかもしれない。その夜は十一時頃まで平然と士官室で将棋を指していたが、軍医長に「死ぬには

どうしたら一番確実か」などと冗談ぽく尋ねている。

「拳銃を口にくわえて射つか、腿の大動脈を射つと即死できますよ」

と軍医長もごく軽口で答えたという。

有泉は、軍医長の言葉どおり、口中に小型ピストルを入れてみずからを射った。弾丸は後頭部をつらぬいて、背後の掛時計の硝子を破っていた。八月三十一日午前四時二十分である。この日午前五時から日本の軍艦旗を米国旗に代えよ、という指令が米潜水艦からきていた。有泉はその時を迎えるのを嫌ったのである。

覚悟の遺書は四通がしたためられていた。

「南部少佐ニ命令
一、本日〇五〇〇（注・午前五時）南部伊四〇一潜水艦長以下総員同艦乗組ヲ免ジ解員ス　解員ノ儘当分ノ間伊四〇一潜保管員ヲ命ズ
二、貴官ハ右保管員ノ長トシテ米軍ノ要求ニ応ジ　全日本海軍ノ降服時タル三十一日一一〇〇保管中ノ潜水艦ヲ米軍ニ引キ渡シ　其後適当ノ時機迄同軍ノ要求ニ応ジ行動シタル後　解員ヲ分散帰郷セシムベシ
本職ハ最後迄解員セズ司令ナリ」

これは遺書にあらず、司令としての最後の命令書というべきであろうか。有泉は自分の職分にとどまれる時間ぎりぎりまで、権能を発揮し責任を完うしようとしたのである。「本職ハ最後迄解員セズ」とは、死の直前まで帝国海軍軍人であることを明示したものであり、「司令ナリ」の一語には、その誇りを死をもって守ろうとの一念がこめられている。

「各上官殿」と宛て書きした一通もあるが、宛て名のないもう一通の方をここにかかげよう。

「帝国海軍並ニ本艦ノ行為若シ侮辱アランカ　本職一人ノミノ血ヲ以テ浄化セン
国家興隆ノ源ハ民族ノ優秀性ニアリ　民族ノ優秀性ヲ信ジ団結一致協力セヨ
科学ヲ振興セヨ
強靱獰猛ナレ」

宛て名はないが、部下一同にたいしての司令としての訓示かと思われる。

そして夫人宛てのもののなかには武人の栄誉、武門の誇りにたいする自分の信念が、しっかりとこめられている。その一部。

「懐《おも》フニ開戦以来常ニ第一線ヲ志願シ　然モ海上ニ在リテ乗艦ヲ以テ敵ヲ沈ムルコト十五隻未ダ一度モ任務ヲ遂行シ得ザリシコトナキモ
今回ハ未ダ発セズシテ停戦ニ至ル
遺憾ノ極ミナリト雖《いえど》モ自ラ恥ヅル処ナク　徳川家三百余年ノ旗本　帝国海軍建軍以来三度一族ヨリ海軍将校ヲ出シ　日清日露大東亜ト参戦スル　武門ヲ汚スコトナシ
事茲《ここ》ニ至リシハ常ヨリ承知ノ通リニシテ特ニ説明ノ要ナシ　……」

闘将は現実はともあれ心の中では、最後の最後まで戦うことをやめなかったのであろう。

「自ラ恥ヅル処ナク」「武門ヲ汚スコトナシ」と、戦闘服であるカーキ色の第三種軍装を着て自決した。そして机上に、真珠湾に散った九軍神の写真が飾られていたのは、かれらのあとを追う意志を示したものであったのか。

# 武勲赫々の闘将の遺書「草莽の文」

陸軍大佐　親泊朝省

昭和二十年八月十日午前二時、昭和天皇の聖断があり、ポツダム宣言を受諾、大日本帝国は降伏によって戦争を終結することを決意した。しかしなお一点「天皇の大権に変更を加うるが如き要求は、これを包含しおらざる了解のもとに」という条件つきで、連合軍にこれが通告された。

鈴木貫太郎内閣はこれをいかに日本国民に知らせるかで苦慮した。全容をそのまま報じては、最後的交渉が成立しなかった場合、いったん破れた緊張感をふたたび恢復《かいふく》することは困難と考えられる。結局は終戦確定までは、ジリジリと終戦の空気の方へと方向転換の足どりをすすめさせるような小出しのやり方をとることとなった。

このため十日夜のラジオ放送と、十一日の新聞朝刊により、どことなく歯切れの悪い情報局総裁談を発表、国民にそれとなく知らせることとした。ところが放送ではそのあいまいな情報局総裁談の前に、また十一日の新聞ではこれとならんで、全軍玉砕の強烈な覚悟をうながす「全軍将兵に告ぐ」という明快この上ない陸軍大臣訓示が国民に伝えられたのである。

「……断乎神州護持の聖戦を戦ひ抜かんのみ、仮令《たとい》、草を喰《は》み土を齧《かじ》り野に伏するとも断じて戦ふところ死中自《おのずか》ら活あるを信ず、是即ち七生報国『我一人生きてありせば』てふ《という》楠公救国の精神なると共に……」

これは内外ともに混乱と悪影響を与えることとなった。降伏受諾を宣言したにもかかわらず、日本陸軍はなお戦争継続の意志をもつのか、と連合国は疑惑の目をもってこれを読んだ。日本国民はいよいよ一億玉砕を覚悟しての本土決戦かの思いを深くした。

しかしこの陸軍大臣訓示は、阿《あ》南惟幾《なみこれちか》陸相をはじめ陸軍中央の幹部のだれひとりとして知らぬ間に、放送局や新聞社に配布されたものであった。すなわち大本営報道部部員兼情報局情報官の親泊《おやどまり》朝省《ちょうせい》大佐の独断専行によるものであった。当然のことながら、軍務局長や報道部長からきびしい叱責を浴びたが、親泊はひるまなかった。

親泊朝省大佐

「私はただ、退却戦闘における常識を行わんとしたのであります。退却をする場合には軍の混乱動揺を防ぐために攻撃を続行しつづけるを原則とする。全軍の士気を最後の一瞬まで保ち、日本軍の恥を未来に残さぬような引き際の戦を見事にせんためのものなのであります」

これは道理であった。そして上長の将軍たちには、第一線において常によく戦いしばしば戦功をあげた親泊の軍歴を思うとき、信念にもとづいたその抗弁を是と認めざるをえなかった。

親泊は沖縄県出身、名門の出であるという。陸軍士官学校騎兵科を首席で卒業した秀才である。しかし、いわゆる出世コースをたどるより、第一線部隊で常に兵隊とともにあることを好む豪快にして恬淡《てんたん》たるよき将校であった。そのかれの名が陸軍部内に知れわたったのは、昭和六年の満洲事変のとき。錦西において敵の大軍と戦い、連隊長戦死、騎兵連隊旗を敵に奪われんとする大激戦のさい、兵隊二、三名とともに決死の斬り込みをかけ、軍旗を抱いて危地を脱した。そしてこの武勇伝はのちに映画にもなった。

太平洋戦争においては、第三十八師団の作戦参謀として香港攻略戦で、その機敏な判断力で見事な勝利をおさめる。さらにスマトラのパレンバン占領、チモール島攻略と転戦し、運命の島ガダルカナルに向かった。この方面の戦闘の悲惨についてはすでに書きつくされている。悪戦苦闘半年近く、十八年二月撤退の命がガ島に伝えられた。

親泊はこの島でひどいマラリアにやられ、体力消耗もはなはだしく、内地に帰還したときは半分死人に近かったという。陸士同期生の世話によってやがて本復し、士官学校教官をへて十九年二月、大本営報道部に着任する。

阿南陸相をはじめ、陸軍中央の上長たちが、その独断専行を深くとがめなかったのも、こうした武勲赫々たる親泊大佐の戦歴を思えばのこと、と書いた理由は以上で明白であろうか。香港攻略戦といい、ガ島でのたび重なる総攻撃といい、親泊参謀の戦いぶりは獅子《しし》奮迅《ふんじん》と形容するにふさわしかった。しかし個人の力がどうのという段階はとうに過ぎて、栄光ある日本陸軍の最後の日、屈辱的な無条件降伏の日は、もう目睫《もくしよう》の間《かん》にせまった。生一本《き》な徹底抗戦論者ではない親泊の苦悩は日ましに深くなっていった。

親泊大佐が自決の意をかためたのはいつのことか、明白ではない。八月十五日までの苦しい毎日のなかで、尊敬する阿南陸相が自決の意志をすっかり固めているのを、親泊はすでにして察していたという。ならばともに死ぬことを願っていたともいう。しかし阿南陸相がこういってさとした。

「頼むから死に急がんでくれ。部下の将兵たちの将来がどうなるか、よく見とどけ、血気にはやるものがあればこれをおさえてくれ。死ぬのはそれからでも遅くはあるまい」

そういった陸相は八月十五日未明、割腹して果てた。残された親泊は、陸相の言葉を守って、敗戦後の毎日を生きつづけ事後処理の責務を果たしていく。だが、そのかんに遺書「草莽《そうもう》の文」の執筆をひそかにつづけていった。いや、ひそかにと書いたが、それはかならずしも正しくはない。親泊は夫人には死の覚悟をとうに話し、夫人はそれにたいし死出の旅の同行を親泊に承知させていた。夫妻の間には靖子、朝邦の二人の子があった。この子たちも道づれとするか、その結論はまだ出ていなかった。

「草莽の文」は八月二十日に書きあげられた。原稿用紙にすれば四百字十枚以上におよぶ烈々たる大文章である。親泊がいかに大日本帝国のことを思う軍人らしい軍人であったかを、これは如実に物語る。

「大勢既に決し、人の力もて動かし得ざる今日において、軍が軽挙妄動するのは、天を恐れず神を恐れざるの行為と私は考へる。皇軍の再建を念じて粛として行動を慎しむものこそ真の皇軍勇士であると信ずるのである」

そして、国民一般を戒める。

敵の進駐を前にして今や巷は不安動揺している。しかし、連合軍の暴力や強姦や殺戮や掠奪は恐れない、そんなことがあれば日本人の復讐心はより強くなるであろうから。むしろかれらが物資を与え、いわゆる善政を施《し》くことが恐ろしいのである、と親泊は言う。それでなくとも戦前の日本人は、とくに婦女子は、映画、カフェー、ダンス、レコードなどにより米国化していたのである。

「これ以上のものが、敵の謀略として正面から来る場合が最も恐ろしいのだ。……

つまり強姦よりは私姦によつて骨抜きとなり、民族の血が濁り、麻痺するのが最も恐ろしいのである」

さらに軍隊のあり方についてきびしく批判した。

「満洲事変以来軍が本来の姿を失つて政治に興味を持つ面を作つたことは、実に大東亜戦争敗北の有力な原因であつた。かくて官も民も、漸《ようや》く横暴なる軍から離反して行き、……また人事面でも、まことに恐るべきことは、第一線に出されることが懲罰であるとされてゐたことである。……軍人が第一線に征くことが懲罰となるやうでは、国軍が弱くなることは当然である」

そして最後に、親泊は「軍人よ、サムライたれ」としてこうよびかける。

「特に市ヶ谷台上の優秀将校よ、諸君の力こそ最後の国家の危急を救ふべきものである。諸君の種族こそ大和民族最優秀のものとして我が国体の真の姿の再現に役立つものである。一切の過去は忘却せねばならぬ。民族永遠の発展を願はうではないか。かくてこそ悠久の大義に生きて散華した第一線将兵に対して申訳が立つのである。

小なる面目にこだはり死急ぎするなかれ」

こう言い切った男が、なぜみずからは命を絶ったのか。ずっと以前からかれが周囲のものに語っていたように、第一線で戦いつづけた軍人として、作戦参謀として、多くの将兵を死なせたことにたいする責任を痛感していたからである。命令とはいえ、ガ島撤退にさいし動けざる多くの人を放置し死なしめたこと、また遺体をジャングルにそのまま残して引きさがらざるをえなかったこと。親泊のうちにある軍人精神からは、それは許しえぬことであったのである。かれは常々その罪責を語っていた。

そしてまた、故郷沖縄の凄惨なる戦いで、軍の作戦上の犠牲となり、多くの知己や親族の生命が無慈悲にも失われていったことにたいする苦悩と痛惜の想いもあったであろう。さらに一説に和平派重臣の暗殺を計画しはたすことができなかったことに、はげしく自責の想いを抱いていたためともいう。

九月一日朝、それはミズーリ艦上で降伏の正式調印が行われる前日の朝となる。親泊の家を訪れた部下が眼にしたものは、親子四人のすでにこと切れた姿であった。二人の子供は薬物で、夫人はピストルでこめかみを、親泊はピストルを口にくわえて果てていた。夫人と子供たちはきちんと北枕にならんで横たわっていた。

# 「沖縄県民に後世特別の御高配を」

海軍少将 大田実

昭和二十年六月六日付の、沖縄方面特別根拠地隊司令官大田実《おおたみのる》少将が発した海軍次官宛ての電文を読むたびに、わたくしは粛然たる想いにかられる。これほど尊くも悲しい報告はないと思えるからである。そしてこれこそが少将の遺書と思われてならない。原文に読みやすくするため句読点をほどこす。

「沖縄県民ノ実情ニ関シテハ、県知事ヨリ報告セラルベキモ、県ニハ既ニ通信力ナク、三二軍司令部又通信ノ余力ナシト認メラルルニ付、本職県知事ノ依頼ヲ受ケタルニ非ザレドモ、現状ヲ看過スルニ忍ビズ、之ニ代ツテ緊急御通知申上グ。

沖縄島ニ敵攻略ヲ開始以来、陸海軍方面、防衛戦闘ニ専念シ、県民ニ関シテハ殆ド顧ミルニ暇ナカリキ。然レドモ本職ノ知レル範囲ニ於テハ、県民ハ青壮年ノ全部ヲ防衛召集ニ捧ゲ、残ル老幼婦女子ノミガ相次グ砲爆撃ニ家屋ト家財ノ全部ヲ焼却セラレ、僅ニ身ヲ以テ軍ノ作戦ニ差支ナキ場所ノ小防空壕ニ避難、尚砲撃下（三字不明）風雨ニ曝サレツツ乏シキ生活ニ甘ンジアリタリ。而モ若キ婦人ハ率先軍ニ身ヲ捧ゲ、看護婦烹炊婦ハモトヨリ砲弾運ビ挺身斬込隊スラ申出ルモノアリ。所詮敵来リナバ老人子供ハ殺サレルベク、婦女子ハ後方ニ運ビ去ラレテ毒牙ニ供セラルベシトテ、親子生別レ、娘ヲ軍衛門ニ捨ツル親アリ。

看護婦ニ至リテハ、軍移動ニ際シ衛生兵既ニ出発シ身寄リ無キ重傷者ヲ助ケテ（二字不明）、真面目ニテ一時ノ感情ニ駆ラレタルモノトハ思ハレズ。更ニ軍ニ於テ作戦ノ大転換アルヤ、自給自足、夜ノ中《うち》ニ遥ニ遠隔地方ノ住居地区ヲ指定セラレ輸送力皆無ノ者黙々トシテ雨中ヲ移動スルアリ。之ヲ要スルニ、陸海軍沖縄ニ進駐以来終始一貫、勤労奉仕物資節約ヲ強要セラレツツ、（中略）御奉公ノ護ヲ胸ニ抱キツツ、遂ニ（数字不明）コトナクシテ、本戦闘ノ末期ト沖縄島ハ実情形（数字不明）、一木一草焦土ト化セン。糧食六月一杯ヲ支フルノミナリト謂《い》フ。沖縄県民斯《か》ク戦ヘリ。県民ニ対シ後世特別ノ御高配ヲ賜ランコトヲ」

そしてまた、この電文ほど誠実一筋に生きてきた海軍軍人大田実その人を語るものはないのである。この日から一週間後の六月十三日、大田少将は小禄《おろく》地区豊見城《とみぐすく》にあった司令部壕内で自決した。つまり圧倒的多数の米軍に包囲され、戦況はもはや絶望、〝明日をも知れぬ身〟という状況下にあったのである。そのときに、「沖縄県民斯く戦へり。県民に対し後世特別の御高配を賜らんことを」と、非戦闘民にたいする美しい心遣いを示した軍人のいたことをわたくしたちは大いに誇っていい。

昭和二十年四月一日、米軍の無血上陸にはじまった沖縄戦の悲惨については、すでに多く語られている。それを生んだものが大本営と沖縄防衛の第三十二軍の戦略観の不一致によるものであり、第三十二軍司令部内参謀たちの戦術上ならびに人間的な確執にあった、という事実を知れば知るほど、暗澹たる想いを深くする。

そのことをくわしく書く余地はないから省くが、その事実をきちんと考えれば、『戦史叢書』などに書かれているように、沖縄防衛戦において、陸海軍の協同が珍しいくらいに、よくその実を発揮したことを喜んでばかりはいられなくなる。なるほど、第三十二軍司令官牛島《うしじま》満《みつる》大将の高潔な人格と、その指揮下に入った大田少将の誠実な人格とが、うまく噛み合ったことは事実である。

大田 実少将

五月下旬の第三十二軍司令部が立案した総攻撃のさいにも、少将指揮下の海軍部隊一万人も、約百組の斬り込み隊を編成するなど、果敢に打って出ている。総攻撃は失敗し、牛島軍司令官以下は六月初旬に島の南端の摩文仁《まぶに》方面に後退する。このとき大将は海軍部隊にも撤退を命令した。ところが、大田少将はこれにたいし「海軍はすでに包囲せられ撤退不可能のため、小禄地区にて最後まで戦う」旨を発電し、動こうとはしなかった。

牛島は、孤立無援のままに全滅させることは忍びないと、心を痛め、後退命令を再電するとともに、懇切なみずからの親書を送って、南部島尻への後退を切願した。いかにも昭和の西郷さんともいわれる牛島の、うるわしい協調精神のあらわれといえる。

大田は、それでもなお動こうとはせず、死守の決意をいっそう固めた。

ここからは若干の想像が加わる。なぜ大田少将が命令にそむいてまで小禄地区での玉砕をえらんだのか、事実、包囲されて、脱出の可能性がかぎりなくゼロに近かったこともあろう。しかしそれ以上に、そこには作戦に追われて沖縄県民のことを顧みようともしなかった軍の、そしてその司令官としてのおのれの、重い責任への反省があった、とわたくしは見るのである。非戦闘員を作戦の必要上とはいえ無理無体に戦闘へひきこんだ、いや、ひきこまざるをえなかった。そのことにたいする痛烈なる慚愧の念……。

第三十二軍司令部の当初からの作戦構想では、首里城と弁ヶ嶽《べんがだけ》付近の陣地を最後の死処と決めていた。ところが、いまその方針を捨て、島の最南部に撤退し抗戦をつづけるという八原博通《やつはらひろみち》参謀の提案を、牛島が認可した。一日でも長く持久して、本土決戦のために時をかせぐ、それが軍の新作戦となったのである。最後の一兵までという軍の大義名分がある。しかし、南部島尻付近には避難した沖縄県民の多くがいることが、このときほとんど忘れられていた。撤退案がこれら十数万もの民衆を、戦火のなかに否応なしにまきこむことになるのである。

たしかに、撤退そして戦闘には「祖国のため、天皇のため、国民のため」という名分があったのであろうが、その祖国と国民のなかに、沖縄県民は含まれていなかったのであろうか。死線を戦う参謀たちの頭には、日本国民なら莞爾として軍の盾となって死ぬであろう、そしてそのことを誇りに思うであろう、という一方的かつ偏狭な考え方でいっぱいであったのである。

撤退を拒否して死ぬことを選んだ大田の胸中には、そんな非人間的な作戦は肯定できぬ、という決意が生まれていたに違いない。これ以上に非戦闘員を犠牲にはできないのである。とすれば、当初の作戦どおりに小禄地区で死線を戦うのみ、であった。

こうして陸軍は島の南部へ後退していった。海軍陸戦隊のみが孤軍奮闘の状況となった。

しかもかれらはろくな兵器ももたずによく戦った。米軍公刊戦史はいう。

「小禄半島における十日間の戦闘は、十分な訓練もうけていない軍隊が、装備も標準以下でありながら、いつかきっと勝つという信念に燃え、地下の陣地に兵力以上の機関銃をかかえ、しかも、米軍に最大の損害を与えるためには、そこで喜んで死につくという、日本兵の物語であった」

しかし、六月六日、大田が海軍次官宛てのさきの電文を発した日の夜、司令部壕のある地区にまで米軍は進攻、地下陣地に馬乗り攻撃を加えるまでにいたった。大田は最後の電報を大本営に送った。

「戦況切迫セリ。小官ノ報告ハ本電ヲ以テ此処ニ一先ヅ終止符ヲ打ツベキ時機ニ到達シタルモノト判断ス。御了承アリ度」

それには辞世の歌一首が書きそえられてあった。

　身はたとへ沖縄の辺《へ》に朽《く》つるとも
　守り遂ぐべし大和島根は

しかし陸戦にふなれな海軍部隊とは思えぬほど、その後もいぜんとして勇戦力闘をつづけるのである。大田の指揮は過早の死を求めるものではなく、ねばりにねばる、頑張れるかぎりは頑張るという独特なものであった。いわば海軍に身をおきながら、その一生を海軍陸戦隊の育成と鍛錬にささげた人の、意地と誇りとを賭けた戦いぶりといえた。

六月十日、牛島は猛戦する大田に真情を吐露する電報を送った。これにたいして豊見城の丘にまで追いつめられながら、なお闘志さかんな大田は返電する。

「小禄地区に敵を邀《むか》へ一周日に際し御懇電に接し感激に堪へず。海軍部隊が陸軍部隊と合流する能はざりしは、真に已むを得ざるに出でたるものにて、固《もと》より小官の本意に非ず。従つて南北相分るると雖《いえど》も陸海軍協力一体の実情に於ては、聊《いささ》かの微動あるものに非ず」

こうして大田は最後の最後まで誠実な人柄そのものを示した。とはいえ、「小官の本意に非ず」とわざわざ言いそえたところに、大田にひそかな決意のあったことが、かえって窺えるのではあるまいか。そして翌十一日に、

「敵戦車群は我が司令部洞窟を攻撃中なり。根拠地隊は今十一日二三三〇玉砕す。従前の厚誼を謝し貴軍の健闘を祈る」旨の訣別電報を牛島に送った大田は、なお執拗に戦闘を持続した。しかし、すべては空しかった。

大田の指揮のもとの海軍部隊の組織的戦闘は、この夜をもって終了する。司令官大田少将が自決したのは十三日午前一時。洞窟の壁に歌一首が墨書されていた。

大君の御はたのもとに死してこそ
　人と生まれし甲斐ぞありけり

大田をよく知る人によれば、「大田は誠実で、正義感を刺激されると口をとがらせて

機関銃のようにものを言う、美しい宝石のような人であった」という。

「沖縄県民斯ク戦ヘリ」の電文を、大田は口をとがらせて幕僚に口授したのであろう。

明治二十四年（一八九一）千葉県生まれ。海兵四十一期。戦死後中将に進級した。

# 最大の激戦地硫黄島の善戦力闘

陸軍中将　栗林忠道

栗林忠道《くりばやしただみち》中将（戦死後大将）の指揮下、大隊長として硫黄島で戦った藤原環少佐の回想がある。それによると、昭和十九年夏のある日、部隊長会同がひらかれ、種々の会議のあったあと、栗林はこう言ったという。

「本島は皇土の一部である。もし本島が敵に占領されることがあったとしたら、皇土決戦は成り立たない。したがって、もし本島への米軍の上陸がはじまったならば、大本営としても陸・海・空の残存戦力を投入して支援し、本島への上陸は断じて食いとめる、との約束をしている。すなわち、われわれは太平洋の防波堤となるのである。本島の防衛は即、本土の防衛であると考えてやらねばならぬ」

事実、小笠原諸島の南西方、硫黄列島の中央にある硫黄島は日本本土の一部であることに間違いない。東京まで約千二百キロ、しかも長い滑走路をもつ飛行場のあるこの島が、米軍に占領されるようなことがあれば、戦闘機P51のまたとない基地となる。となれば、マリアナ基地の爆撃機B29の協同作戦によって、日本本土の制空権は米軍の手ににぎられてしまうことになろう。

大本営は当然のことながら硫黄島のもつ緊要性をみとめていた。それゆえ栗林中将指揮の第百九師団を主力に、二万九千あまりの将兵を送りこみ、鉄壁の防衛陣を布かねばならなかった。しかし藤原少佐が記す栗林の言葉にあるように、いざとなったときには「陸・海・空の残存戦力を投入して……」という約束をしたかどうか、いまとなっては確認のしようもない。

結果はいまさら書くまでもない。米軍はこの面積約二十平方キロメートルの小さな島の攻略に、圧倒的優勢な兵力を投入してきた。上陸開始前の艦砲射撃、航空機による爆撃で島はまったく緑の見えぬほど焼けただれた。空から叩きこまれた爆弾百二十トン、ロケット弾二千二百五十発、海からの砲弾三万八千五百発。島にはもはや生物は存在しえないと思われるほどの猛攻のあと、海兵第三、第四、第五師団七万五千人あまりによって上陸が敢行されたのである。

迎え撃った日本軍将兵は善戦力闘した。上陸前に米上陸部隊司令官ポーランド・スミス海軍中将が「作戦は五日間で完了する」と豪語したが、そのような容易なものではなかった。昭和二十年二月十九日朝の米軍の上陸開始から、栗林中将が最後の突撃を命令した三月二十六日夜明けまで、戦闘は一瞬の休止もなくつづいた。

米軍の損害は死傷二万五千八百五十一名。上陸した海兵隊員の三人に一人が戦死または負傷したことになる。日本軍の死傷者は二万数百人（うち戦死一万九千九百人）。太平洋戦争で、米軍の反攻開始後その損害が日本軍を上まわったのは、この硫黄島の戦いだけであった。

スミス中将は言った。

「この戦闘は、過去百六十八年の間に海兵隊が出会ったもっとも苦しい戦闘の一つであった。……太平洋で戦った敵指揮官中、栗林はもっとも勇猛であった」

日本軍の捕虜は千三十三人。すべてが負傷して動けなくなったものばかりである。

これほどまで頑強な抵抗を示し時間をかせぎながら、硫黄島防衛の将兵もまた、ついに米一粒すらの本土からの救援もなく、食なく、水なく、弾丸なく、まさに孤軍奮闘に終始したのである。栗林中将の言にある大本営の約束はいったい何であったのか。果たしてあったのか。部下の士気を鼓舞するための栗林の虚言であったとはとても思えない。栗林とはそのような強がりによって部下統率をはかるような軍人ではなかったからである。

栗林忠道中将

なるほど栗林は陸軍きっての文人として名高かった。長野県出身、陸士二十六期、騎兵科、陸軍大学を二番で卒業した秀才。小説を好んで読み、詩をつくり、文章もうまかった。そして容姿端正、そのダンディな日常挙措は、陸軍将校中でも群をぬいていた。

しかし栗林は貴族的な持ち味や文才だけの、単なる文人派ではなかったのである。むしろ日本陸軍が生んだもっとも勇猛果敢な指揮官のひとりであった。かれは着任と同時に硫黄島に骨を埋める覚悟を決めている。また部下にも同じように決死の日本精神の練成を要求した。死ぬも生きるも一つ心をもって、の方針をうちだした。それはみずからが筆をとった「日本精神練成五誓」および「敢闘ノ誓」であり、これらを全軍に配布し、その徹底化をはかった。そのためには常に率先垂範、部下と苦楽をともにした。「敢闘ノ誓」の全文を引こう。

一　我等ハ全力ヲ奮ツテ本島ヲ守リ抜カン
一　我等ハ爆薬ヲ擁《イダ》キテ敵ノ戦車ニブツカリ之ヲ粉砕セン
一　我等ハ挺身敵中ニ斬込ミ敵ヲ鏖殺《おうさつ》セン
一　我等ハ一発必中ノ射撃ニ依ツテ敵ヲ撃チ斃《タオ》サン
一　我等ハ各自敵十人ヲ殪《タオ》サザレバ死ストモ死セズ
一　我等ハ最後ノ一人トナルモ「ゲリラ」ニ依ツテ敵ヲ悩マサン

この敢闘精神と綿密周到な全島要塞化とをもって米軍の上陸を待ちうけたのである。

そして昭和二十年初頭、いよいよ米軍の来攻必至という状況下で、栗林はさらに「戦闘心得」を配布し、島の死守を徹底させた。

「防禦戦闘」十二項のうちのいくつかを引く。

四　爆薬で敵の戦車を打ち壊せ　敵数人を戦車と共に　これぞ殊勲の最なるぞ
六　陣内に敵が入つても驚くな　陣地死守して打ち殺せ
八　長《ちようたお》斃れても一人で陣地を守り抜け　任務第一勲《いさお》を立てよ
十　一人の強さが勝の因　苦戦に砕けて死を急ぐなよ膽《たん》の兵
十一　一人でも多く斃せば遂に勝つ　名誉の戦死は十人斃して死ぬるのだ
十二　負傷しても頑張り戦へ虜となるな　最後は敵と刺し違へ

こうして硫黄島防衛の将兵は、栗林の心をおのれの心として、最後の一兵となるまで戦いつづけたのである。

従軍したアメリカの新聞記者が書いている。

「日本兵はなかなか死ななかった。地下要塞にたてこもった兵士を沈黙させるためには、何回も何回も壕を爆破しなければならなかった。重傷をうけながらも日本兵は、つぎつぎに破壊されていく地下壕のなかで頑強な抵抗をつづけた。ある海兵隊の軍曹は、一人の日本兵を殺すのに二十一発も弾丸を射たねばならなかったのである」
しかし孤島の戦闘は援軍のない日本軍将兵にとって、無残としかいいようのない状態になった。三月十五日、日本軍の抵抗線はさすがにバラバラとなり、はじめて星条旗が硫黄島の全土にひるがえった。しかし洞窟に拠る日本軍の反撃はつづいた。翌十六日、ついに一兵の救援も送ってこなかった大本営へ、栗林中将は訣別の電文を送った。

「戦局最後ノ関頭ニ直面セリ　敵来攻以来麾下将兵ノ敢闘ハ真ニ鬼神ヲ哭《なか》シムルモノアリ　特ニ想像ヲ越エタル物量的優勢ヲ以テスル陸海空ヨリノ攻撃ニ対シ　宛然《えんぜん》徒手空拳ヲ以テ克ク健闘ヲ続ケタルハ　小職自ラ聊《いささ》カ悦《よろこ》ヒトスル所ナリ
然レトモ飽クナキ敵ノ猛攻ニ相次テ斃《たお》レ　為ニ御期待ニ反シ此ノ要地ヲ敵手ニ委《ゆだ》ヌル外ナキニ至リシハ　小職ノ誠ニ恐懼《きょうく》ニ堪《た》ヘサル所ニシテ　幾重ニモ御詫申上ク　今ヤ弾丸尽キ水涸レ　全員反撃シ最後ノ敢闘ヲ行ハントスルニ方《あた》リ　熟々《つらつら》皇恩ヲ思ヒ　粉骨砕身モ亦悔イス　特ニ本島ヲ奪還セサル限リ皇土永遠ニ安カラサルニ思ヒ至リ　縦《たと》ヒ魂魄《こんぱく》トナルモ誓ツテ皇軍ノ捲土重来ノ魁《さきがけ》タランコトヲ期ス　茲ニ最後ノ関頭ニ立チ重ネテ衷情《ちゆうじょう》ヲ披瀝スルト共ニ　只管《ひたすら》皇国ノ必勝ト安泰トヲ祈念シツツ永《とこし》へ《な》ニ御別レ申上ク（以下略）」

そしてその電文の最後に中将は二首の歌を書きそえた。

国の為重きつとめを果し得で
　矢弾尽き果て散るぞ悲しき
仇討たで野辺には朽ちじ吾は又
　七度生れて矛を執らむぞ

さらにその翌十七日、階級章・重要書類などを焼却、師団司令部内洞窟の全員はコップ一杯の酒と恩賜の煙草二本で、たがいに今生の別れを告げた。ときに栗林中将は左手に軍刀の柄を握りしめて淡々として訓示した。

「たとえ草を喰み、土を噛り、野に伏するとも断じて戦うところ死中おのずから活あるを信じています。ことここに至っては一人百殺、これ以外にありません。本職は諸君の忠誠を信じている。私の後に最後までつづいてください」

訣別電報を闘将栗林の遺書とみるべきか、あるいはこの訓示を最後の言葉と解すべきか。いずれにせよ、栗林中将以下の硫黄島防衛の将兵は真によく戦った、と賞するほかはない。

栗林中将の命のもと、残存の将兵が最後の突撃を敢行したのは三月二十六日未明。栗林自身も白だすきをかけ、軍刀をかざし「進め、進め」と先頭に立って、華々しく散っていった。

突進──それが騎兵の戦いの本領である、と栗林は常々語っていたという。

# 開発者が殉職した人間魚雷の悲劇

海軍大尉　黒木博司　海軍大尉　樋口孝

昭和十九年七月二十一日、軍令部総長から連合艦隊司令長官に〝捷《しょう》号作戦〟にかんする指示が与えられた。そのなかの一つにつぎの作戦方針が示されている。

「潜水艦、飛行機、特殊奇襲兵器などを以てする各種奇襲戦の実施に務む」

このときすでに、絶対国防圏の要ともいえるマリアナ諸島（サイパン、テニアン、グァム）の攻防戦に海陸ともに完敗し、日本軍は戦争における勝機を完全に失っていた。大本営海軍部が指示したこの捷号作戦方針は、まともな戦闘ではもう連合軍に勝てる見こみのないことを、みずから語っていた。「潜水艦、飛行機、特殊奇襲兵器などを以てする各種奇襲戦」とは、その内実を明確にいえば特別攻撃（特攻）のことである。そしてその「実施に務む」とは、大本営海軍部がいよいよ十死零生による全軍特攻への道に、一歩大きく踏みだすことを明示していた。

このとき、当然のことのように、〇六《まるろく》兵器とよばれていた〝人間魚雷〟が、奇襲作戦の主役として浮かびあがった。のちに、この兵器には回天という名がつけられる。その言葉は、天命をめぐらせる、すなわち戦局の必然を逆転させることを意味した。

この兵器の着想は、海軍首脳がまだ特攻をまったく考えていなかった昭和十八年秋、二人の青年士官の間から芽生えていった。海軍機関学校出身の黒木博司《くろきひろし》中尉と、海軍兵学校出身の仁科関夫《にしなせきお》中尉である。

彼らは、日本海軍が対米英開戦の前に、これこそ必勝の兵器とひそかに自信をもっていた九三式魚雷に注目した。直径六十一センチ、爆薬量五百キロ、速力三十六ノット、射程四万メートルという性能は、米英の魚雷をはるかに凌駕する驚異的なものである。しかも原動力が酸素というのは、雷跡が全然視認できないという特性をもっていた。太平洋上で米海軍を迎えて、艦隊決戦によって雌雄を決するとき、戦場に先駆する巡洋艦や水雷戦隊が、いっせいにこの九三式魚雷を網を張るように放ち、敵主力を一挙に殲滅する。そうした夢みるような勝利を約束する秘密兵器が、この魚雷であったのである。

しかし、戦争がいよいよ開始されると、戦前に予想していたものと戦闘は様相をまったく変えた。戦いの主役は大艦巨砲ではなく飛行機と代わった。制空権ないところに制海権なく、決戦の射程は飛行機の行動半径まで増大してしまった。その上にレーダーの完成がある。日本海軍がお家芸とした夜戦も、これによって完全に封じられた。

重雷装した巡洋艦や駆逐艦が、もはやあまり期待できぬ魚雷攻撃のために九三式魚雷を搭載することは、むしろ危険視されるようになった。それは、もし被爆すれば一瞬にして轟沈せざるをえない火薬にすぎなかったのである。こうして必勝の兵器が、内地の軍港の兵器庫に何百本か空しく眠ることになっていた。

黒木・仁科の両士官が注目したのはここである。かりにこの九三式魚雷を改造することができ、小型の潜望鏡をつけ、人間が乗って操縦できる潜水艇のようなものがつくれたならば……という発想である。そして、その新兵器は潜航も浮上も自由自在、さらに速力も数ノットの微速から、いよいよ突進のさいの最高四十ノットくらいまで、変換が可能でなければならない。もしそれが完成したら、敗勢をいっぺんに挽回できる救国の兵器となるであろう。機関学校出の黒木の理数的才能がここで大いに活かされた。かれらは呉海軍工廠の魚雷実験部の先輩技術士官の知恵も借り、〇六兵器〝人間魚雷〟の設計図をだんだんに完成していった。

黒木博司大尉

昭和十九年三月、戦勢は日ましに非となるなかで、〇六兵器の試作方針が決定された。七月末には、どうやら二基の試作兵器が完成し、音《おん》戸《ど》の瀬戸の東、大情島《おおなさけじま》の東北にある大入《だいにゅう》沖魚雷射場で航走試験を実施してみる、という段階になった。ちょうどそのとき、大本営が特攻作戦の実施へと踏みきったのである。さながらマルス（戦さの神）がタイミングをはかっていたかのように。そして実験は成功し、試作兵器は正式兵器として採用され、回天と名づけられることとなった。

あとは一瀉千里の事務となった。山口県徳山湾口の大津島に回天の基地が設置され、九月五日には、志願による回天要員がぞくぞくと集合することになった。回天部隊の発足である。いよいよ実戦的な訓練がはじめられる。

一大事はその翌九月六日に起きた。

訓練第一日目のその日、それまで回天を実際に操縦した経験のある黒木大尉（進級）が、樋口孝《ひぐちたかし》大尉と同乗しその指導訓練に当たるべく、一号艇を発進させていった。基地の要員が見守るなか、潜望鏡をもった巨大な魚雷は、白波を突っきりながら、やがてその姿を海中に没した。しかし浮上予定時刻が過ぎてもその姿をふたたび見せようとはしなかった。

基地の全隊員や付近の漁船も協力し、その夜を徹して捜索がつづけられたが、すべて徒労に終わった。捜索艇の一隻が気泡を発見し、潜水夫がもぐって一号艇を発見したのは、七日午前十時、すでに十六時間余を経過していた。万に一つの僥倖を祈って、引きあげられた回天のハッチを開いたものが見たのは、二人の青年士官の眠っているような静かな死顔であったという。

樋口大尉が手にした赤い手帳には、次のように記されていた。（原文片カナ）

「指揮官に報告／予定の如く航走。一八一二（注・午後六時十二分）潜入時突如傾斜ＤＯＷＮ二〇度となり海底に沈坐す。其の状況、推定原因、処置等は同乗指導官黒木大尉の記せる通りなり。事故の為訓練に支障を来し洵《まこと》に申訳なき次第なり。

後輩諸君に／犠牲を踏み越えて突進せよ。

七日〇四〇五（注・午前四時五分、以下同様）呼吸困難なり
大日本帝国万歳三唱す戦友黒木と共に。

訓練中事故を起したるは戦場に散るべき我々の最も遺憾とするところなり。然《しかれ》共《ども》犠牲を乗越えてこそ発展あり進歩あり、庶幾《こいねがわ》くば我々の失敗せし原因を探求し、帝国を護る此種兵器の発展の基を得んことを。

周密なる計画大胆なる実施。

生即死　〇四四〇、国歌奉唱す〇四四五、
〇六〇〇猶二人生く、行を共にせん。

大日本帝国万歳、〇六一〇」


回天隊に入隊してわずか三日で死んだ樋口大尉は二十四歳、海兵出身。中学時代は暇さえあれば星座表を手に、夜空を仰ぎ宇宙に若い夢を走らせていたという。

黒木大尉の遺書には、(一)事故報告、(二)応急処置、(三)事後の経過、(四)所見ときちんと章わけして、青年士官の任務そのものが克明に、そして冷静に記されていた。そしてそこにはまた、この新兵器のために全身全霊を傾注し、具体化したものだけが発しうる無念の想いが、低く、うめくようにこめられていた。以下はその部分を——。(原文片カナ)

「陛下の艇を沈め奉り、就中《なかんずく》〇六に対しては畏《かしこ》くも陛下の御期待大なりと拝聞致し奉り居り候際、生産思はしからず、しかも最初の実験者として多少の成果を得つつも、充分に後継者に伝ふることを得ずして殉職するは、洵に不忠申訳なく慙愧に耐へざる次第に候」

「必死必殺に徹するにあらずんば而も飛機に於て早急に徹するにあらずんば、神州不滅も保持し難しと存じ奉り候」

「必ず神州挙《こぞ》つて明日より速刻、体当戦法に徹することを確信し、神州不滅を疑はず、欣《よろこ》んで茲《ここ》に予《かね》て覚悟の殉職を致すものに候。

天皇陛下万歳
大日本帝国万歳
帝国陸海軍万歳」

黒木大尉は二十三歳、子供のときから船の模型を作ることが好きで、ガソリンで動く蒸気船を設計したり、ゴム紐で走る魚雷を作ったりしていた。こうして工学的知識や技術力に早くから目覚めていたかれは、この戦争がまともな戦法ではとうてい勝機がないことを、はじめからするどく見すえていたと思われる。「必死の戦法さえ採用され、これを継いでゆくものさえあれば、たとえ明日殉職するとも更に遺憾なし」との心境を親友に書き送ったのは、昭和十八年もまだ春浅いころであった。

遺書はまだ長くつづく。なかに辞世の歌二首がある。

男子やも我事ならず朽ちぬとも
　留め置かまし大和魂

国を思ひ死ぬに死なれぬ益良雄が
　友々よびつ死してゆくらん

そして家族には「家郷には戦時中言ふことなし、意中諒とせられよ。父上、母上、兄上、妹御達者に」とわずかな言葉を残した。そして最後のときを悠々として迎えた。

「呼吸苦しく思考やや不明瞭　手足ややしびれたり。
○四〇〇　死を決す、心身爽快なり　心より樋口大尉と万歳を三唱す。
死せんとす益良雄のかなしみは留め護らん魂《たま》の空しき
所見万事は急務所見、乃至《ないし》急務靖献に在り、同志の士希《ねがわ》くは一読、緊急の対策あらんことを。一九―九―七　○四〇五　絶筆
樋口大尉の最後従容として見事なり。我また彼と同じくせん。
○四四五　君が代　斉唱。
神州の尊、神州の美、我今疑はず、莞爾としてゆく。
万歳、○六〇〇　猶二人生存す、相約し行を共にす、万歳」

二人の青年士官の遺書は、期せずして「行を共に」と「万歳」で終わっている。呼吸苦しく思考もままならない狭い筒のなかで、最後にかわした男と男の固い約束がおのずと偲ばれてくる。

回天特攻作戦はこの二人の壮烈な死をのりこえて、十九年十一月二十日のウルシー泊地奇襲を初の攻撃として、二十年八月十二日まで敢行された。戦死八十名の悲しい数字が残されている。

# 東京に無視された最善の和平工作

## 陸軍中将　岡本清福

昭和二十年五月、圧倒的な連合軍の猛攻をうけ、ナチス・ドイツが無条件降伏した。地球上で戦いつづけるのは大日本帝国のみとなった。遠くヨーロッパにあった日本人にとって、虚実とりまぜての情報をよりわけ、状況を客観的に認識すれば、祖国日本は滅亡への坂道をころげ落ちようとしていた。かれらはひとしく、朝日新聞特派員笠信太郎が回想するように、日本本土で「自分たちの兄弟や友達が死んでゆくこと」に「矢も盾もたまらぬ」気持にかりたてられていた。

スイスのチューリッヒにいた国際決済銀行の北村孝治郎理事が、公使館附武官の陸軍中将岡本清福《おかもときよとみ》を訪ねたのは六月の上旬のことである。二人は旧知の、心を打ち割って話しあえる間柄にあった。このとき、岡本中将の口から思いもかけないような依頼の言葉がとびだし、北村理事を心底から驚かした。

「今日の状勢下となっては、もし日本を救おうとするのであれば、一日も早く戦争をやめることに尽きる。天皇陛下の御安泰だけを条件に、直接にアメリカと話し合う必要があると思う。ついてはその工作の突破口をひらくことを是非にもお願いしたい。ただし外務省にも、海軍関係にも、絶対に内密にしてほしい」

　まさしく、それは誰も心底深く思いつつも、口に出すことのできなかった言葉であった。北村は「微力ではあるが、全力を尽くしましょう」と肯《うべな》った上で、この重要問題を公使にまで隠してやることは無理がある、と意見をのべ、中将の了承もえた。二人は頭をつけあうようにして、工作を進めていく上にも注意をしなければならない事項をふくめ、緊急の問題点を詳細に話し合った。終わって、中将が最後に言った。

「全責任は私が負う。東京から死ねと言われれば即座に切腹する」と。

　いまからみると、北村理事と部下の為替部長吉村侃《よしむらひろし》とが中心となり、たとえ国賊の汚名を着せられようとも、祖国復興の途はこれ以外にはないと、極秘裡にはじめられたスイスでの和平工作の発端は、実に中将のこの一言にあったといえる。国際決済銀行理事のスウェーデン人のジャコブソンへの接触を皮切りに、ついにはドイツのウィースバーデンにいたアレン・ダレスのもとに、日本側の意向が伝えられるまでに至った。

　アレン・ダレスは、ルーズベルト大統領の政治外交顧問ジョン・フォスター・ダレスの弟、当時表むきは高等弁務官となっているが、秘密諜報機関「ＯＳＳ」のヨーロッパ総局長であった。この年の五月に、北イタリアのドイツ軍を単独降伏にみちびいたのも、かれの工作によるものなのである。書くまでもなく戦後はＣＩＡ（中央情報局）長官として有名になる。

この重要人物の登場によって、この和平工作は、いまはダレス工作として知られている。しかもそれはきわめて現実性・具体性をもったものであり、過去のうたかたのように消えた和平工作とは全然性質を異にしている。なぜなら七月十六日に、岡本中将のもとにダレス回答が届いているほど、アメリカ側もまた乗り気であった。

「天皇の安泰については、米政府は反対はしないが、他国の反対を考慮せざるをえないから、直接にコミットしえない。ただし日本が早期に降伏すれば、それは維持しうるであろう」「憲法は改正されるべきである」など、とあり、いずれにせよ、連合国首脳によるポツダム会談（七月十七日より八月二日まで）の間に、日本の和平承諾がなければならない。そうすればただちに戦闘は停止される。ただしソ連が参戦してしまえば、もはや事態は容易ではなくなる、というものであった。

岡本清福中将

岡本は十八日、一日じっくりと考えて決心すると、梅津《うめづ》美治郎《よしじろう》参謀総長あてに和平に関する第一電を打った。かれ自身が、憂憤の情にこぼれる涙をおさえることができなかった、とのちに知人に語っている。この悲痛この上ないような、ダレス機関にたいする和平打診の経過と結果とを報じた電報は、たしかに東京に届いていた。しかし、このとき東京で進められていたのは、溺れるものは藁をもつかむ、と評するほかはないような、ソ連を仲介とする和平工作であったのである。それに東京ではアレン・ダレスが何者なるかの理解がまったくなかった。それゆえ岡本電は机の隅にほかの書類ともども積まれたまま、ほこりをかぶることとなった。

ダレスは、しかし、なかなかに積極的であった。みずからスイスにまでやってくるとジャコブソンと会い、日本側の回答を督促した。日本側関係者の焦慮はもう頂点に達した。ここに及んで、岡本中将は意を決し、強い言葉で督促電を梅津総長あてに打ちこんだ。それから数日して、ようやくに返電が送られてきた。それは、

「和平工作は日本政府にて現在進めているから、スイスでの工作は必要がない」

という嚙んで吐き捨てるようなものであったのである。

最後の望みを託して、なお岡本中将を中心とするダレス工作はつづけられた。八月九日、「涙をふるって聖断を仰ぐべし」とまで強く、岡本は梅津総長あての電報を発しているが、その甲斐はぜんぜんなかった。この日午前一時、対日宣戦布告と同時に、ソ連軍の満洲侵攻が開始されていたのである。すべてが終わっていた。

八月十五日午後四時すぎ（スイス時間）、チューリッヒのベルリーブ通にある三階建アパートの、二階にある住居で、岡本中将は満五十一歳の自分の生涯を終える。覚悟の自決である。右手ににぎったピストルを顎の下にあて、左手で引き金をひいている。一発

で即死であったという。ベッドの枕もとに残された遺書は、鉛筆書きの大きな字でレターペーパーにつづられていた。

「事茲ニ至ル
過去ニ於ケル在独武官　第二部長及ビ連絡使トシテノ責極メテ大　其ノ罪万死ニ値ヒス
依ツテ茲ニ自決シテ御詫ビ申シ上グ
遥カニ謹ンデ　皇室ノ御安全ヲ祈リ奉リ　大和民族ノ克ク臥薪嘗胆《がしんしょうたん》シテ　新日本建設ニ邁進センコトヲ希フ
二千六百五年八月十五日十六時
大元帥陛下ノ万歳ヲ三唱シ奉ル
岡本陸軍中将」

宛てさきは梅津参謀総長。もう一通の遺書は、部下の桜井一郎大佐宛てで、自決は「何等発作的行為ニアラズ　予《かね》テノ覚悟ニ出ヅルナリ」とはっきり記し、同僚部下をはじめ公使から「北村氏吉村氏笠氏堀口氏等、在留邦人各位」にまで、生前の厚意を謝し、

「時節柄特ニ御騒ガセセル小官ノ罪大ナルコトニ就キ御詫ビ伝ヘラレ度」

と、桜井大佐に伝言を依頼している。そして遺族にはそのあとにただの一行、

「何等遺書ヲ致サズ　縦令《たとえ》残ル物アルモ金品一切送付ニ及バズ」

と簡単にふれただけである。

岡本中将は、戦争の最後の段階で、国家敗亡を救うべく切腹を覚悟で、軍人として最大の義務を果たした。それが成らなかったとはいえ、軍人である以上は戦いぬくのが責務、軍人であることがその罪万死に値するほどのことはないように思われた。うすうす岡本中将の決意に感づいたまわりの人びとが、思いとどまるよう言葉をつくしたが、それも空しかったのである。何がそれほどまでに岡本中将に、異国にあって生涯を閉じることをいそがせたのか。

参謀総長宛ての遺書のなかの文字がすべてを語っている。

「在独武官　第二部長」としての過去の自分の責任の極めて大なることを、戦争が日を追って敗勢をたどるなかで、中将は考えつづけたものとみる。その中将の深い想いは、昭和十八年四月に岡本中将ともどもドイツに渡った甲谷悦雄元中佐から、戦後になって

現代史家田々宮英太郎氏が取材した回想が、もっともよく明かしてくれている。岡本は語っていたという。

「昭和六年には、ドイツ駐在の武官補佐官になり、十四年にはまたドイツ駐在の武官となった。そして開戦直前に参謀本部の情報部長（第二部長）として、ドイツ中心の情勢判断になることを自分では警戒しながらも、結果的には判断を誤って開戦するように仕向けたことになる。これは私の過ちだ。その責任は、今となっては、まぬがれるものではない……」

昭和の日本は、この言葉にあるように、ナチス・ドイツの動向を中心として大きく振り回された。誇大していえば、陸軍も海軍も官界もその中堅はヒトラー一辺倒となり果てた。ヒトラーの世界戦略に乗り遅れまいと、世界戦争への道を日本もまた突っ走ったのである。そして日本が昭和十六年十二月に、対米英戦争に踏みきったのも、ドイツの勝利を唯一あてにして以外の何ものでもなかった。

そして岡本中将はいわば陸軍きってのドイツ通であった。その人が昭和十六年四月に参謀本部第二部長として政戦略の枢要の責任を担ったのである。開戦は陸軍だけで決定できるものではない。しかし、岡本はその衝にあったものとして、開戦を全生命を賭けるほどの重大事と考えたのである。そしてその責を一身に担ったのである。この真率な人間性あって、その償いとしてのダレス工作への挺身があったにちがいない。

田々宮氏は書く。

「重責にある陸軍軍人として、和平工作が、どんなに破天荒な試みであるかは、誰よりも中将自身の知るところであった。私を去り、己を無き者にしたものだけに出来る、それは決意であり、行動では無かっただろうか」

まったく同感を禁じえない。

岡本中将は明治二十七年（一八九四）生まれ、石川県出身。陸士二十七期、陸大卒。

# 重傷のB29俘虜を介錯し絞首刑に

## 陸軍中尉　満淵正明

事件を、当時の朝日新聞は伝えている。

「昭和二十年五月二十五日、B29の大編隊の一機が千葉県長生郡日吉村上空で墜落し、乗員十一名のうち五名は生存したが、二名重傷を負い、四名は死体で収容された。重傷者の一名は間もなく死亡した。たまたま同地にあった護北兵団第四〇二連隊第一大隊第一斬込中隊長・満《ま》淵《ぶち》正明《まさあき》中尉（当時）は、俘虜を診察し、また収容するため急行したけれど、大隊附軍医と憲兵隊長から、この重傷ではどのような手当を加えても助かる見込みはないと告げられ、その処置を一任された。満淵中尉はその時、指揮班長曹長・境野井鷹義の建言に基き、いたずらに苦痛の時間を長からしむるのは人道に合わないと断じて、同曹長に命じて、エムリー少尉と認定される俘虜の首を刎ねた。このことが、終戦の後、米国第八軍の調査で判明したものである」（昭二十一・四・六）

事件の輪郭はこれで明らかであろう。

日本が敗れ、進駐してきた米軍は、本土各地におけるB29墜落機と乗員の行方を徹底的に調査した。その一つに日吉村長栄寺にあった、墓石がある。米第八軍はただちに埋葬死体を発掘し、そこに六体を発見したが、うち一体の首は胴と斬りはなされていた。人為的な手が加えられていることは、だれの目にも明らかであり、驚愕したかれらは、その〝下手人〟の捜索を日本側に命じた。そして満淵元大尉らを逮捕し、戦争犯罪人として告発した。

横浜戦犯合同軍事裁判の法廷に、この俘虜斬首事件がもちこまれたのは、戦後の混乱のうちつづく昭和二十一年三月のことである。

告発された満淵正明元大尉は、神戸市出身、伊勢の神宮皇学館を卒業したのち、三重県多度神社の神主をしていた。戦争末期になって召集され、本土決戦の第一部隊の配置についた応召軍人である。必勝の信念にかたまった戦士である以上に、国家神道を深く信奉する人でもあった。

それゆえに、法廷において、かれは自分の行為を「罪」と認めることに全面的な抵抗を示した。かれが強く主張したのは、瀕死の重傷にある敵国人を斬ったのは日本武士道の精神にのっとった介錯《かいしゃく》行為である、ということであった。軍医からも見放され、しかもかれの中隊は駐屯して間もなかったゆえに医療設備もろくに整備されていない。そうした状況にあって、武士道の作法どおり、武人としてふさわしき最期たらしめるべく、重傷の俘虜を涙をふるって介錯したまで。まさしく慈悲同情によるものである、そう満淵は主張したのである。また、弁護団もその説を必死になって援護した。

しかし、当然のことながら、アメリカの法務官には、「介錯」という言葉すら初めて聞くもの、まして理解を求めることなどは、できうべくもなかった。武士道の本義がわからない。殺人を正当化しうる日本式〝作法〟がわからない。それゆえにかれらは日本側の主張をことごとく認めようとはしなかった。安楽死という大きな問題にもふれながら、ここに、日本側の介錯論が通るか否か、法廷は大激論の場となったのである。言いかえれば、日本武士道が国際法廷に被告としてひきだされる結果となったのである。

弁護側は強く訴えつづけた。俘虜の少尉の生命を断ったのは、瀕死の苦痛からまぬからしむるためのものであり、かれ自身にとってもよかったことであり、しかも遺体を手厚く葬って冥福を祈っている。これこそは武士道精神の発露というべきものであると。検事側はこの主張を真っ向からはねのける。そうした行為の道義性は日本人同士の間のみに適用されるものであり、絶対にアングロ・サクソン民族には適用されるものではない。国際法違反の暴虐行為そのもので重罪に値すると。

それは、ある意味においては、太平洋戦争とは何であったか、そのことを象徴するような激越な論争となった、といえるかもしれない。戦争は総力戦である。鉄量や火薬量のみで戦われるものではなかった。好むと好まざるとにかかわらず、根底では思想対思想の戦いであったのである。しかも、戦われた思想は単なる概念やイデオロギーだけではなく、もっと民族の生存の根本にふれるような〝文化〟の衝突であったのである。

そして、満淵元大尉の俘虜介錯事件は、その衝突のより具体的なものとなった。いわば正面から日本人の死生観＝武士道が問われた唯一の、そして特異なものとなったのである。

弁護側は、被告を弁護するため、ひいては日本の武士道を弁護するため、歴史学者として著名な中村孝也、高柳光寿らに参考人としてつぎつぎに出廷をもとめ、武士道とは何か、介錯の意味する本義は何か、などについての学問的説明を求めることにした。

証人席で、それぞれの人が日本武士道のために力説した。大略はこうである。

封建社会の精神支柱となった武士道とは、哲学や宗教ではなく、一言でいえば道徳、モラルである。大まかに博愛、正義、忠節、武勇、義俠、優雅の六徳目にあげることができる。しかしその実践はどれ一つとして容易ではない。武士たちは一所懸命になってあらゆる艱難辛苦に耐え修養に専念した。生命に執するよりモラルを追求する念のほうが強かった。

そこに神道・儒教・仏教の生命観が働きかけた。神道は生命の永遠性を信じ、生命は死後も連続していると考える。儒教は生命は死によって天に帰ると信じ、仏教は生命は死の関門を通ればさらに上の生命に転入すると教えた。こうした死生観は、おのずから現実の生を軽視せしめるように、強く武士に影響を与えた。

とくに武士道の構成された鎌倉時代においては、浄土信仰が強く働きかけた。現世は苦痛と不幸と悲哀と失望とに満たされているが、来世は幸福と悦楽と光明と希望とに溢れている、ゆえに現世の生命をうちきり、来世へ転入することは、むしろ大きな喜びであるとした。ここに、死は刹那より永遠へ、闇黒より光明へ、苦痛よりは悦楽へ移りゆくことであるという日本武士道独特の死生観が完成していったのである。

武士の間では切腹とか殉死とかいう自殺行為は名誉であり、美徳であると考えられるようになった。しかも、切腹は克己《こっき》の最高の具現であった。そして、死の関門にさしかかりながら苦しんでいるものにたいしては、慈悲同情によってその死の手助けをしてやった。これを介錯というのである。苦痛を短くして、早く安楽へ送ってやるために、死を手伝う、それは武士道にかなったものとして肯定されるのである、云々。

法廷では、中村孝也証人がさらに説いて強く言い切った。

「満淵大尉の行為は、まことに礼儀正しいものであり、情理兼ね備わった礼法であったと考えられます。斬るものも、斬られるものも、その瞬間、粛然として死生を超越した偉大なる生命観に直面したのであります。介錯は武士道自身ではありませぬが、そのなかには武士道精神が流れているのであります」

しかし検察側は一分の理すら認めようとはしなかった。たとえ、それが武士道にかなっているにせよ、介錯は武士としての教養をもっているものにのみ適用さるべきものではないか。介錯は当事者の意思表示のある場合にかぎって成立するものではないか。介錯は外国人にも適用しうると考えられていなかったのではないか。

たしかに、戦勝国による軍事裁判の機能の一つは、報復にあった。あるいは報復感情を静めることにあった。そして、もう一つの機能は、国際的な市民社会の刑法を適用し、「市民秩序の実在を確認する」ことにあった。換言すれば個人の責任の追及である。法廷で罪として告発されているのは、神にたいする人間の侵害というものであったのである。

裁判はこうして、西欧的な観念と、日本人の伝統的な観念との正面衝突で終始した。日本側の証人は、結局のところ「武士道は封建機構を維持するためには重要な役割を担った道徳ではあるが、それが人間生活《ヒューマンライフ》のもっともよき道徳ということはできない」と最終的に結論するほかはないところに追いこまれた。

俘虜介錯事件の横浜BC級軍事法廷は、有罪の判決をもって閉廷した。被告満淵元大尉には、絞首刑が言い渡された。それがたとえ国家権力（あるいは思想）が命じたものであろうと、罪はそれを犯した個人にある、というのが戦犯裁判の根本原則であった。満淵元大尉は、二十一年九月五日、その子に宛てて長い遺書「幼き子へ」を書いている。その一部に、

「……すべては国家の危急に際して御召にあづかつた軍人として、その職分を最も

忠実に果したまでのことだから、私は部下の行動の責任をすべて一身に負つて法廷でも決してひるまなかつた。たとへ判決はどうあらうともそれは当時の敵国としての目から見てのこと、私は日本人として何ら良心にはづるところはない。それは戦死と同じだ。あるいは戦死より悲惨な死であるかも知れないけれど彼等から憎まれることが深かつただけ、それだけ戦ふ日本のためにお役にたつたのだといへないこともない。何にしても敗れたものは弱い。日本の悲劇は又直ちに私の家庭の悲劇ともなつたのだ。……」（原文片カナ）

とある。日本という国家、帰属する集団の将来のために自分を犠牲にするという元大尉の、最後にのぞんでの死生観は、なぜかあやしいまでに説得的である。

さらに満淵元大尉は書いている。

「日本には今新しい光がさしてゐるのだ。たとへ武力は有しなくても世界の最高の文化国として、アメリカ等も見返すやうな国になることによつてはじめて、父の恨ははらせるのであることをどうか覚えてゐておくれ」

翌六日、満淵元大尉は巣鴨において刑死した。三十二歳であった。

# 巨砲発射せず、武蔵艦長の自責

海軍少将　猪口敏平

昭和十九年十月二十四日夕刻、フィリピン諸島のルソン島、ミンドロ島、パナイ島に囲まれたシブヤン海――いまこの海で〝不沈〟と称され、〝神秘《ミステリアス》の戦艦〟ともいわれた武蔵が最後のときを迎えようとしていた。

米軍のレイテ島上陸を迎え撃とうとして、連合艦隊は全水上部隊によるレイテ湾突入、輸送船団撃滅の〝なぐりこみ作戦〟を企図した。戦艦大和・武蔵を中心とする栗田健男中将指揮の第二艦隊がその主力となった。レイテ湾突入は十月二十五日黎明を予定されていた。しかし米海軍もこれを中途で阻止しようと、高速機動部隊の全航空兵力をくり出して攻撃をしかけてきた。

十月二十四日の白昼いっぱいをかけて、シブヤン海で、米航空兵力対日本水上部隊のたがいに渾身の力をふりしぼっての激闘がつづけられたのである。結果は戦艦武蔵一艦が六次にもおよぶ攻撃を一身に引きうけて戦うような格好となった。最初の攻撃で、艦首付近にうけた魚雷の傷が意外に重く、このため速力を奪われることとなり、武蔵は輪型陣から後退し、一艦だけとり残されることとなったからである。弱者とみるとそこに集中する敵機の攻撃は、強力な抵抗を示すほかの艦には目もくれず、われ先にと武蔵に向けられてきた。魚雷命中十九本、直撃弾十七発を数え、夕闇が迫り敵の攻撃がやっとやんだときには、艦首を深く沈めた武蔵はのろのろと進行するだけとなり、傾斜は左へ十度を超えていた。

第二艦隊の旗艦大和から、

「全力をあげて付近の島嶼に座礁し陸上砲台たらしめよ」

という最後の信号がすでにもたらされている。沈没は決定的とみられていたが、生きようとの痛烈な意志のもとに、武蔵の乗組員はなお最後の奮戦を行っていた。重量物と名のつくものはすべて後部右舷に移された。戦傷者も、弾薬箱もいや戦友の死体も右舷に移された。

猪口敏平少将

艦長の猪口敏平《いのぐちとしひら》少将が長文の遺書をひとり艦長室でしたためたのは、そうした武蔵を浮砲台とするための必死の努力がつづけられている間の、ほんのわずかな時間をみつけてのものであった。

猪口は明治二十九年（一八九六）生まれ、鳥取県出身、海兵四十六期、海軍砲術の専門家である。マリアナ沖の航空決戦に敗れ、マリアナ諸島を失って、日本帝国にはもはや勝機はない、残されたのは水上部隊による捨身の決戦あるのみ、という十九年八月、横須賀砲術学校教頭より第四代武蔵艦長に選ばれて着任した。それは武蔵ばかりでなく全水上部隊の大歓迎するところであった。かれが屈指の射砲理論の権威であったからである。機動部隊の航空兵力をマリアナ沖で喪失してしまったいま、飛行機の傘のないところで敢行されるかもしれない洋上決戦での、猪口の手腕に期待するところがきわめて多かった。かれ自身もまたそのことをはっきりと認識し、それだけに期するところがあったのである。

しかし、期待も自負も空しく、浮かべる城の強力さを発揮し得ぬままに武蔵を失わんとする。巨砲はほとんどものの役にも立たなかった。猪口はその無念を率直に記している。

「遂に不徳の為、海軍はもとより全国民に絶大の期待をかけられたる本艦を失ふこと誠に申訳なし。唯、本海戦に於て他の諸艦に被害殆んどなかりし事は、誠にうれしく、何となく被害担任艦となり得たる感ありて、この点幾分慰めとなる。本海戦に於て申訳なきは対空射撃の威力を充分発揮し得ざりし事にして、之は各艦共《とも》下手の如く感ぜられ自責の念に堪へず、どうも乱射がひどすぎるからかへつて目標を失する不利大である。遠距離よりの射撃並《なみ》に追打ち射撃が多い。

被害大なるとどうしてもやかましくなる事は、致し方ないかも知れないが、之も不徳の致す処にて慚愧に堪へず」

砲術の第一人者らしく、連合艦隊の対空射撃の未熟さを訓練不足のためと観じ、ひたすらに自責の念にかられている。とくに武蔵の場合には不運が見舞った。第一次攻撃でうけたわずか一発の魚雷。それ自体はほとんど影響のないものであったのに、被雷の折の激震で主方位盤が故障し、主砲の旋回がままならなくなり、巨砲の一斉射撃ができなくなってしまった。猪口の遺書はそれにふれる。

「大口径砲が最初に其の主方位盤を使用不能にされた事は大打撃なりき。主方位盤は、どうも僅かの衝撃にて故障になり易い事は、今後の建造に注意を要する点なり。

敵航空魚雷はあまり威力大ではないが、敵機は必中射点で、然も高々度にて発射す。初め之を低空射撃と思ひたりしも之が雷撃機なりき。(中略)

機銃はも少し威力を大にせねばならぬと思ふ。命中したものがあつたに不拘《かかわらず》なかなか落ちざりき。敵の攻撃はなかなかねばり強し。具合がわるければ態勢がよくなる迄待つもの相当多し。但し早めに攻撃するものもあり。艦が運動不自由となればおちついて攻撃して来る様に思はれたり」

猪口艦長はいうまでもなく、激戦の間じゅう艦橋にあって指揮をとっていた。しかも第五次の攻撃のさいには、防空指揮所に命中した爆弾一発が艦橋で炸裂している。防空指揮所は崩れ落ち、艦橋にいた航海長、高射長ら七名の指揮官が戦死、艦長その人も頭部と右肩に重傷を負うという惨烈さであった。そのなかにあっての冷静な戦闘の観察はどうであろうか。豪胆とか勇猛とかの形容詞をもって飾るより、その使命感、仕事に徹してやるべきことはやる責務感をこそが讃えられるべきであろうか。

そしてそのあとに、艦長としての想いがやっとつづられている。

「最後迄頑張り通すつもりなるも今の処駄目らしい。一八五五（注・午後六時五十五分）

暗いので思ふた事を書きたいが意にまかせず、最悪の場合の処置として御真影を奉遷すること、軍艦旗を卸すこと、乗員を退去せしむること、之は我兵力を維持したき為生存者は退艦せしむる事に始めから念願。悪い処は全部小官が責任を負ふべきものなる事は当然であり、誠に相済まず。

我斃《たお》るるも必勝の信念に何等損する処なし。我が国は必ず永遠に栄え行くべき国なり。皆様が大いに奮闘してくださり、最後の戦捷《せんしょう》をあげられる事を確信す」

そしていちばん最後に、死の覚悟がしぼりだされてくる。

「本日も相当多数の戦死者を出しあり、これ等の英霊を慰めてやりたし。本艦の損失は極大なるも、之が為に敵撃滅戦に些少でも消極的になる事はないかと気にならぬでもなし。今迄の御厚情に対して心から御礼申す。私ほど恵まれた者はないと平素より常に感謝に満ちたり。始めは相当ざわつきたるも、夜に入りて皆静かになり仕事もよくはこびだした。

今機械室より総員士気旺盛を報告し来れり。一九〇五」

午後七時五分の、機械室よりの報告をうけて間もなく、艦長は艦橋に姿を見せ、副長加藤憲吉大佐をはじめとする砲術長、通信長、機関長ら生存の艦の幹部を集めた。ひとりひとりに奮闘のねぎらいをしたあと、艦長は副長に総員退艦せよの命を与えた。これがかれのなすべき最後の任務であった。

そのあとで、加藤に〝遺書〟をしたためた小さな手帳を渡すと、猪口は、

「これを連合艦隊司令長官に渡してくれ」

と言った。それから遺書を書いたシャープペンシルを「記念に、副長、うけとってく

れ」と、ごくおだやかな口調で言い、手渡した。猪口の死出の旅へ歩みだす儀式はこれがすべてである。部下たちはだれもが、艦長は海軍の伝統に従うつもりなのだ、ということを察した。艦長附の若い准士官や兵たちが唇をふるわせて泣き出した。その声を背に猪口は、艦橋下にある艦長休憩室に入ると中からドアに鍵をかけた。

午後七時十五分「総員退去用意」。

軍艦旗が「君が代」のラッパのひびきと、生存の乗組員全員の敬礼のうちにおろされた。御真影も二人の屈強な下士官の背に背負われた。

午後七時三十分「総員退去」。

ほとんど同時に巨艦武蔵は沈みだした。後甲板右舷に集められた重量物がものすごい響きをたてて海になだれこんでいった。生きんとするもの、死を期せるもの、一秒後の生命はまったく不明である。将兵はつぎつぎに海中に身を躍らせた。

武蔵は四枚のスクリューと二枚の舵を黒々と中空に浮かせて沈んでいった。吃水線下の紅殻色の塗料が月光に赤黒く映って、魔像のようであった。漂流者の頭の上に、魚雷の破口にひっかかった幾つかの戦友の死体がのしかかってくるように見えた。艦長をのせたまま巨艦は永遠に姿を消した。七時三十五分であった。

すでにふれた宇垣纏中将の戦陣日誌『戦藻録』には、十一月二十八日に、猪口艦長の遺書についてこう書かれている。

「想像の如く猪口艦長は平素と変らず、沈着冷静に指揮をとり艦と運命を共にする最初よりの覚悟にて艦橋にただ一人止まり、暇乞に来れる副長に乞はるゝ儘沈没三十分前手帳に所感を記し副長に交付せり。本手帳は副長持ち帰り人事局に手渡せりと云ふ」

また『戦藻録』には、宇垣中将のつくれる七言絶句が記されている。

覆天来襲敵機群
万雷咆哮地軸震
夕暗静迫創痍姿
誰知艦上提督心

宇垣もまた、猪口艦長と同じ心にて死処を求めていることがわかる。

# 文人的軍人の最後の気迫
## ――陸軍中将　本間雅晴

敵といふものは今無し秋の月――虚子

まだかなり多くの日本人が、忘れようとして忘れられない、あの、暑い夏がまた訪れてくる。

そして、あの被占領の時代、すなわち「マッカーサーの日本」の時代が、良かれ悪しかれ戦後日本の鋳型を作ったことは、昭和史をたずねる上で永久に見過ごすことはできないでいる。

厚木基地から横浜までの、ほこりっぽい道の両側には、三万を超える日本兵がずっと立っていた。かれらは道路に背を向け、完全武装のままに、ほとんど一メートルおきに休めの姿勢をとってえんえんと並んだ。

かつての敵兵に守られながら、自動車の行列は道の真ん中を進んだ。行列の主人公は連合軍最高司令官ダグラス・マッカーサー元帥である。かれの眼に映じた敗戦日本の姿は――のちに自身が書いているように「国土と国民がこれほど完膚なきまでに壊滅させられた国は、史上その例をみない」というものであった。いまその国に君臨する。そしてこの国を民主国家につくりかえる。その重大な任務を、かれは「軍神《マルス》から老兵に贈られた最後の贈物である」と、心の奥底でひそかに楽しんでいた。

一九四五年（昭和二十）八月三十日のことである。

横浜のホテル・ニューグランドについたマッカーサーは、すぐにエリオット・ソープ准将をよぶと、口頭で命令した。

「東条を捕えよ。嶋田と本間もさがせ。そしてそのほかの戦犯のリストを作れ」

ＣＩＣ（対敵諜報部隊）の司令官ソープ准将は、カンのよさと行動の迅速さによってマッカーサーのおぼえ目出たい軍人であった。対米開戦時の首相東条英機大将、同じく海相嶋田繁太郎大将の二人とならんで、本間の名があることに、この尊大な最高司令官の胸中にあるものを准将はとっさに悟った。日本進駐第一日目の、それが絶対的支配者マッカーサーの下した最初の命令であったのである。

本間雅晴中将

三日後の九月二日、米戦艦ミズーリの艦上で、日本の降伏調印式が終ったあとに、マッカーサーは記者団を前に語った。

「表現の自由、行動の自由、さらには思想の自由までもが、迷妄を利用し、暴力に訴えることにより否定された。われわれは、日本人民がこの隷属《れいぞく》状態から解放されるのを見届ける義務がある」

さらにこうもいった。

「私は連合軍最高司令官として、私の代表する諸国の伝統にもとづき、私に課せられた責務を正義と寛容の心ではたす決心であることを、ここに宣言する」

このとき、この荘重な演説を読みあげるかれのうしろには、連合軍の二人の将軍が立っていた。一人は開戦五カ月後に比島コレヒドールで降伏したウェーンライト少将、もう一人はシンガポールを明け渡したイギリス軍のパーシバル中将である。いまや勝者となったこの〝敗軍の将〟二人こそは、マッカーサーがその長い軍歴のなかにはじめて味わった屈辱の象徴、でもあったのである。

マッカーサーは、一方では寛容を示して理想を語った。しかし、その一方で二人の将軍に象徴されるおのれ自身の敗者の汚名を、払拭《ふっしょく》する決意をそこに示した。つねに歴史を意識する男は、敗者のかけらをも歴史に残したくはなかった。

それゆえに、日本のかつての指導層にたいしては〝正義〟の裁きを行なうべく、マッカーサーは占領業務という激務に追われながらも、ただちに必要な処置をつぎつぎにとるのである。そこには〝寛容〟のカの字もない。ワシントンは、かれの強い要請にもとづき、戦争犯罪容疑者を裁くための特別国際裁判所の設置と、その審理規定を定める権限のすべてを、マッカーサーに与えている。

そこでマッカーサーは、アメリカ太平洋陸軍総司令部のなかに、もう一つのオフィスである法務部戦犯課を設置した。かれは、A級に入らない戦犯の調査と裁判を、この課でやらせることとした。横浜とマニラに分課をおき、そこで行なわれる裁判の司法官は、すべてかれが任命する米陸軍将校にかぎると決定。こうして、ひとりかれだけが絶大な力をもった。

マニラに分課をおいたことで、マッカーサーの意志は明白になっている。

それは〝第二の故郷〟ともいうべきフィリピンでの、日本軍がおかした戦争犯罪を裁くことにある。もっとはっきりいえば、二人の人物にたいする裁判に、最大にして緊急の眼目があったのである。

その二人とは——山下奉文大将と本間雅晴中将であった。

山下大将を逮捕することは、米軍にとってまことに容易であった。げんにフィリピンのルソン島の山中で籠城しながら、米軍と交戦をつづけてきた日本軍の総司令官であるからである。

九月三日、山下は山をおり降伏した。

本間中将のほうはそれほど容易にはいかなかった。緒戦において、比島攻略の武勲もあり、天皇から勅語も賜わったほどの将軍でありながら、昭和十七年八月に予備役となり、いらい市井に埋もれていたからである。しかしCICはやがてその存在をつきとめた。

だが、ソープ准将は慎重の上にも慎重になった。九月十一日、逮捕直前に東条元首相が自殺をはかるという事件が起きた。マッカーサーは、その報告をうけたとき、

「全力をつくせ、死なせてはならんぞ」

ときつく命令した。

ソープ准将は日本軍人に自決の波のひろがるのを恐れた。とくに東条、嶋田、本間の三人のうちのだれ一人として、死なせるわけにはいかなかった。マッカーサーの怒りが目に見えるようである。そこでわざわざ日本人記者団を集めて声明した。

「自殺をするのは、罪の意識があるからなのであろう。そうでなければ、死を選ぶはずはない」

名誉を重んじて死を急ぐ、日本の武士道精神を知りぬいていて、ソープ准将はその逆をついたのである。

しかし、元中将本間雅晴には自決の気持など毛ほどもなかったのである。祖国の敗北はすでに遠く前から予言していたことである。かれは駐在武官として永くヨーロッパに

住み、日本を世界の国々の一つとして客観視できる目をもった軍人であった。それに、罪の意識とも無縁であった。だが敗軍の将として、ポツダム宣言に書かれているように、裁きの庭に立つこともあるかもしれない予感は抱いていた。

八月十五日の天皇の玉音放送の終ったあとからただちに、本間は書斎にこもり、くる日もくる日も備忘録ともいうべきものを書きつづけた。かれは英文でそれを綴った。表紙には“My document”と記したが、裁判所へ出るさいの準備のつもりである。

九月十二日、なすべき作業をすませた本間は、老いたる母をたずねて故郷の新潟県佐渡に渡った。亡父の墓参ということが一応の理由であったが、つきそった夫人富士子には〝長のいとまごいのため〟という印象がどうしても消せなかった。

九月十四日、本間の乗った船が新潟港に入ったとき、夫妻を出迎えたのはまだ学生であった十五歳の三男である。そのかたわらに私服の特高刑事二人が立っている。

「閣下、申訳ございませんが、米軍総司令部の命令で伺いました」

一行の列車が翌朝七時に上野駅のホームに入ったとき、本間は、待ちうける米人記者の数に驚いた。かれらは口々に質問したが、そのなかにしばしばデス・マーチという言葉がはさまっていた。富士子の目には、本間が解せないという顔つきでいるのが、よくわかった。

小石川の自宅に戻り、夫人が軍用行李《こうり》にひと通りの手廻り品をつめていると、本間がひょっこり入ってきて、一言いった。

「バターンの死の行進というのが私の訴因だということだよ」

やがて一時、元中将本間はイギリス仕立てのグレーの背広姿で、家族や知人に送られて、車中の人となる。

「これもご奉公だと思う。消極的ながらもお国に対するご奉公だ」

見送る人はだれもが、すぐ帰ってくるものと考えていた。しかし、その後姿が、本間を日本で見る最後となった。

起訴状には、四十三項もの罪状があげられていた。十二月九日、巣鴨刑務所でそれを見せられたとき、本間は愕然となった。

いわく――本間は比島作戦の緒戦時において、アメリカ人が斬首されることを許可した。バターンで米比両軍の捕虜を「死の行進」にさらすことを認可した。マニラ市が無防備都市を宣言したのに空爆し、砲撃した。第二野戦病院を砲撃した。本間は部下の兵が捕虜を銃剣で刺殺することを許可し、日本軍将校の一団がフィリピン人家族を惨殺することを許可した。本間の第十六師団はフィリピン人少年十六名を剣銃訓練に使って殺した……。

そしてこの日、本間は、山下奉文がマニラの法廷で絞首刑の判決をうけたことを聞いた。

四日後、本間は背広で、コートとトランクをもって、巣鴨からフィリピンに向けて日本を立った。そしてマニラから数十キロ離れたロスバニオスの戦犯収容所に入れられ、数日にわたってきびしい訊問をうける。調査官、検察官らは、はじめから有罪、そして極刑ときめてかかっているように、憎しみを燃やして質問した。

被告の本間は知るよしもなかったが、これこそは〝マッカーサーの裁判〟であったのである。フィリピンにおける日本軍の残虐行為にたいし、その責任者を裁くというのが、フィリピン人にたいするマッカーサーの公約であった。形の上では、西太平洋陸軍司令官ステイヤー中将に裁判の進行は委任されていたが、五人の裁判官と六人の検察団はマッカーサーみずからが選びだした。しかも将官五人で形成される裁判官たちは職業軍人であり、いまやアメリカ陸軍随一の権力をもつ人物の意志に、かれらが背こうなどとは考えるはずもなかった。だれもが自分の前途を気にせねばならないのである。そしてうち一人は、山下奉文に有罪判決をいい渡したばかりの軍人である。

そして検察団には、いずれも刑事訴追のベテランの将校が集められた。かれらは首席検察官ミーク陸軍中佐の指揮のもと、本間訴追のための証拠集めに十分な時間と自由が与えられた。

これにたいしてステイヤー中将によって選ばれた四人の将校による弁護団は、うち三人が刑事裁判に経験のないものばかりとなった。ただ一人が陸軍法務部からの任命で、ほかは主任弁護人が歩兵、他が野戦砲兵、航空の各部隊からそれぞれ任命されてきた。それでなくとも非力な弁護団には、公判開始まで、調査や反証収集などにわずかな余裕しか与えてもらえなかった。

マッカーサーは、これだけでもまだ安心できなかったのか、この軍事裁判所がしたがうべき刑事訴訟手続きを、かれ自身が作成した。また、証拠調べの手続きにおいても、守らねばならない条項をも、すべてをみずからが定めた。つまりは、米陸軍が定めた軍法会議の訴訟手続きも、通常の刑事訴訟手続きも、この裁判においてはぜんぜん関係ないことになった。

マッカーサーの「特別宣言」第十三条は、明確にうたっている。

「迅速かつ適当の手続きを、最大限に採用かつ適用し、本裁判所が証明力ありと認めるあらゆる証拠を受理するものとす。被告のなしたる容認もしくは陳述は、すべて証拠として受理することができる」

わかりやすくいえば、マッカーサーの意志に添うなら、なんでもやってよろしい、ということである。

本間には逃れる道などはじめからなかったのである。だが、本間は公判がはじまるまでそれを知らなかった。自分を告発する理由が不思議でならなかった。比島では、だれよりも善政をしいたつもりであった。それが柔弱だとして大本営からきびしく叱責をうけたほどである。また、自分は陸軍きっての親米英派であり、それと戦争することに反対した男なのである。シェイクスピアを好み、コナン・ドイル、ゴールズワージー、バーナード・ショウなどを愛読し、英語で詩をつくったりした。軍人らしからぬ女々《めめ》しい行為だとして、陸軍中央からはずっと軽蔑の目でみられてきた……。

獄中でおのれの生涯を顧みればみるほどに、本間には、告発された四十数項の罪状が、何かの間違いと思えたに違いない。「死の行進」とはいったい何のことなのか。

そう思いつつも、軍人として本間はある種の理解を抱いたことも、確かなことのようである。それは敵将マッカーサーにとって、その長く輝かしい軍歴のなかで、最大の汚点はフィリピンでの敗戦と濠州への逃亡であったろう、ということである。勝者と立場の変ったいま、軍人としてこの屈辱は晴らさねばならぬだろう。そしてそのとき勝者となった敵将がほかならぬ自分なのである。

それにしても、あの緒戦の比島攻略をめぐっての戦闘が、はたして自分にとって、もっとも輝けるときであったかどうか。マッカーサーにとって許しがたいほどの屈辱であったかどうか。本間は、かすかな失望感のなかで、はげしかったフィリピン進攻の戦いを想いださざるをえなかった……。

敵将本間が想像したであろう以上に、太平洋戦争の緒戦におけるマッカーサーの絶望と怒りと屈辱は、底知れぬほど深いものであったのである。

開戦前夜の一九四一年（昭和十六）十二月、比島防衛のためにマッカーサーの指揮する米比連合軍の兵力は十三万を超えていた。そして最新鋭の航空兵力を誇った。なによりもかれはきわめて楽天的な戦略観を抱いていた。日本の攻撃は一九四二年四月までないであろうとの確信である。そのときには味方の兵力が予定の二十万になる。だからその時点で日本軍が攻撃してくれれば、ものの見事に海岸線で比島全域を防衛してみせる。防衛が成功した暁には、重爆撃機による日本空襲を敢行し〝紙の都市〟を消滅させてしまうことであろう……。

ところがワシントンは、ルーズベルト大統領を中心に、比島からのこうした報告をうけとっていながら、いっさいをこの尊大な将軍に知らせようとはしなかった。対日開戦が切迫していること、そしてもし戦争となればグァム、ウェーキ島と同じように、フィリピンをも日本に明け渡すことを戦略的に余儀なしと決定していること。つまりアメリカは太平洋では純然たる防衛を基本的な前提としていた。英国と協同して、当面の、叩き潰さねばならぬ最大の敵はドイツ、そしてイタリアであった。

残されている史料をみれば、マッカーサーは日本軍の真珠湾攻撃に呆然自失したままであった、としか考えられない。名将の名が泣くというものである。つぎの目標が確実にフィリピンとなることはわかっていたにもかかわらず、十時間近く、かれはなんの手を打とうともしなかった。

十二月八日正午ちょっと過ぎ、日本の戦爆連合の大編隊が突然、クラーク、イバの両飛行場を攻撃してきた。空中における抵抗がなかったため、日本機はあっという間にクラークの爆撃機B17十八機全部と、クラークとイバの両方にあった七十二機の戦闘機P40のうち五十三機を地上で撃滅した。ただの一撃で、マッカーサーが自慢していた空軍力は実質的に撃砕されたのである。(日本軍の喪失は戦闘機七)

これで米軍は進攻するであろう日本の輸送船団を爆撃し、あるいは味方の潜水艦部隊に上空からの情報を与えてやる能力は、完全に吹きとばされてしまった。

皮肉をいえば、偉大な指導者や軍人というものはすべて、本質的に、自分の誤りを認めようとはしない。ましてや自分に誤りなしと思いこむことではずば抜けているマッカーサーである。それが致命的な失敗であればあるほど、非を認めることは自尊心が許さない。戦後の回想記には、だから、かれはこう記すのである。

「十一時四十五分に、圧倒的に優勢な敵機の編隊がクラーク飛行場に迫りつつあるとの報告が入った。わが軍の戦闘機はすぐ離陸して迎え撃ったものの、爆撃機の離陸は遅れ、莫大な損害を被ってしまった」

自己正当化もきわまれり、と評したらいいだろうか。

しかも、その後の危機と向い合った二週間を、マッカーサーはとりとめもなく消費している。日本軍の先遣部隊が北部ルソンの上陸に成功しており、南部ルソンにも三個大隊が橋頭堡を固めた。しかし、かれは日本軍主力の上陸作戦を阻止できるとの、すでに樹ててあった作戦に固執していた。まだ戦略の転換を決定するまでには戦局は進展していないと、自信と楽観のなかに身を沈めた。

しかし、この時点で冷静かつ慎重に戦略戦術を検討したら、すでに断乎海岸線で死守という壮大な計画を捨てねばならぬときであったのである。かれがもしそうしたならば、バターンに食糧弾薬を貯蔵し、強力な防衛態勢をしくだけの、十分な時間的余裕がもてたことであろう。そしてまた、そうしていたら、のちの「死の行進」の悲惨はかなり防ぐことができたのである。

マッカーサーは自分の立案にゆるぎない自信をもつ軍人である。むしろ信念に陶酔する男であり、これまでの生涯に〝敗北〟の二文字がなく、常に神の加護があると確信する人物であった。マッカーサーは決して銃を捨てようとは思わなかった。海岸線での圧倒的勝利を夢想した。これはまったく非現実な作戦であり、結果は悲劇的であった。

十二月二十二日午前二時、本間雅晴中将の率いる歴戦の主力日本軍部隊三万余が、マニラの西北方リンガエン湾に敵前上陸した。さらに七千の日本軍がマニラの東南ラモン湾に上陸した。装備が悪く、訓練も不十分のフィリピン兵は、海岸線死守どころではなかった。恐怖のあまり銃を捨て、山に向かって逃走してしまった。

マッカーサーは終生、敗因は多勢に無勢であったと主張する。しかし、少なくとも数の上では米比軍の兵力は日本軍のほぼ二倍であったのである。

マッカーサーの信念もプライドも微塵に砕け散った。想像もしなかった完敗である。フィリピン兵の戦闘素質に絶対の信をおいたおのれを呪った。そして「敗軍の将」たることをマッカーサーはひとり拒否しつづけるほかはなかった。

これにたいして進攻した本間中将の作戦は、大本営の作戦指示どおり、きわめて明確なものであった。リンガエン湾とラモン湾の両方から強力な二つの鋏をつくる。これでマッカーサー軍をマニラか、マニラ北方の平原で挟撃、殲滅《せんめつ》しようとする。

戦況は予想以上のスピードで、日本軍の断然たる有利に展開していった。さしたる抵抗もなく、疾風野を捲くがごとくに日本軍は南北からマニラへ向かって進撃した。予期していたマニラ北方での決戦もなく、十二月三十一日には一部の部隊がマニラ市の北方地区に突入した。この日、マニラ市内には煌々と電灯が輝き、灯火管制などまったくしていないとの報告を、本間中将はうけている。

状況がここに至って、頑強に抵抗するはずのマッカーサー軍は追いまくられ、やむなくバターン半島に立て籠るであろうことが、本間司令部の幕僚たちの眼にも明瞭になってきた。日本軍の現在の展開位置からすれば、バターンへ向かう敵の撤退路を遮断することによって、マッカーサー軍を無防備のまま孤立させ、容易に降伏させることも可能と考えられた。しかし、そうすることは、首都マニラをまず占領し、以後島内の要地を占領すべし、という大本営の作戦命令に違反することになる。

本間中将にとって、十二月二十五日から三十一日にわたる一週間は、作戦の運命を決する緊要なときとなった。偵察機からは、四百輌以上の自動車がバターンへ逃避中との報告も入る。また麾下《きか》の土橋勇逸《つちはしゆういち》師団長も「マニラ市突入は一部の兵力とし、主力はバターン攻撃に向けるべきだ」と意見具申してきた。もし間に合わなければ、カルムピットの橋梁を空から爆破することで、敵のバターン集結を阻止できる。そこはマニラからバターンへ通じる道路と、ルソン北方からバターンへ通じる道路とが合する最重要地点であった。

しかし本間中将は、大本営の命令どおり、一路マニラ占領を主目標とした。渡された作戦要領には、米比軍のバターン半島での抗戦については、ただの一行も書かれていない。参謀本部の戦略観は首都を占領すればイコール降伏、という旧式思想にとらわれていた。そして本間が、それを忠実に守ろうとした背景には、つぎのような悲劇的なエピソードがあったのである。

その年の十一月十日のことであった。比島方面攻略軍の軍司令官に任ぜられた本間は、参謀総長杉山元大将から直接に作戦命令をうけた。このとき、杉山は「上陸後五十日以内に首都マニラを占領すべし」といった。本間は考えながら、

「五十日以内といわれるが、それはどうやって算出された日数でありますか」

と率直に問い返した。一瞬、躊躇して杉山は答えた。

「参謀本部が割り出したのだ。これが研究の結論である」

「しかし、何を基礎に割り出されたのでありますか」

と本間はさらに押してでた。

「敵兵力、配置、装備など完全な情報がとれているのですか。それになぜ私にわずか二個師団しか配備されないのですか。二個師団で十分であると、誰が決定したのですか。敵の戦力もわからず、それでいて、二個師団で五十日以内にマニラを陥とせと本官に命令されるのは、まったくの不合理であります。お約束は困難です」

怒りを顔面いっぱいにあらわした杉山がいった。

「貴官は任命されたことが不服なのか。ともかくこの日数は決定ずみである。これは命令である」

のちになって杉山は幕僚の一人に吐き棄てるようにいった。

「本間という男は！　与えられた任務にたいし栄誉をこそ感ずるべきである。それがあの女々しい質問とは。いったい何を考えているのか」

戦争直前のこの挿話は、本間の人となりや思想をよく語っている。狂信的な、一本気の単純な軍人の多かったなかで、かれは稀にみる合理的な考え方をする視野の広さをもっている。しかも、かれは対米英開戦に反対の数少ない陸軍軍人の一人でもあった。それだけに対米強硬派にかつがれた杉山には、本間にたいする信頼も薄く、本間任命に反対の声が陸軍中央には多かったのである。

「文人」的ではあったが、文弱ではない本間は本間で、さすがに自分の立場を心得た。責任の重大さに圧倒される思いをこらえ、任務遂行せずんば已まずの信念を強く固めた。それが日誌の第一ページに書かれているように「敵の首都を攻略する事のみに全精神を集中……」という決意となってあらわれた。頭に「マニラ」の名は深く刻みこまれ、「攻略」の二文字がキリのように本間の心を刺していた。

だから作戦の岐路に立ったとき、本間がマニラ攻略を第一義としたのには、杉山総長との厳しいやりとりが強い影を落としていた、とみることができる。

結果的には、この決定がマッカーサーを救ったことになる。カルムピットの橋を米比軍の最後の部隊が通過したのは、一月一日の夕刻、そして橋は日没とともに、米比軍の手によって爆破された。

その翌日の、一九四二年(昭和十七)一月二日、マニラ市は陥落した。

本間は、これで作戦は終り、あとは残敵を掃蕩しつつ、占領行政をうまくやりフィリピン民衆の対日協力を確保すべきである、という前田正実参謀長の意見を喜んで採用した。しかし戦闘は終っていなかったのである。バターンに集結した八万の米比軍は、掃蕩のために向けられた日本軍の第一次攻撃を容易に撃破してしまった。作戦終了との大本営の判断もあり、最精鋭師団がジャワ攻略にいち早く転用され、寡兵《かへい》となっていた本間軍は驚愕した。

戦いは苦戦をきわめた。一月三十一日、比島攻略予定の五十日目に当ったが、第一次総攻撃は失敗し、バターンの米軍はなおも強力に抵抗していた。二月八日、大本営は本間軍のバターン攻略遅延を天皇の名で督戦してきた。「陛下は貴軍の作戦状況に大変憂慮しておられる。何をぐずぐずしているのか」という意味の電報を前に、本間はひとりむせび泣いた。本間の胸中には勝利感どころか、屈辱と不満と怒りと〝われ誤てり〟の悔恨で身を焼く思いのみがあったのである。

しかし、再度の英国駐在武官などで育んだかれの合理性と、陸大優等卒の知性とが、無理な攻撃は部下を犬死させるだけと判断している。

「このまま攻撃を続行するも成功の見込み少なくかつ更に重大なる犠牲を覚悟せざるべからず……新作戦を案ずるの時を賜わらんことを、血涙の無念をもって懇願す」

大本営に打った電報の〝血涙の無念〟の一語に、無限の想いがこめられている。

　しかし参謀本部は激怒した。「敵のいないマニラ占領なら子供でもできる」「文化的将軍とかインテリとかいうやつはやっぱり駄目だ」と非難の声が渦をまいた。もはや本間の指揮に期待をかけようとはしなかった。杉山は本間罷免をはかったが、軍司令官の任命は天皇の親任である以上、更迭は聖断にたいする批判ともなる。やむなく本間はその地位にとどまるが、参謀長と作戦参謀の更迭を通告、さらに以後の作戦計画のいっさいを参謀本部でたて、辻政信中佐を派遣し、本間司令部をさしおいて指揮をとらせる、という強硬な措置をとった。あとの作戦はすべて東京がやる、という本間無視の処置である。

　そして兵力を増強、火砲三百門、飛行機百二十八機をそろえて、事前の訓練も十分に総攻撃をかけることとした。作戦は後任の参謀長和知鷹二少将と辻参謀によって進められ、本間は「床の間の掛軸」的存在でしかなくなっていた。

　バターンは四月九日に陥ちた。むしろあっけないといえるほどの戦闘ののちに、米比軍は降伏を通告してきた。

　だが、このとき――バターンの奥深く入った日本軍が驚いたのは、そうした反撃の弱さよりも、四万人足らずと推察していた敵兵力が七万六千人もいたことであった。食糧を食いつくしたあとで、飢餓とマラリアにやられ痩せおとろえ、目は落ちくぼみ、鬚は伸び放題の兵が、ジャングルのなかからぞろぞろと出てきた。それればかりではない。どこかに避難していた非戦闘員の難民二万六千が合流し、十万以上の人間が野山に溢れていた。

本間は、降伏にともなう捕虜の取扱いと輸送の兵站《へいたん》については、すでに万全の処置を講じてはいた。そして命令書には、全捕虜を友好的に扱うように指示した。部下が万端遺漏なきよう監督してくれるものと確信をもっていた。そして本間は全精力を、コレヒドールのウェーンライト軍攻略戦にふり向けていた。

「死の行進」とは、バターン攻略のすぐあとに起った惨事である。コレヒドール攻略戦を前に、準備や防諜上からも、また米比軍の砲爆撃によって傷つけないためにも、捕虜たちを現地にとどめておけない。しかも降伏が早かったため輸送の準備をする余裕もなかった。それにあまりの数。いきおい捕虜たちを食糧や収容所のあるサンフェルナンドまで、徒歩行軍させるほかはなくなった。その距離六十キロあまりである。

しかし捕虜の全員が栄養失調で、さながら生ける骸骨にひとしかったのである。はじめから状況は絶望的であった。食糧は足りなかったし、医薬品も衣服も不足していた。こうして歩きながら捕虜たちは死にはじめた。その総数三千とも一万ともいう。しかし、のちの裁判のときの、多くの証言が示すように、捕虜のうけた扱いは場所によって劇的ともいえるほど違っていた。ある兵隊は医療をうけ相応に食べ、笑顔の日本兵から煙草をもらった。その五百メートルうしろでは、ある兵が殴り倒され、銃剣で突き殺されていた。

こうした残虐行為に直接関与するような命令を発したものが、実は軍司令部内に存在したのである。バターン攻略戦で戦った第四十一連隊長今井武夫大佐は、ある日、兵団司令部付参謀と名乗る〝正体不明〟の将校から電話をうけている。その参謀は今井に、

「これからの作戦の邪魔になる。捕虜全員と投降してくる者は全員射殺せよ」

とはっきり命令した。今井が拒絶すると、参謀は大本営命令であると大声で叱咤した。今井は再度拒絶して電話を切ったが、その声がだれかふとわかる気がした。

同じように正体不明の参謀からの電話命令を、第十独立守備隊長の生田寅雄少将もうけている。もちろん、生田も信じようとしなかった。が、この命令に何人の指揮官が従ったか、それは今日もわかっていない。命令したのは誰あろう、辻政信参謀であった、といわれている。

最後の拠点だったコレヒドール要塞も、一九四二年五月七日に陥落した。ウェーンライト少将は白旗をあげて、本間の軍門に降った。

それよりほぼ二カ月前の三月十一日、ルーズベルト大統領からの「比島を脱出しオーストラリアへ移るように」の命令にしたがって、マッカーサーはすでにコレヒドールを去っていた。そしてミンダナオ島で飛行機にのりかえ、十七日には安全なオーストラリ

アの土を踏んでいる。

　この日、マッカーサーは新聞記者にかこまれていった。

「大統領は私に、日本軍の前線を突破するよう命じた。私の理解するところでは、それは日本にたいするアメリカの反攻を組織するためであり、その主たる目的はフィリピンの救出である。私は危機を切りぬけてきたし、私はかならず帰る」

〝逃亡ではなく、敵の前線突破である〟といいだしたところに、実にマッカーサーらしい見栄の張りようがある。敗軍の将にあらず、攻撃軍を組織するために、大統領命令にしたがい戦場を突破してきたのである。それはまさにおのれを納得させる言葉でもあったろう。かれは苦心に苦心を重ねてこういったのであるが、有名になったのは最後の「アイ・シャル・リターン」であるのは、なにか皮肉が感じられる。

　ともあれ、マッカーサーは自分が敗軍の将になることを認めたくはなかった。だから、安全な遠隔の地から、病み、傷つき、いたるところに倒れ伏している部下に囲まれ、苦しい決断に迫られているコレヒドール島のウェーンライトを、なおも強引に指揮した。

「降伏は絶対にしてはならない。やがて救援に赴く」

　しかし、どんなに勇気と闘志にみちた言葉であろうと、日本軍の猛攻撃下に気息えんえんとなっている将兵には、なんの慰めにもならなかった。そしてマッカーサーがうぬぼれが強く、利己主義的であるかを、将兵たちはあらためて想い起すのである。

ウェーンライトはついに部下を全滅させることを拒否し、降伏を決意した。この報にマッカーサーは激怒した。ワシントンにあてて打電し、おのれの怒りをぶちまけた。

「ウェーンライトは一時的に精神の安定を失い、そのため敵につけいられ利用されたものと信じている」

誇り高い軍人であるゆえに、敗北の苦汁をなめることなど、到底できることではなかった。しかし、新聞記者にはさすがに見栄ばかり張ってはいられなかった。結果的には多くの部下を見捨てて殺すことになった責任を感ぜざるをえない。

「私はこれからも、最後の弾丸の、血なまぐさい薄煙をすかして、不気味な、やせ衰えた、幽霊のような、しかし少しも恐れている様子のない部下の兵たちの幻を、ずっと見つづけることであろう」

それだけに、一九四三年（昭和十八）の半ばごろに、バターン半島でなにが起ったかを知ったとき、マッカーサーは単なる憎悪以上の、深く心に期するものを抱いたのである。このとき、フィリピン人ゲリラに助けられた三名の将校が、収容所をぬけだし、海岸にたどりついて潜水艦にひろわれた。そのうちの一人が「死の行進」に加えられていた。そして生命からがらマッカーサーの司令部にたどりついた。

この将校が語ったことは約半年のあいだ伏せられていたが、一九四四年一月下旬、全米の新聞はいっせいにトップにこれを扱った。「死の行進」とは新聞による命名であった。

新聞は書いた。

「われわれは復讐を要求する！　バターンの残虐行為にたいし責任をもつ日本人を罰することを要求する」

そして国務長官ハルが「バターンの犠牲者の仇はいつの日にか、かならずとってやる」と約束した。

また、マッカーサーはいった。

「私はバターンに帰って指揮をとりたいと、マーシャル参謀総長にいったが、許されなかった。私は以前から食糧や弾薬が尽きた場合の処置について、包括的な計画を準備していた。だから私がいって指揮をとっていたら、降伏後のあの恐るべき〝死の行進〟は、絶対に起らなかったろう……」

これは明らかに見えすいた嘘である。勝利を確信しすぎていたマッカーサーが、ぐずぐずと一日のばしに実行を遅らせていたばかりに、食糧や薬品や弾薬の輸送が不可能となってしまったのである。計画ではバターンでは四万三千人にたいする六カ月分の食糧があることになっていた。しかし、いざとなったらバターンには四万三千人ではなく、八万の将兵と戦火を逃れてきた二万六千の一般市民がおり、やっと確保した補給品はわずかに、この巨大な集団を一カ月養うにやっとの量しかなかったのである。

「死の行進」の責任の一端はマッカーサーにもあった。責めるなら自分を責めなくてはならない。しかし非を認めることなどおのれの誇りにもかけてできない。おのれの失敗にたいする怒りを、他に向けた。ハル長官がいうように、仇はかならずこのオレがとってやる、と。

マッカーサーは得意の演説を新聞記者たちにぶった。

「近代の戦争で、名誉ある軍職をこれほど汚した国はかつてない。正義というものをこれほど野蛮に踏みにじったものたちにたいして、適当なときに裁きを求めることは、今後の私の聖なる義務だと、私は心得ている」

奇妙なことに、マッカーサーの絢爛たる言葉でなされる演説のなかに、決して本間の名はでてこなかった。しかし、かれの名はつかまれていた。本間は比島攻略軍の軍司令官として、明らかに最大の責任者ときめられていた。

本間がどんな性格の人間であろうと、また、どんな立場の軍人であろうと、いっさい問題ではなかった。バターン第一次攻撃の失敗の責任をとらされ、比島戦終了後の八月三十日付で待命となり、翌日予備役編入すなわちクビ、もうすでに本間が軍人でなくっていようが、委細かまわなかった。

「文武両道の名将だね。文というのは文治の面もなかなかの政治家だ。この名将と戦ったことは僕の名誉だし、欣快だ」

本間が語ったマッカーサー評である。これをマッカーサーが知ったらどうであろうか。

それもまったく影響はない。マッカーサーにとって本間雅晴という名の男は、自分の名誉に泥をぬった憎き存在……、いやそうではなく、バターンにおいて「死の行進」の残虐をしでかした鬼畜にも劣る人間にすぎないのである。

それが、本間が不在のところで、まったく知らないうちに行なわれた出来事であろうと、関係のないことなのである。本間こそがマッカーサーを破ったただ一人の将軍である。その男を断罪する。それはかれの「聖なる義務」である。それを果たすことが、死者の仇をとることになり、自分の復讐心を満足させることになる。

その日の、一日でも早くくることを、マッカーサーは戦争中ずっと待望しつづけていたのである。

本間は断罪されねばならないと、マッカーサーによってあらかじめきめられ、待望されていた裁判は、昭和二十一年一月三日にはじまり、二月十一日に終った。判決のあった最後の日は、いわゆる〝紀元節〟の日、神話によって日本という国家が建国されたとする記念日である。

マッカーサーはいちども法廷に姿を現わすことはなかったが、終始、あきらかに「神」のように法廷の奥に鎮座ましましていた。その聖なる御託宣をうけ、検察陣は、恐るべき残虐行為の犠牲者たちのオンパレードだけで、本間の罪状の立証をしようとした。

首席検察官は冒頭陳述でいっている。

「これら残虐行為はきわめて広範囲にわたっており、手口はきわめて大胆露骨であり、かつ継続的に行なわれたものであるがゆえに、それらはこの被告人の知るところであった。あるいは、当然知られていなければならなかった、と究極的に結論せざるをえない」と。

しかし、いかに被害者をぞくぞくと法廷にひっぱりだしてこようと、本間がそれら残虐行為のどれ一つでも命令してやらせたという事実はおろか、知っていたことをすら立証することはできなかった。

四月初めの、バターンの降伏直後からはじまった死の行進から、ウェーンライトが正式に白旗をあげた五月七日まで、被告はどうしていたのか。反証のすべては、本間が脇目もふらずコレヒドール攻略作戦に没頭していたことを示した。

全面的な米比軍の降伏後は、なお残敵掃蕩に追われ、対ゲリラ作戦を行ない、占領行政の整備に意をつくし、不信の眼を向ける大本営といろいろと折衝がつづき、軍司令官として本間のせねばならぬことは山積していた。そんな本間に、いたるところに設けられた捕虜収容所をすべて監督せよ、と命ずることは、非現実的もいいところであった。

検察陣は、さまざまな証言がまさしく本間の指揮下にあったときに絞ろうとしたが、つぎつぎと裏目にでた。虐殺や虐待事件などは、本間が東京によび戻されてから発生したものが、ほとんどといってよかった。

弁護側の立証のほうが断然優勢であった。死の行進にしても、捕虜の数が予想を大幅に上回り、十万にものぼったため、護送の任務を命じられた日本兵の手に余った上に、捕虜は餓死寸前であった。移送しなければ、弱りきっている捕虜は病気や怪我、あるいはコレヒドール島からの味方の弾丸で、全滅状態になったかもしれない。あるいは、本間の部下たちとて、捕虜同様に病気や、食糧、衣服、医薬品などの欠乏に苦しんでいた。こうした事実を正確に立証してみせても、裁判官も検察陣も、傍聴人もいっさい聞く耳をもたなかった。

「被告人は、知る限りにおいて、かれのフィリピンにおける評判は、非常によかったのであります。フィリピン群島の民政にかれがみせた公平さと正しさとを、高名なフィリピン人たちはしばしば称賛したのであります。……被告人は主張されている残虐行為の実行に、直接もしくは暗に同意したことは断じてなく、ましてや直接指示や命令を決してしてはいなかったのであります。むしろそうした残虐行為事件の発生を未然に防ぐため、予防策はすべて講じ、可能なかぎりの努力をしたのであります」

こうした弁護人スキーン少佐の主張は、法廷内に空しく響くだけであった。

すでに書いたように、それは「マッカーサーの裁判」であったからである。マッカーサーによって任命された裁判官は独立したものではなく、証拠ならびに審理規定はかれによって定められ、被告人の諸権利は守られる必要はなかった。マッカーサーの意志が〝法〟となっていた。本間が残虐行為を許したかどうか、あるいはそれを知っていたかどうかは、問題ではない。ポイントは単純明快だった。〝残虐行為は実際にあった。そして本間は最高指揮官であった〟それでもう十分すぎるのである。

「被告人の公的な地位は、かれをして問責せられたる罪にたいする責任から免《まぬが》れしむるものにあらず、かつ刑を軽減すべきものにあらず。さらには、被告人がなしたる行為は、抗弁を構成せざるものとす」

マッカーサーはそう規定していた。「指揮下にある部下の活動を統率する指揮官としての義務を、本間は違法に無視し、その義務を怠った。よって本間は戦争法規に違反するのである」――そんな戦争法規があったのだろうか。いや、この〝指揮官責任論〟が、たとえ確立した法理論でなくとも、マッカーサーはいっさいかまわなかった。かれのうちにあっては、それはもう確立した〝法〟なのである。すなわち、みずからをもって法となしていたのである。

本間はすっかり諦めていた。法廷で連日のように、精神的な拷問をうけ、結局は敵の手にかかるよりは、ひと思いに楽になりたいとすら念願しはじめていた。

そんな本間を励まし、力づけるべく、本間夫人富士子がマニラに到着したのは一月中旬のことである。そして夫人は三日か四日おきに、夫との面会を許された。マニラ滞在中に合計八回、彼女は本間と会うことができた。

はじめての対面の日、本間は手にアルバムとウエストミンスターの箱をもってでてきた。アルバムは富士子が、心の慰めと思ってすでに東京から本間に送り届けてあったものである。本間は不機嫌な表情でいきなりいった。

「残酷だね。こういうものを寄越して。せっかく忘れようとしているのに、わざわざいろいろと憶い出させるようなものだ。もって帰って下さい。それからこれも一緒に」

本間はアルバムと煙草の箱を手渡した。

「この中のものを墓に入れなさい。葬式はごく内輪だけの簡素なものにして、それから墓もそんなに大きいのはいらないから」

富士子は涙のこみあげるのをかみ殺し、

「あまり気をお落としにならないで。またすぐに、家族みんなでご一緒に、お茶漬が食べられますわよ」

と陽気にいった。

「あなたは相変らずだね。そんなにのんきな事態ではない。私は日本兵の残虐行為の詳細を聞いて驚いている。見通しは絶望的だとスキーン少佐もいっている。子供を頼むよ。

ことに尚子の外出には注意して下さい。アメリカ兵に気をつけなさい」

そういう本間の、精神的にも肉体的にも疲れはてた姿を、富士子はあとは声にならず、ただ見守るばかりだった。

煙草の箱のなかには二つの白い包みが入っていた。一つには切りとった髪があり、もう一つは爪が入っていた。別れる前に、きっと米軍は遺体を引き渡すのを拒否するだろうから、と本間がさびしそうにいったのを、夫人はあらためて想いだした。

この気丈な夫人富士子が、証言のため法廷に姿をみせたのは二月七日。弁護団側の被告弁護の最終日の、それも最後の証人となった。質問は、家族状況、対米戦争にたいする本間の見解、東条英機との確執、退役後に本間が試みた和平工作、比島軍政についての本間の意見などなど、についてである。

「本間は最初からこの戦争に反対しておりました。政府の方針で、新聞や雑誌が〝鬼畜米英〟〝殲滅〟などという言葉を使うのを、非常に嫌っておりました」

富士子は記憶のすみずみまでさぐって、夫のため語るべき一言も落とすまいと、一語一語に力をこめて証言していった。

「フィリピンの人々にたいして友好的、平和的であろうと望み、それを軍政面に具体的に生かしておりました。しかしこれは日本政府の満足するものでなく、本間は間もなく任を解かれて日本によび戻されました」

こうした長時間におよぶ証言の最後で、弁護側の、あなたの目にうつる本間中将はどのような男性か、という質問にたいして、富士子はいった。

「私は東京からこのマニラへ、夫のために参りました。夫は戦争犯罪容疑で被告席についておりますが、私はいまもなお本間雅晴の妻であることを誇りに思ってます」

被告席の本間はこのときハンカチで顔を蔽った。夫人はほとんど気づかれぬほどだが背筋をのばした。

「私に娘が一人ございます。娘がいつか結婚するときには夫のような立派な人をみつけてあげたいと心から望んでおります。本間雅晴とはそのような人でございます」

それは、敗戦日本がもった誇りにみちた、もっとも美しい言葉であった。泣いてなどいられないという夫人の必死の想いのこもったこの言葉に、男の本間は肩をふるわせて鳴咽するばかりであった。

そうしたすべての努力も空しかった。二月十一日に下された判決は、予想どおり有罪であり、絞首刑が宣告された。弁護団は、米最高司法裁判所に提訴したが、裁判所はいっさい干渉せずと却下した。すべてがマッカーサーの決定にゆだねられた。

判決書の全文がマッカーサーの手もとにとどいてまだ間もない三月十一日、東京日比谷のGHQに本間富士子が訪ねてきた。マッカーサーと直接面談するためである。

アメリカ側はただちに、本間夫人はマッカーサー元帥に、夫の助命嘆願書をだしたこと、マッカーサーが夫人の願いに最大の考慮を払うと約束したこと、などを公表した。だが、新聞記者の「それは事実か」という質問に答えて、夫人は毅然としていった。

「私は、裁判の記録は日本歴史に重大なものと思い、本間家に保存のため記録を一部いただくためにマ元帥を訪問、元帥はそれを承諾して下さいました。

私は夫の特赦は願いませんでした。それは夫の意志に添うことでなく、特赦を願えば夫は怒るでしょう。夫はマニラで『自分は戦争犯罪を犯す命令は下さなかったが、部下の行為については喜んで責任を分つ。戦場で死んだ幾千の日本軍将兵の仲間入りをしたい』と語りました」

事実、夫人は特赦を乞うたりはしなかった。夫人の語るとおりである。弁護団が真摯な努力を払ってくれたことに礼をいい、そして最後に夫人はこういったにすぎない。

「あなたが最後の判決をなさるそうですが、その時は裁判記録をよくお読みになって、慎重にしていただきたい」

マッカーサーはしばらく黙っていた。やがて重々しく口をひらいた。

「私の任務について、あなたが心配なさる必要はない」

つまり余計な口を出すなと吐き捨てたのである。しかし、マッカーサーは回想録にこう書いている。

「私の生涯でそれは最も辛い時間の一つであった。彼女にこの上なく同情しており、その非常に悲しい立場はよく分かる、と述べた。戦争の絶対的な悪、それが彼女のようにほとんど関係のない、打つ手をもたぬ人たちに、いかに否応ない形でふりかかってくるか、これほど深刻に示されたことはない。彼女がいったことについては、最大限の考慮を払うようにすると、私はつけ加えた」

マッカーサーは確かに考慮を払った。本間を絞首刑ではなく、罪一等を減じて、武人として認め銃殺刑としたのである。三月二十一日、マッカーサーは最終決定を下した。

「裁判の審議は、被告が野戦部隊の上級司令官には不可欠の、強い性格と道義心に欠けていたことを示している。……これほど公正に行なわれた裁判はなく、これほど被告に完全な弁護の機会が与えられた例もこれまでになく、これほど偏見をともなわない審議が行なわれた例もない。……私は有罪の判定を承認、西部太平洋陸軍部隊司令官に刑の執行を命じる」

このマッカーサーの言葉をまねていえば、戦場における軍隊の指揮統制の義務を単に怠ったというだけで、勝者によって有罪宣告をうけ、処刑された例は、歴史上これまで一つもなく、自分が命令せず、容認せず、知りもしなかった事件について、軍の指揮官がその罪を問われたこともかつてなかった。もし〝マッカーサーの裁判〟が正しいとするならば、つまり「指揮官責任論」を先例になるとするならば、軍の指揮官はすべて部下が戦場で犯した犯罪行為に責任があることになる。このマッカーサーの新説からみちびきだされるものは何なのか。

四月三日午前一時、本間は死刑執行の直前に、教誨師や通訳とともに、ビールで乾杯したあとでいった。それが本間の遺言といえるのかもしれない。

「私はバターン半島事件で殺される。私が知りたいのは広島や長崎の数万もの無辜《むこ》の市民の死は、いったい誰の責任なのかということだ。それはマッカーサーなのか、トルーマンなのか」

戦争は人類を破滅へ追いやる。戦争の無残さ、苛酷さ、空しさ。戦争直後の全世界が、それが強烈に印象づけられた状態において、「攻撃者を処罰することは不当であるどころか、もしかれらが罰せられないですまされるなら、それこそ不当である」としたマッカーサーの理想や崇高な感情を、かりに善しとしよう。しかし崇高な感情によって、〝事実〟や法を変えてはならないのである。

本間裁判が、偽装された復讐であり、勝者が敗者に差しだした毒盃であったとするならば、こんどは、崇高な理念そのものについて検討せねばならなくなる。

ビールでの乾杯につづくしばしの歓談を終えて、本間は立ち上った。

「さあ、もう一度乾杯しましょう。私の新しい門出のために」

それは完璧な英語であった。軍医が本間の脈搏を調べた。一分間七十二で、平常どおりである。本間は小銃をもった十二人の兵の前に、黒い頭巾をかぶされ、柱を背に立たされて縛りつけられた。

本間は気迫のこもった声で最後にいった。

「さァ、こい！」

その直後に銃声が鳴った。

# 一死以て大罪を謝す

## 陸軍大将　阿南惟幾

「六十年の生涯、顧みて満足だった」

敗戦の責任を負っての自決の直前に、陸軍大臣阿南惟幾《あなみこれちか》大将は言った。

その日、昭和二十年八月十五日夜明け、阿南陸相は闊達にさまざまなことを問わず語りに語っている。母の死いらいほとんど口にしたことのなかった酒を飲んで、耐えきれぬ重責からの解放感に、少なからず陽気であった。

「そうそう、よく頼んでおかないといけないな。もし死にそこなってバタバタしたときは君が始末してくれ。いいな、頼んだぞ。しかし腕は、まあ、確かなつもりだから、その心配は万あるまい」

と陸相は言った。そして用意してあった短刀二振《ふり》をとりだすと、そのうち細身の一振の鞘を抜き放ち、

「切腹にはこれを用いるつもりだが、卑怯のつもりはない」

とも言った。武人としての作法の軍刀を用いないことを断ったのである。今生《こんじょう》に息のあるかぎり、軍人としての名誉を重んじる将軍であった。割腹は廊下でするという決意

をも語った。罪人として己を裁くため、なろうことなら庭土の上で死すことを願うが、外に警備の人々の姿もあり、断念するほかはない。しかし、畳の上で息絶えることを、謹厳なる将軍の気持が許さなかったのである。

すべてが覚悟の自決である。

「信頼し、感謝していると伝えてくれ。よく尽くしてくれた」

とその席にいない妻に最後の言葉を遺し、また子供たちへも優しい思いやりの言葉を遺した。先輩や知友、さらには部下にたいしてもいちいち名をあげて別離の一言を送った。顧みて満足であった——生涯の終わりを飾って、一語一語が美しい光芒を投げかけている。

阿南惟幾大将

その陸相が、である。自決の直前に突然、ぷつりと言った。

「米内を斬れ」

すべてを達観したかと思われる人にして、なおこの烈しい一言があったというのである。斬れ、と名指されたのはいうまでもなく、海軍大臣米内光政大将である。

昭和十二年の林銑十郎《はやしせんじゅうろう》内閣のとき、海相と

して昭和政治史の表舞台に初登場いらい、いちどは首相の印綬を帯びたことのある海軍の第一級人物。その人格、識見、徳望は部内を圧し、敗色濃厚の昭和十九年の小磯国昭《こいそくにあき》内閣の成立にさいし、現役に復してふたたび海相に就任した。かつて例をみない現役復活は、その軍政的手腕が抜群であったことを意味している。

八カ月後、小磯内閣は倒れ、昭和二十年四月、鈴木貫太郎《すずきかんたろう》内閣に代わった。米内は鈴木首相に請われて留任し、陸相に新任した阿南とともに、いわゆる〝終戦内閣〟を敗北のその日まで支えてきた。米内海相六十五歳、阿南陸相五十八歳、陸海の別はあるが、陸相にとって、海相は立派な先輩武人のはずである。その米内を斬れと、陸相は言う。

もちろん、内閣成立からこのかた、さまざまな曲折はあった。とくに連合国のポツダム宣言の受諾をめぐり、陸相の意見にはげしく対立したのは、東郷茂徳《とうごうしげのり》外相と米内海相の二人である。とくに陸相が、終戦詔書の文言に関して海相と大激論を戦わしたのは、ついい数時間前のことであった。そしてまた、陸軍部内では林内閣いらい、米内を目して英米派・和平派の元凶と見つづけてきていた。であるから、その米内を斬れと、阿南は言うのであろうか。

阿南陸相のこの一言は「大本営機密終戦日誌」の昭和二十年八月十四日（水）にだけ記されている。これは陸軍省軍務課員竹下正彦《たけしたまさひこ》中佐によって、八月七日からずっと書き綴られてきたものである。

竹下中佐は陸相の義弟、また直属の部下として、この夜の自刃の場に立ち会っている。唯一の目撃者であり証言者の竹下中佐は、ごく最近になってこう語っているという。
「この一言にとくに深い意味があったとは思わない。かなり阿南は酔っていたし、このあとすぐ話題がほかに移ったことからも察せられる」（児島襄『指揮官』、角田房子『一死、大罪を謝す』など）

　当時の陸相を知る旧軍人たちも、無意識の一言ともざれ言とも言い、ひとしく竹下説を肯《うべな》っている。それほど、意味のない言葉であったろうか。人のまさに死せんとするや、その言や善しという。かつて大酒家として鳴らした陸相が、死にのぞんで、いくら久し振りの酒とはいえ、あまりに影響の大きすぎる酔余のざれ言を洩らしたとは考えられない。すぐに話題を移したというが、そうであるならばなおのこと、喋々とはできぬ満腔の想いを、一言に託したとみることもできる。

　国を滅ぼしたのは軍部である。陸軍の責は自らがとる。海軍のそれを海相にもとらせよなどという単純なものでない。その真意は何であったのか。

　陸相みずからの言うように、その生涯は悔いのない、まことに堂々たるものであった。そしてまた、米内海相のそれも堂々たる一生の一語に尽きる。その激突のなかから、斬れの一言が発せられても不思議はない。国そのものが滅びようとしているとき、それを救わんとする二人の武人の精魂を込めた凄絶な決闘であった。真剣そのものの戦いなのである。

それは戦争観、国家観の相違に帰せられるであろう。二人はそれぞれ自分のもっている〝日本的忠誠心〟に従って、堂々とぶつかり合った。その考え方の根本的な開きが、敗戦という現実を前に「斬れ」の言葉に象徴されるような、悲劇的な対立をもたらしたとみるべきなのである。

米内は海相として登場してきたとき「金魚大臣」とあだなされた。それまで、大正末年から昭和初期にかけて、部外のものにかれの存在はほとんど目立たなかった。有能な人物という印象はなかった。そこから、あだなは、大臣としては見かけは立派だが、使いものにならぬの意。またのあだなは「グズ政」。長身の、端麗な容貌だけが目立ったゆったりとした存在であったのであろう。

海軍兵学校を六十八番で卒業というから、華やかな軍歴には無縁である。昭和五年のロンドン軍縮会議をめぐって、海軍内部はもとより、日本中が五・五・三の比率問題や統帥権干犯問題で激震をつづけた大切なとき、中将に進級した米内は、鎮海《ちんかい》要港部司令官という浮世離れした閑職に追いやられている。中将の任地としては、鎮海と聞けばだれもが「クビ五分前」を思う。つぎは予備役——。

ところが奇妙な時運が支配しはじめる。折から海軍は、軍縮問題のあおりをまともに食らい、有為な人材をつぎつぎに失った。山梨勝之進《やまなしかつのしん》、谷口尚真《たにぐちなおみ》、寺島健《てらしまけん》、堀悌吉《ほりていきち》……、強硬派の策謀でかれらは予備役に編入されて海軍を追われ、それが米内のクビを結果的にはつなげることになった。

米内は、軍縮に関しても対米協調主義に関しても、これらの人と旗幟を同じくしていたが、中央の要職におらず、その茫洋とした風貌姿勢によって、強硬派にそれほど睨まれることがなかったのである。

出るときは人に任せよという。当然のことながら、退くときは自ら決せねばならない。決する機会を待つこともなく、米内は内に潜めた輝きをおもむろに発しつつ、周囲からおし立てられるように、軍人の最高位まで登りつめるのである。

米内について書く稿でなく、阿南について書こうとするとき、奇妙な偶然のように米内がダブって浮かんでくる。阿南もまた、時代がかれを必要としたからこそ登場してきた一個の人物であった。歴史とは人がつくるものであろうが、歴史もまた人を生むのである。

阿南は陸軍士官学校十八期卒、成績は三百人中九十番である。光彩陸離というわけにはゆかない。米内の長身と違い、幼年学校時代は背丈がいちばん低く、士官学校で人に倍する鍛錬を重ねてやや伸びたというが、小柄な軍人であった。しかし容貌では、米内に劣らなかった。幼年学校時代の若鮎のような可憐な美少年から、やがては「胸を張り、あごを引き、足をまっすぐ伸ばして大股に歩く」堂々の陸軍軍人になるまで、かれを知る人はひとしく端整な容姿について賛嘆を惜しまない。

大正七年陸大卒。六十人中十八番は卑下する必要のない成績であるが、奇妙に〝学校の成績の悪い男〟という評がつきまとう。それは陸大史上稀にみる珍な経歴を阿南がもっているからである。三回試験に落第がそれで、しかも、ほかのものなら断念するのに受験をあきらめず、四回目に合格した事実が、つとに知れ渡った。

このことは、不撓の根性を語るエピソードとして語り継がれる。同時に、後年の阿南が貫き通した〝信条〟をそのままに伝えてくれる。

受験当時、阿南は中尉、中央幼年学校の生徒監であった。かれは大事な受験を前にしても、週番をきちんと務め、さすがに三回目、四回目となれば交代を申しでる親身の友もあったが、阿南はすべて断った。任務は公であり、陸大入試は私のこと、公の前に私はない、それが阿南のけじめというものなのであった。

陸大合格の知らせは、何よりもかれの教え子たちを喜ばせた。生徒監になってから阿南はチョビ髭を生やしだした。髭は立派であるが三度落第ではと、かれを敬愛する教え子たちも肩身が狭かったのであろう。これで未来の閣下を約束されたとして、喜びのあまりに教え子の一人が冗談に言った。

「たとえ将官になられても、閣下とお呼びするのは気持がしっくりしません。このまま

〝生徒監殿〟とよばせてください」

生徒監殿の返答がふるっている。

「いいとも、いいとも。しかし、私は閣下になれそうもないから、そんな余計な心配はするな」

言葉の上だけではなかったであろう。心底から、阿南はそう考えていたにちがいない。陸大入試も僥倖《ぎょうこう》であったと、友人にしみじみ語っていたという。謙虚なこの人の人柄がよく出ている。

そして、自らが言うように、歩みは遅々とし地味なものであった。参謀本部員、サハリン派遣軍参謀、フランス出張、歩兵第四十五連隊留守隊長、侍従武官、近衛歩兵第二連隊長を経て、昭和九年に東京幼年学校長に就任、翌十年少将に進級した。

案に相違して閣下にはなったものの、陸大出身の少将がつくポストとして、幼年学校長は、いわば閑職である。米内における鎮海要港部司令官にも相当しようか。「阿南もぼつぼつ退役か」の声が、ひそかにかれを知る先輩や知友の間にささやかれた。そんな噂もどこ吹く風で、かれはこのポストにひたすら全力を傾注した。やがて、阿南の幼年学校長は「陸軍最高の人事だ」と人をして言わしめるようになっていった。

しかしくり返すが、時代が人を望むのである。個人の意志や願いとはあまり関係がない。教育軍人としての比較的に穏やかな経歴はそれまでで、きびしい政治的激動がかれを新しい局面に直面させることになった。昭和十一年の二・二六事件がそれである。

昭和陸軍史は、いうまでもなく、軍閥の抗争史でもあった。陸大優等卒あるいはそれに近いエリート軍人たちが、第一次世界大戦後の総力戦という新しい戦争観のもとに、国防国家を軍の手によって形成せねばならないという使命感に燃え、同志的な結合をつぎつぎに結んでいった。この人びとは〝革新派〟と呼ばれ、その運動は「現状打破」「国家改造運動」「昭和維新運動」と称された。しかし、それらをスタートとしながら、やがてエリート軍人たちは国家改造の方法論において分派し、互いに抗争し合うようになる。

統制派（幕僚グループ）は、組織なり機構全体が改革されなければ国家はよくならないとする立場から、合法的漸進を唱えた。これに拮抗する皇道派（隊付将校）は、政治でも経済でもこれを運営する人の如何によって変わるという見解から、非合法的急進に走った。いわゆる「組織か人か」の問題を中心に、人事が微妙にからんで、長い年月を両派は互いにせめぎ合ったのである。

その頂点で暴発したのが二・二六事件であり、反乱軍将校を擁した皇道派はこれによって打ち倒され、目的とした軍部独裁への道は、対抗勢力であった統制派の手でおし開かれることになった。歴史の皮肉としか言いようがない。

国民はひとしく、大事を惹起した陸軍に「謹慎」の二字を期待し、事実、陸軍は、現役の十人の大将のうち七人までを引責総退陣せしめ、粛軍の実を示すかに見せた（しかし、それは表面だけのこと、背後に形成されていたのは「新統制派」ともいうべき強固な官僚的陸軍ラインであったのであるが……）。

このとき「粛軍」の看板として阿南少将の存在が浮かびあがってきたのである。それまでの阿南は、抗争による軍閥とまったく関係のない無色の人格者ということで知られていた。経歴にシミがない。しかも、事件後に新設された兵務局は、軍紀の取り締まりや法令の監督実施が職務であるならば、陸軍一の教育者的軍人の阿南こそが最適の男ということになった。

二・二六事件にさいして、全生徒に行った幼年学校長の訓話は、阿南の厳然たる存在をいっそう陸軍部内に明確にした。去就に迷い発言を控える将官の多かった時点で、なんのためらいもなく、軍人の本分を超えて政治干渉することの大罪を強調し、非合法行為に走った青年将校たちを許すべくもないものたちとして論断した。

「農村の救済を唱え、政治の改革を叫ばんとする者は、まず軍服を脱ぎ、しかる後に行え」

と言い切った。

今日の観点からすれば当然すぎる発言である。混乱のあの時点で、烈日秋霜の如ききびしさをもって結論したところに、この人の面目があった。

こうして政治的無色と高潔な人格を表看板に、阿南は陸軍中央に迎えられた。米内は同じころに大臣一歩手前の横須賀鎮守府司令長官となっており、確実に海軍部内の頂点をきわめようとしている。奇妙な一致であろう。長い下積みの時代を経て、それぞれの部内の派閥抗争の果てに浮かびあがってきた二人なのである。

しかも、この下積みの時代に、実は、二人はそれぞれにその後の生き方を決定するような修養をしている。

米内は、昭和三年末の揚子江警備の砲艦部隊司令官から、昭和八年末の佐世保鎮守府司令官になるまでの五年間、もっぱら中央を離れた朝鮮と中国にあり、変転する国内および国際情勢をじっと横から睨んでいた。ロンドン会議、満洲事変、上海事変、五・一五事件――直接関係することはなかったし、それだからいっそうその裏側がよく見えた。米内の卓抜な政治感覚、先見性、国際感覚などはこのときに根づいたと思われる。

また、このとき、米内は実に多くの書物を読んだ。もともとの本好きのうえに、どちらかといえば閑職、読書の時間が十分にあることが幸いした。読書は視野を広くする、論理の基本を教える、感覚を磨く。バランスのとれた人間として、米内はおのれをつくりあげていった。

たいして、阿南がよく本を読んだという記録はない。およそかれは世の仕組みや人間の心理などに興味がないのである。のちに、稀にみるような武人であることを示す阿南の関心は、常におのれの精神の内側にだけ向けられていた。あの政治的な時代に終始派閥の圏外にあったことは、何よりの証しといえようか。自己顕示欲、あるいは立身出世主義と呼んで然るべきものを、一片たりとも身につけなかった。

幼少時代は背丈を伸ばさんがために、身体を鍛えることを第一目標とした。ちびの阿南が毎日大きな剣道道具を肩に警察道場へ通う姿が面白し、と当時新聞に書かれたという。剣道と弓道は子供のころよりはじめ、長じては精神修養の資とし、最後の日までつづけられた。閑職にあろうと激職にあろうと、阿南にあっては、ただ一つの生き方しかなく、万事が精神を鍛え、身体を鍛えるための糧《かて》であった。

幼年学校の生徒監時代は、阿南の二十五前後のことであり、幼年学校長はほぼ五十歳。若くして、また年長となっても、教育者として阿南は、生徒への訓話のなかに、古今の格言をよく引用している。逸話には乏しかったが、阿南の一生は名言で埋まっている。ペダンチックに引用するだけではなく、名言をおのれに課する人生目標とし、その心をそのまま自分の人格とした。金言の価値は、必死の努力と修養によって裏づけられていた。

教育者としての阿南の弁舌は、流暢からは程遠かったという。饒舌を嫌い、ただ一語一語はっきり熱をこめていう。それが人の心を打った。

「誠なれただ誠なれ誠なれ、誠、誠で誠なれかし」という道歌を彼が好んだと、記憶している教え子がいる。「得意泰然、失意冷然」を記憶する者もいるし、「以春風接人、以秋霜自粛」をいまもって座右の銘にしている人もある。

「顔を直せ」という語も、しきりに口にしたという。容貌を整え体裁を飾れという意味でなく、阿南の言おうとするのは、人は人格を錬磨修養することにより、よい顔ができてくる、それを目指せ、ということである。

いたずら盛りの幼年学校生徒はもちろんのこと、士官学校生徒にもときには退屈な、わけのわからぬ説法であったろう。後年になって、教え子たちがかつての生徒監を囲んで酒席で吊るしあげたとき、

「まあ、勘弁しろよ。あのときの俺は、二十五歳の若僧だったからな」

と頭をかいたというが、おのれに厳しく、人に求めるところの少なかったこの人らしい弁解であったろう。

自らがもち出した金言ではなく、悪友が奉った名言に「一穴居士」がある。阿南の愛妻ぶりはそれほど有名であった。初めはおそらく多少の口惜しさと嘲笑まじりに悪友たちが言ったのであろうが、これを崇敬にまで昇華させてしまうところに阿南の真骨頂があった。そんな経緯を伝えるエピソードが、角田房子氏の『一死、大罪を謝す』に語られている。

大正十四年、阿南は中佐、参謀本部第一演習班長であった。ある日、部下の班員とと

もに、旅宿で、酒盛りからお定まりのコースという羽目にあう。翌朝、詮索好きの若い将校が、阿南の相手をしたであろうはずの女を〝追跡調査〟したところ、女は、

「お茶を一つ召しあがっただけですぐお帰りになりましたが、お金だけはちゃんといただきました」

と答えた。さすがは阿南班長だと、班員一同が感じ入ったというのである。

自分は濁遊しない。しかし、人にまで「やめろ」と説教がましいことは言わぬ。座を白けさせないし、女に恥もかかせない、そんな思いやり、さらには営業妨害にならぬよう払うべきものは払う誠実さ、〝一穴居士〟阿南の人となりをよく物語る話であろう。

生涯を通じて、阿南は武人でありたい、武士道に徹しようと心がけた。いたずらに孤高を誇ることもせず、黙々と与えられた役割を果たすことを第一義とした。その生涯を通じて抱きつづけた信条は、大義であり、初一念である。男には名利や損得勘定にとらわれず、なすべきことがあるという思想であった。

その人が二・二六事件の混乱の後始末として、人格の輝き一点だけをもって、どろどろとしたものの渦巻く軍政の舞台に引っ張り出されたのである。

阿南が表舞台に登場した昭和十一年は、思ってみれば、大変な年であった。その年、日本は本格的な戦争に備えて大きく一歩を踏み出した。ロンドン軍縮会議からの正式脱退に始まり、二・二六事件。その結果として、軍の強硬な要求のもとにすすめられた国

防国家体制の整備、そして八月の五相会議（首相、陸相、海相、蔵相、外相）は「国策大綱」を決定し、ソ連・中国・米英にたいする巨大な攻勢プランをまとめあげた。これは、そのまま太平洋戦争につながる大方針である。十一月には日独防共協定が結ばれ、米英勢力と対抗して地球を二分するに至るのである。

陸軍省兵務局長になったのが昭和十一年八月、そして八カ月後に人事局長に転じた阿南は、この滔々たる軍事大国への歩みのなかにあって、なすところがなかったと思われる。

ただ公私を混同しない厳正な勤務態度をかたくななまでに守りつづけた。三鷹に家を建てた阿南は、局長の顕職にありながら吉祥寺駅から四ツ谷駅までは電車を利用し、四ツ谷駅から官用自動車に乗るのを通例とし、居合わせた陸軍省勤務の部下将校を同乗させて、陸軍省に登庁した。退庁時もまた同じことをくり返した。

四囲がアッと驚くような剛毅さを示したこともある。兵務局長のときのことである。広田内閣が倒れ、宇垣一成《うがきかずしげ》大将にいったんは組閣の大命が降下した。にもかかわらず、陸軍は、陸相を出さないことで組閣を流産させるという強硬策をとった。昭和初年の宇垣軍縮にたいする反感もあったし、反陸軍構想を打破するための非常手段でもあった。

ところが、この処置にたいする内部告発の声をあげたものがいた。阿南である。軍紀の総元締として、

「陸軍が大命に抗するような行動をとるべきではない」

と断乎として言い放った。強硬派から「阿南局長の態度は優柔不断である」とすさまじい批判の火の手があがったが、間もなく鎮静した。阿南をよく知る人たちが声を封じこめたというのである。なかに石原莞爾《いしはらかんじ》中将の名が見られる。

陸軍きってのカミソリの石原と、悠揚たる大器の阿南、性格において最も対照的な二人は、どこか心に触れ合うものがあったらしい。人の世の組み合わせはまことに面白い。阿南は陸士十八期、石原は二十一期、しかし、阿南の落第三回が機縁となり陸大三十期は同期であり、石原はそのときの首席卒業。

先輩だろうと心に染まなければ人とも思わぬ石原が、阿南には一目置いていた。阿南のもつ円満な人格、それは石原にないものであった。

後の話になるが、昭和十九年夏、憲兵政治で猛威をふるった東条英機内閣が潰れて、小磯国昭大将に大命が降下したとき、小磯は陸相の人選を石原に問い合わせた。東条との確執で予備役となった石原は山形県に隠棲していたが、ただ一言、

「阿南の他に人なし」

と答えたという。ともあれ、いくつかのエピソードを残しつつ、阿南局長の軍中央での存在はさすがに注目を集め、「同期に阿南あり」の声が、陸士第十八期生の間に言われだした。職務に忠実であり、公平無私であること、率先躬行《そっせんきゅうこう》したこと、かれがなし得た

ことのこれがすべてであろう。そうすることで、長年月をかけて鍛えこんだ彼の資性が、ようやくに光を増して輝きはじめたのである。

しかし、時代は大成を待っていてはくれなかった。昭和十二年北京郊外盧溝橋で発せられた一発の銃火が、日本を大規模な全面戦争へと追いこんだのは、阿南が人事局長に移ってまだ四カ月目のことであった。

この人事局長時代に阿南は中将に進級した。しかし中将への関門である将官演習において、成績は辛うじて合格というところであった。陸大時代においても、戦術問題を大の苦手とし、かれの樹《た》てた作戦は奇略縦横というわけにもゆかず、いつもなんの変哲もない正面攻撃である。かれは理論家ではなかった。行動の人であり、瞑想の人ではなかった。

こうして戦時下の中央にあること二年余、昭和十三年十一月に阿南は陸軍省を去り、第百九師団長として中国大陸に出陣した。あとに無色の人格者という強い印象のみを残した。いらい十九年十二月に航空総監として中央に戻るまで（途中一年余の陸軍次官としての内地帰還はあるが）ほぼ四年半を阿南は戦火の第一線において送るのである。

阿南の指揮する第百九師団が中国大陸で戦ったのは、朱徳、毛沢東、林彪らに率いられる山西軍四個師団である。精強の八路軍部隊を迎えて、装備粗悪で老兵が中心の新設師団は、絶えず積極的な戦闘をくり返すことで対処した。

とくに名を馳せたのは、十四年五月の山西軍殲滅である。警備地区を後続兵団に引き継ぐことになったとき、さかんに反撃をつづける八路軍部隊をこのままにして申し送るのは道義上許せないとして、あえて壮大に展開した大作戦であった。奇策があったわけではない。さりとて猪武者の無謀な戦法でもなかった。周到の上に周到な準備を重ね、最前線にまで司令部を進め、そして戦機に全力を投入して勝ちとった勝ち戦であったという。

部下の口を通して、俘虜千数百名に、阿南は自分の信条を伝えさせた。

「国のため敵味方にわかれて戦ったが、個人としては何の怨恨のあるはずもない。十分な保護を保証する故に、安心して命に従うように」

と、巧まずして阿南のよき人間性が示されている。

軍隊指揮は、根本的には人間の問題である。指導官と将校と兵たちとの間に相互信頼と理解と同情がなければ、勝利と栄光は得られない。阿南師団長は最前線の兵士たちにしばしばその姿を見せた。そして戦い終わった後は、義の人をあくまで貫いた。それがこの将軍が編み出した独自の戦法であった。

さらに中国戦線で、阿南が勇名を馳せた戦闘が、昭和十六年十二月末にふたたび生起している。第二次長沙作戦である。ときに阿南は第十一軍司令官。戦闘は、太平洋戦争の緒戦ともなった香港攻略戦を援護する形で戦われた。香港を目指して進撃中の第二十三軍の本拠地広東《カントン》を、蔣介石軍が北から攻撃をかけようと蠢動《しゅんどう》した。阿南は、これを牽制すると同時に、好機とみて会戦撃破を意図したのである。

作戦目的はあくまで牽制にあったが、むしろ好機と判断し進撃に移ったのは、阿南の独断によるものであった。しかし、攻撃に移った第十一軍の将兵を待っていたものは、豪雨、寒気、暗黒、そして吹雪であった。麾下《きか》の第六師団長神田正種《かんだまさたね》少将は回想する。

「最初は軍前面の敵の掃蕩程度の予定で、作戦期間も十日ぐらいと予定せられ、軽装備で出動したのであったが、敵が退避作戦をとったので、中途にわかに長沙進撃を命ぜられ……」

それだけに先頭を切った軽装備の第六師団は、かえって重慶軍の重囲の中に陥り、ほかの師団も悪条件下で数倍の重装備の敵と苦しい戦いを展開せねばならなくなった。麾下の最前線部隊が包囲網を突破して生還できるか否か、最大の危機の日には、「泰然自若として、苦境に沈み勝ちな幕僚に接しては、春風駘蕩として慰撫激励につとめてきた阿南中将も、この日ばかりは憂色とみに深いものがあった」（防衛研究所戦史部『戦史叢書47香港・長沙作戦』）と記されている。それほどの大苦戦に陥っている。

日本陸軍の教育の指針であった典範令を通じる精神は「軍の主とするところは戦闘なり。故に百事戦闘を以て基準とすべし」という点に存している。阿南はこの精神を忠実に貫いたのである。

作戦は十七年一月十五日に終わった。戦死千五百九十一名、戦傷四千四百十二名は、苦闘のさまを彷彿させる。香港作戦の約二・五倍の死傷者である。しかし阿南は「独断長沙進攻ノ非難ハアランモ、牽制価値大ナリシニ満足ス」とその日誌に記すのである。そうした自己満足はともあれ、進撃作戦が結果的に失敗であったことは否めない。ただ苦闘を強いられたために、軍人としての阿南の思想は、より色濃く浮かび出ている。その統帥の根基は、道義と積極と率先躬行にある。包囲下の部隊を救うために、すでに脱出避退中の友軍部隊へ送った反転再攻撃命令は、戦術としては論議の余地は多分にありとしても、阿南の人格そのものから発せられたものであったのである。

「徳義ハ戦力ナリ」

阿南司令官がこの作戦から得た最大の教訓は、昭和十七年の従軍日記に記されたこの一語である。

「将帥ハ利害ヲ論ズルヨリモ、先ヅ道義ヲ以テ判断ノ基礎トスベシ」
「戦場ニテ泰然タリ得ルハ内ニ自ラ信ズル所大ナルニヨル」
「積極ハ如何ニ務メテモ猶ホ神ノ線ニ遠シ」

教育者としての名言志向の残滓ではない。これらは、戦場の血と汗と涙のなかから、おのれの血とし肉としてえた不動の思想というべきなのである。

しかし、阿南の思想はあまりに古風にすぎ、ピューリタンにすぎたのではあるまいか。

とくに「徳義ハ戦力ナリ」という点にかんして。なぜなら、太平洋の島々では、戦力とは火薬と鉄の量であったからである。それにレーダーを含む情報能力、土木工事力。近代戦は道義をかなぐり棄てた非情の戦理によって戦われねばならなかった。

緒戦の勝利は夢のまた夢で、ミッドウェイで叩かれ、ガダルカナルの消耗戦に敗退した日本軍は、つぎの作戦をたてる間もなく、じりじりと後退をつづけた。太平洋における戦争の流れは、攻勢から防禦へと大きく変わった。

ニューギニアでは、昭和十七年七月いらいポートモレスビーを目指していた南海支隊が、補給がつづかず九月には反転。大本営は、そこに精鋭戦力を投入したが、それは補給能力を超える大作戦となった。長大な補給線は、連合軍の航空機や潜水艦に好餌を与えるだけで、ズタズタにされた。阿南大将（十八年五月進級）の率いる第二方面軍が、米軍との正面戦場であるこのニューギニア方面に転出したのは、戦勢より悪化の一途をたどる昭和十八年十月のことである。

長沙作戦を終わった年の夏に方面軍司令官となり、そのときからこの南方への転進命令をうけるまでのほぼ一年半、阿南は北満にあって対ソ連の兵備訓練を指揮していた。その間に、戦局は逆転、最悪となりつつあったのである。大本営はその年の九月末に「絶対国防圏」を設定した新作戦方針を採択、決戦のための鉢巻きを締め直した。阿南軍の転出は新作戦によるものであった。

大本営は、絶対国防圏の防備を必死に急がせたが、軍需資材は底をつこうとしている。なにより米軍の進攻が加速度を増し、兵員の養成も兵器の装備も間に合いそうにはなかった。頼みとするのは日本人の精神力のみ。それだけに阿南大将の最前線進出は大きな期待をもたれたのである。

大本営第二十班の戦争指導日誌は記している。

「阿南将軍ヲ対米第一線ニ推戴スルニ至ル。皇軍ノ歓喜ナリ。真田《さなだ》（穣一郎《じょういちろう》・参謀本部作戦部長）少将ハ『将軍ノ出馬ハ一、二箇師団ノ兵力増強ニ優ル』ト。宜《むべ》ナル哉《かな》」

しかし、積極作戦の闘将をもってしても、ただちに好転するような戦勢ではなかった。ニューギニアの戦いをくわしく記す余地も必要もないが、そこに展開されたのは字義どおり酸鼻な〝地獄の戦闘〟であった。

たとえば安達二十三中将の率いた第十八軍である。十万余の大軍がニューギニアに上陸以来二年半にわたって転戦、瘴疫の地で悪戦苦闘をつづけ、ついに一万数千余を残すのみになる。なお、一つの組織体として戦力を維持し力闘をくり返している。安達中将は生き残った全将兵に命令した。

「健兵は三敵と戦い、病兵は一敵と戦い、重患といえどもその場で戦い、動き得ざるものは刺し違え、各員絶対に虜囚となるなかれ」

十九年五月のビアク島では肉弾につぐ肉弾で徹底的に戦い、玉と砕けた。主力一個連隊二千余で、三万の上陸軍を迎え、一カ月余も猛闘をつづけたのは、人間業とは思えない。アメリカの戦史は「砲弾が四隣に落つるを意とせず、日本兵は単身壕の内に頑張って決して退却しなかった」と、猛抵抗の様を描いている。

こうした第二方面軍麾下部隊の死闘を、海をへだてたセレベス島の司令部にあって、阿南はどんな気持で見つめていたことであろう。一首が日誌に残されている。

「惜しからぬ老の身一人永らへて行末永き若人の散る」

もちろん闘将が無策のまま拱手傍観しているはずはない。成功の目途が皆無とわかっていようと、なお麾下の無傷の部隊をニューギニアに送りこもうとし、大本営命令で中止させられたこともあった。大本営よりの派遣参謀とは満面朱をそそいで激論した。

また独自の判断で自分のもつ十隻内外の大発（大型発動機船）だけで必死の増援に務め、二大隊をビアク島に送りこんだ。海も敵地、空も敵地の下にあって、夜間だけの星を頼りの派兵であったと知れば、作戦の大胆さが察せられる。阿南の徳義と敢闘の精神では、しかし、やるべきことはすべてやらねばならないのである。

こうした第一線の苦闘をよそに、大本営はつぎつぎと作戦方針を変更した。十九年五月五日「第二方面軍ヨリ東部ニューギニアノ持久任務ヲ解ク」と絶対確保の線を後退させたかと思えば、四日後には、さらに確保線を後退させ、ニューギニア北西部のマノクワリ、ビアク島を国防圏外に放棄するといった有様である。

阿南は大本営の統帥のあまりに無定見、無方針で、しかも細部に干渉しすぎることに、自らペンをとって第二方面軍の機密日誌に、「大本営の統帥乱れて麻の如し」と書き入れている。悲憤がこの一行に溢れている。

その乱れて麻の如き作戦指導にたいして一言半句も触れることなく、最前線の指揮官は責をおのれ一身に課し、断乎たる突撃命令を出しつづけ、戦いつづけているのである。兵はまた黙々として従った。進むも死、退くも死、いずれかのほかに道がないならば、武人の道は進むをとる。祖国の運命の危うきに瀕するとき、たとえ一兵にすぎずとも戦力のあるかぎり、これを動員して戦う。軍の主とするのはまさしく戦闘であった。そのことが皇軍たる真のゆえんであることを阿南は現実のものとして、第十八軍やビアク島守備の将兵の敢闘のうちに見るのである。

ビアク島に米軍上陸が必至の情勢となったとき、守備隊長葛目《くずめ》直幸《なおゆき》大佐は、

「われらは必ず彼らを撃攘しますから、どうぞご安心下さるよう阿南閣下にお伝え下さい」

と、むしろ総指揮官を励ますような一言を送っている。阿南の統帥を信頼しているからこそ、この言がある事実、強引に上陸してくる米軍を海岸線で撃退すること数回に及ぶ団結の闘魂を示した。葛目の阿南への信頼、部下の葛目への信頼が、この大いなる団結を生んだ。真の偉大さは徳がなくては達成できぬものなのである。

阿南はビアク島防衛のための兵力輸送を強硬に主張しつづけ、積極作戦思想は圧倒的な米軍の攻勢を前にしても毫も揺るがなかった。大本営は、しかし、六月二十五日ついに絶対国防圏の防衛を放棄した。安達中将の第十八軍も、葛目大佐のビアク島守備隊も、圏外に棄てられたとも知らず死闘をつづけねばならなくなった。

言うべき言葉もなく、ただ見守るだけの阿南。徳の人だけに胸に嚙まれる思いの日々であったであろう。しかし、悲痛この上ない事態が阿南の人間性を一回りも二回りも大きくし、それにともなって阿南の声望はいよいよ高くなった。たしかにリーダーシップとは、ある目的のため人々を団結させうる能力であり、強固な意志の発現にある。信頼を起こさせる人格の力である。しかも生来備わったものではなく、指導者はつくられるのである。

無色の将軍であったがために、強運もあって、三段跳びにいうホップする機会を陸軍部内でつかんだ。中国大陸や、南十字星下の戦場で、徳将は死闘する部下たちに強力な指導力発揮というステップを踏んだ。そして大きくジャンプせねばならないときが、やがて訪れてくる。

それが、阿南大将に幸いしたかどうか、については明確にいうことはできない。しかし戦争も終局に近づき、危急にさいし国内政治力を失墜した陸軍が、求めたのはだれもが非を認めえぬ無比の人格だけであった。阿南という人物のもつ直截、温かみ、自然さは、かれに反対するものさえも魅了した。

昭和という時代を派閥抗争と政治野心によって滅茶滅茶にし、そして自壊しようとしている陸軍は、土壇場になってもっとも反派閥的な、反政治的な将軍にすがるほかはなかった。国内輿論《よろん》において不満と批評のみが渦巻く軍そのものを、一枚岩にまとめねばならないのである。

阿南は前線の闘将であり、政治的な智将ではない。軍人には一定の行動規範があり、そのなかで徹底的に訓練される。軍人の団結意識は訓練によってつくられ、教育によって磨かれ、ともに耐えることで危機に打ち克つ能力が授けられる。真の軍人はおのれにたいしても他者にたいしても、常に誠実であることが第一に要求される。危機にあっては戦友を平気で見棄てたり、陰謀を企てたりすることは金輪際許されない。阿南の言うように、徳義はまさに戦力なのである。

しかし、政治の世界とは異質の場なのであろう。政治とは、不誠実と陰謀とがどろどろと混じり合った、荒っぽく、タフな仕事である。阿南は全陸軍の輿望をになって、統帥は徳義なりの信念を胸に、いまその世界へ足を踏み入れようとするのである。

陸軍大臣に阿南惟幾大将を、という要望は、東条内閣の末期から部内の一部の間にきわめて高かった。若手将校にあっては熱烈な信仰的ともいうべき推挙の声となった。しかし、政治的軍人でない大将の人となりを知るゆえに、希望の声を正面からおし立てるときではなかった。

その声が陸軍省内に大きく広まってきたのは、東条内閣の崩壊からである。しかし、阿南は遠く第一線にあったし、後任問題も複雑にからんで見送られ、小磯内閣の陸相にはご都合主義人事がとられた。教育総監になったばかりの杉山元元帥を起用ということでお茶を濁したのである（このとき米内大将は現役に復帰して海相となっている）。内地を遠く離れていても、陸相に阿南をの声があることは、本人の耳にも入っている。その日誌にこんな文字のあるのが、阿南の自己観察として興味深い。

「予ヲ陸相ニ擬スルモノ多キモ、重要作戦任務ヲ拝命シテ任ヲ尽サズ。豈《あに》何ゾ甘受シ得ンヤ。勿論《もちろん》其《そ》ノ器ニアラザルヲ自ラ識ル」

その器に非ずと、大将がいかに認識していようとも、それに関係なく、阿南をとにかく中央へ戻しておけの声はやがて実現する。十九年十二月下旬、航空総監に転補の内命が届けられた。

将軍が戦場を去ったのは、その年もおし詰まった十二月三十一日である。「多数ノ若人ヲ失ヒ、生キテ再ビ皇土ヲ踏ムノ面目ナシト迄覚悟セシ身ノ、今栄転ヲ忝《かたじけの》ウス」と日記に偽りのない気持を記した大将は、その日、司令部を出て車中の人となった。残月が西天に名残を惜しむかのようにかかっていた。

月さへもわれを見送る大晦日

月を振り仰いで即吟した阿南は、

「何になっているかな……」

と、副官の顔をのぞいたという。どこまでも虚飾を知らぬ人であった。その日いらい、阿南は簡単なメモ以外、くわしい日誌を書き記していない。彼を迎えた昭和二十年は、一個人のそぞろの感慨よりも国家の運命そのものに真剣に立ち向かうことを時代がかれに要求していたからである。

破局はそこまできていた。だれにも止めることはできない物凄い力で。

二十年四月の、鈴木貫太郎内閣成立後の、首相官邸前の記念写真を見ると、異体なものを感じる。留任の米内海相が首相の左隣にいるのに、新任の陸相阿南大将は最後尾に顔をのぞかせるようにして立っている。戦力をほとんど失った海軍と、来るべき本土決戦で主体となって戦わねばならぬ陸軍。陸相の立つ位置は当然のことながら首相の右隣でなければならなかったはずである。陸相の実直さ、謙譲さをみるべきだろう。五十八歳の陸相より閣僚の多くは年長者であった。礼儀を重んずべしの軍人勅諭を身に体した陸相には、その位置がごく自然であったのかもしれない。

しかし、いま思うと、このことは象徴的である。ニューギニアで敗れ、サイパンを奪われ、フィリピンは絶望的、自信をもってしかけたインパールでは悲惨な敗走をつづけている。いままた、新たな決戦場となった沖縄の確保の自信もない。陸軍にたいする不信とその政治力の低下は蔽うべくもなかった。

小磯内閣倒閣直後の、戦中最後の重臣会議でも、陸軍はついに、後継首相を海軍の老提督にゆだねなければならなかった。東条元首相が、

「陸軍がそっぽを向く虞《おそ》れあり、陸軍がそっぽを向けば内閣は崩壊すべし」

と威嚇的に最後の抵抗を試みたものの、重臣たちはこれに動ぜず反撃した。

「この重大時局大国難に当たり、いやしくも大命を拝したものにそっぽを向くとは何事か」

と言い、

「そんなことがあれば、国民のほうがそっぽを向くだろう」

とやり返した。

陸軍には、できることなら現役陸軍大将を首班とする内閣の出現を待望する空気があった。しかし、主張するほどに公的かつ強固なものではなく、単なる希望にすぎなかった。

航空総監としてこの日まで、国内外の情勢を見極めてきた阿南は、この時点でどんな判断と理念をもっていたのであろうか。和平派の米内を斬れといった言葉から、狂信的な石頭、頑冥な徹底抗戦派の闘将とみる見方があるが、それは正しくはない。

二十年一月下旬、東久邇宮《ひがしくにのみや》の質問に答えた阿南の述懐は、よく彼の戦局観を語ってい

る(『東久邇日記』より)。

「(今日の窮境に陥った原因の一つは)陸海軍が真に一致協力しなかったからだ。陸海軍がトコトンまで議論を戦わして、両者がともに納得した案をつくらず、多くは中途半端な妥協案をつくりあげたからである。それで表面は一致協力したようであるが、実は、陸海軍ともに本気にならないのが原因である」

「大本営の決心、処置は遅く、東京において机上、図上で行われるので、現実の実情に即しないものが多い。しかも現地軍の意見を顧みず、ただ天皇の大命によって強行するのはもっとも不可である」

語られているのは彼の絶望的な軍内部批判である。さらに根本原因について、

「士官学校、陸軍大学の戦術教育が間違っていたのである」

と言い切っている。

「教官の質問にたいし、適当な解答をしたものが優秀な成績を得るようだったが、これは常に受け身に立つ習慣をつくり、自発的、積極的に立つ教育を受けていなかったので、実敵に直面するとき、常に後手後手となり敵の後塵を拝することになりやすい。また、学術の研究に走り、精神的鍛錬を欠き、才子的頭脳の鋭敏なものが成績優秀とされ、精神的要素があまりにも顧みられなかった。これらの将校が、陸軍中央部の枢要の地位を占めていたことが、今日戦況不振の根本原因となったのである」

そして陸相になった阿南は、全陸軍に反省を求めた。

「反省は勇なり、意志を要す。正義なり、誠心なり。反省は自ら屈するものにあらず。この勇とこの意志とありて、また、この正義とこの誠ありて、国民と一体となり、邁進し得るものなり」

徹底抗戦によって勝利を得る、そんな誇大妄想ははじめから陸相には毛ほどもなかった。陸相就任当初から、終戦に関しその意図のあることを周囲に洩らしている。鈴木首相の大臣秘書官となり、陸相との連絡役でもあった松谷誠《まつたにまこと》陸軍大佐の証言がある。それによれば、陸相は本心を吐露し、「終戦の条件としては、国体護持以外は無条件の腹を決めること」に異存はないと語っている。

問題は陸軍中央部の中堅組である。これをいかに統制して終戦までもっていくべきか、そのことを陸相は苦慮し、

「上のものは問題を甘くみすぎるというが、心に思ってもこれを口に表すと外への影響が大きい。(だから終戦のことは口にしないが、その時がきたら)ペルリが来訪したときの徳川幕府のようにはなりたくない。あくまでも堂々と善処したい」

と言った。ここに陸相の大義があり、初一念がある。

〝終戦内閣〟と心ある人には期待されながら、鈴木内閣のとった政策は迂回や停滞に満ち、酷評すれば無計画で無責任なものであった。それもある意味ではやむを得ない。全

国的におよんだ空襲にたいする対策など、ただちに着手せねばならない問題が眼前に山積していた。さらにドイツの降伏。そのなかで、彼らは降伏に向かってよろめきつづけながら、外の勢いにおされて、少しずつ近づいていった。

それをくわしく書く要もないであろうが、和平の仲介者としてソ連に期待し、接近した政策もその一つである。溺れる者は藁をもつかむの愚策ではあったが。

この案を議するため、五月十一日から前後三日間、鈴木内閣は組閣いらい初めての戦争指導会議をもった。これまでの最高会議は幹事あるいは幹事補佐と称して幕僚グループが列席するのを例としたが、このときから首相、外相、陸相、海相、参謀総長、軍令部総長の六人だけとし、忌憚なく論じ合うこととなった。そして内容は一切下僚に洩らさぬことを約し合った。

このことを阿南陸相は忠実に守った。この人らしく律義に守りすぎた。そのため、中堅の参謀クラスはもちろん、陸軍次官や軍務局長にいたるまで最高首脳の和平工作についてまったく関知することがなかった。そのことが、陸相をのちに苦境に立たしめるのである。

なぜなら、陸軍中央部はひたすら本土決戦にのみ没入し、八月九日の天皇の和平決意を青天の霹靂としてうけ止めねばならなかったからである。これを君側《くんそく》の奸《かん》（宮中グループ）の謀略と考えたのも理由なしとはしないのである。

先を急ぐときではなかった。会議の席上に戻ろう。参謀総長・梅津美治郎大将がソ連参戦を防止するための外交工作を要請したことにはじまった会議は、東郷茂徳外相の、

「対ソ施策はもはや手遅れであり、軍事的にも経済的にも、ほとんど利用し得る見こみがない」

との反対によって紛糾した。米内海相は、大いに見こみがある、と論じ、

「海軍としては単にソ連の参戦防止どころではなく、できればソ連から軍需物資、とくに石油を買いたいとすら思っている」

と言った。

外相は反論した。

「ソ連に甘い幻想を抱いてはいけない。それよりも、日本の現状はもはや終戦工作を開始すべき時期に達していると考える。そのために、わが国がうけ入れられる講和条約の最低線を決めておくべきだと思う」

海相が重い口を開いて直截に言った。

「講和の条件についてなら、本土だけになっても国体が護持できたら我慢しなければならない」

陸相は勇ましく海相に反発した。

「いや、条件の決定ということならば、日本が戦争にまだ負けていない点から出発する

ことを忘れてはならぬ」

公式の席で終戦という意志が表明され、条件が話題にのぼった最初である。〝それはまた、陸相と海相が終戦をめぐって論を戦わせるはじまりともなった。

こうしてソ連への工作については、首相の裁断によって、ともかく当たってみることと決した。この決議が基本となって、なぜか終戦工作はこの後もこれ一本となり、ズルズルと、近衛《このえ》文麿《ふみまろ》公爵のソ連派遣の全権決定という大詰めまでいく。その深刻かつ喜劇的な判断について笑うのは結果論であり、かれらはギリギリのところでソ連を恃《たの》むほかはなかったのである。

それはともかく、陸相と海相の論議はこの日いらい延々とつづけられる。形容すれば〝腹を打ち割った〟としたいのであるが、仮にそうであったとしても、はたして互いに互いを理解できたかという点については疑問なしとしない。

性格の違い、あるいは出身が九州・大分（陸相）と東北・米沢（海相）という〝水と油〟的な気質の差もあったであろう。または、米内の「くどくどと説明をつけず、結論だけをぽきりぽきりと折って出す」（高木惣吉元海軍少将の談）ものの言い方に原因を求めてよい。海相の話し下手は陸軍部内に「陸軍にたいして素気《そっけ》ない。激しすぎる」印象を与えていた。

陸相のほうにも問題がある。噛んでふくめる言い方、名言癖、そして理由が抽象ないしは信念的であり、説得性や合理性に欠ける憾《うら》みがあった。

米内海相は昭和十五年に首相の座をおりてから、十九年小磯内閣組閣で現役復活、海相の椅子に就くまで、ずっと舞台の裏側にあった。が、重臣の一人として、海軍の長老として、岡田啓介海軍大将につながる反陸軍の政治工作の中心として、また天皇側近につながる宮中グループの一員として、見事な政治性と先見性を身につけている。日本の政治とは所詮は人間のつながりである。前線の将軍で終始し、血とぬかるみのなかを、自分についてくる忠誠な将兵だけを信じてきた慈父のような武人、その阿南に米内のような政治性を求めるのは筋違いというものである。

陸軍部内においてすら、阿南の政治力は無にひとしいといってよい。「東条幕府」の失墜このかた、信頼を失い、政治力の地に落ちた陸軍が、自らの解体を防ぎ、天皇の信頼をなんとかつなぐべく選び出したのが、〝徳義の人〟阿南であったにすぎない。かれに政治力がないことはわかっていた。

阿南は心奥において、米内に絶えず「武人であるならば」を要求した。ところが、米内は軍政家としての阿南をひそかに期待した。そして二人はついにわかり合えなかった。戦後、米内は友人の小島秀雄少将に語ったという。

「阿南について人はいろいろ言うが、自分には阿南という人物はとうとうわからずじまいだった」

と。阿南もまた米内観を生前に率直に語っている。

「米内はいかにも小心である」

「海相は強い意志力をもっていない」

思えば不幸なことである。二人にとって、いや、戦中の日本人にとって。

ポツダム宣言が東京の中枢神経を震撼させた運命の朝（七月二十七日午前八時）は、昼の暑さを偲ばせるカラッとした晴天であった。当然来るべきものが来たなと感じながら、政府と軍部は宣言をうけ止めた。問題は三つの点に絞られていた。

第一は天皇の将来の地位。宣言では不明瞭のまま残されている。しかし、日本帝国のこれからの政体については「国民の自由に表明せる意思に従い、平和的な傾向を有しかつ責任ある政府」の樹立を約束している。

無条件降伏についてが第二の問題点であった。この用語が宣言の中では一回しか出てこない。最後の一節に「日本国政府がただちに全日本国軍隊の無条件降伏を宣言し」とある。推論すれば、無条件降伏は軍にたいして用いられているだけとも考えられる。

注目すべき第三の点はソ連であった。日本の指導者はすべて期待をソ連を仲介とする和平工作に賭けている。宣言に名を連ねていないのは、ソ連が日本にたいしていぜんとして中立を維持することを意味するのではないか。

その日の最高戦争指導会議も、つづいて開かれた閣議でも、さまざまな論議はあったが、結局、東郷外相が提案したとおり、ソ連に仲裁を申しこんでいるのであるから、ソ連政府からの回答をみた上で宣言に返事をしても遅くはない、この際は事態の推移を見守ろうということになった。政府の態度は〝静観〟に決まった。

就任いらい、この日のくることを覚悟し、いかに乱れず争わず粛々と、皇軍の名誉ある敗戦を完成すべきかに腐心していた陸相の心はここに定まった。名利や利害を超えて軍人としてなすべきことは何か。国体を護持する、この初一念である。

無条件降伏に関するもっとも重要な問題は、天皇であり天皇家なのである。ポツダム宣言は「国民の自由意思」に天皇の存在がゆだねられるというが、天皇は国民が決めるものではない。すべてが曖昧模糊としている。天皇の身柄にたいする確実な保証なくして、いかなる声明も宣言も一片の紙切れでしかない。軍が無条件解体してしまった後で、国体改革を迫られたなら、だれがこれに抗することができるというのか。はたして天皇の身柄はどうなるのか。皇位と皇統はどうなるのか。

大戦初期のソ連によるバルチック諸国四カ国攻撃のことが想起される。議定書や条約文はホゴとされ、それを信じて軍隊を解体したエストニア、ラトビア、リトアニアの三国は、ソ連軍の鉄のベルトで締めあげられ、なすところがなく亡んだ。

だがフィンランドはどうであったか。巨人ゴリアテにたいするダビデ少年の戦いといわれ、無謀視されながらも、敢然として立ちあがった。十万以上のロシア軍はただ一握りのフィンランド防衛軍に痛打を与えられ、追い返された。世界はその英雄的な祖国防衛戦争に心からの声援を送った。世界注視のもとに、最後の瞬間まで断乎として戦ったため、誇り高きフィンランドは敗れたとはいえ尊い独立を護りえたのである。

近くはイタリアの降伏、さらにはナチス・ドイツの降伏があった。連合軍総司令官アイゼンハワー大将は、ランスにおいて降伏文書に署名するドイツ陸軍参謀総長ヨードル大将に言った。

「降伏条件が苛酷極まるものであることを承知しているか、また、履行する用意はあるのか」

ドイツ代表は短く答えた。

「承知している」

こうしてかつての盟邦ドイツは、新政府を認められず、一切が米英ソ仏の四国の軍政下に引き据えられた。幾百万という捕虜は徒歩で本国へ追い返され、あるいは戦後復興の〝奴隷〟として、イギリス、フランス、そしてソ連へ送られ、国民はやっと生きるだけの食糧を与えられ、地面を這いずり回っていると日本に伝えられていた。イタリアの悲惨はそれに勝る。

敗戦の実相とはそのようなものなのである。阿南は、それゆえに、「いま一度の勝ちどきをあげ少しでも条件を有利にして、戦争終結を計るべし」を力説するのである。陸相の言う本土決戦は、水際作戦である。本土に引きこんでゲリラ戦も辞さずという参謀本部の考えとはやや異なり、ただの一撃である。

この陸相の戦術観をより確固とさせるものに、かのビアク島における水際迎撃戦があった。陸相は葛目部隊の奮戦をまざまざと脳裏に描いている。

五月中旬の九州出張では地上兵団にたいして「水際に陣地を推進せよ」と強く指導した。七月下旬の東北・北海道出張でも、艦砲射撃を恐るるなかれと、第一戦の海岸線進出を指揮し、札幌では一参謀をして「言ハレルコト神ノ如シ」と感嘆させている（ちなみに、これらの出張は隠密である。士気鼓舞のための新聞発表などは売名にすぎぬと固く禁じた。陸相の面目をみることができる）。

「戦争終結を考えない決号作戦（本土決戦）というものはあり得ない。決号作戦のための決号作戦ということはない」

陸軍省軍務局戦備課長・佐藤裕雄《さとうひろお》大佐に語ったという陸相の言葉は、そうした戦争観を裏づける。そしてポツダム宣言の条件を前に、天皇を守るため、いよいよその信念を強固にするのである。

八月六日午前八時十五分、広島に原爆投下さる。八月九日午前零時、和平仲介を期待したソ連から日本へ届けられたものは、国境を越えて、無数の砲口から放たれた砲弾である。知らせをうけたとき、阿南陸相は平静な面持ちで、

「来るべきものがついに来た」

と、静かに言った。原子爆弾とソ連参戦、日本の運命は行きつくところまで行きついてしまった。

天皇は内大臣木戸幸一を呼び、戦争の収拾について決意を語った。過ぐる六月二十二日、天皇の召集による最高戦争指導会議で、天皇はすでに戦争終結の意志を明らかにしてあった。その日いらい、宮中グループの和平への歩みは着々と整えられていた。大元帥の軍服に身を固めた天皇が木戸と戦争終結策を話し合っているとき、長崎に第二の原爆が投じられた。

同じころ最高戦争指導会議がひらかれており、ポツダム宣言受諾をめぐって静かな論争が戦われていた。首相、海相、外相は、一、国体護持のみを留保条件として受諾説をとったが、陸相、参謀総長、軍令部総長は原則として受諾を認めるが、ほかの三条件を付すべきことを主張した。二、保障占領区域の制限、三、武装解除、四、戦犯処置は日本人の手に任せること——であった。

これらの四条件は国体護持のためのギリギリのものである。それもなく、ひたすら無条件に頭をさげるのでは、と陸相は考える。それは天皇にたいして、国にたいして無責任という以外の何ものでもない。陸相は説いた。

「臣子の情として、わが皇室を敵手に渡して、しかも国体を護持し得たと考えることは、なんとしてもできない。……ソ連は不信の国である。米国は非人道の国である。こういう国に、保証なき皇室を委《まか》すことは絶対に反対である」

一、以外の条件を出して決裂した場合はどうするのか、と外相は質問し、陸相は最後の一戦を交えるのみと答えた。勝つ自信はあるのか、勝利は確実であると断言するわけにはいかぬが、敗北必至とも言えないのである、という応酬がつづいた。雄弁を振るうものはなく、すべては沈んだ調子であった。

午後の閣議でも同じ議論がつづいた。陸相は、ソロバンずくでは勝利のメドはない、と言い、しかし死中活を求むる戦法に出れば戦局を好転し得る、と闘志をなお示したが、海相は、

「物心両面より見て勝ち目がないと思う。戦争は敗北している」

と戦意をとうに放棄していた。陸相はこれに、

「敗北とはけしからぬ、訂正されたい」

と主張し、「不利」と海相に訂正させる一幕もあった。

この論法はそのまま、八月十四日、降伏決定後の詔勅案の字句をめぐる論戦でもくり返されている。原案の「戦勢非にして」を陸相は、

「この案では今までの大本営発表がすべて虚構であったということになる。それに戦争は負けてしまったのではなく、ただ現在好転しないだけの話である」

という理由から「戦局好転せず」と訂正すべきだと頑張った。

このときも、海相は訥々としながら敗北を語った。もはやわが国は崩壊に瀕していると言ってもいい。沖縄は？　ビルマは？　残念ながら一敗地に塗《まみ》れたと言っていい。では本土決戦？

「これとても勝算はまったくない。これで戦争はなお負けていないということはできないと思う。明らかに負けておるのであり」

陸相は抗弁した。

「個々の戦闘では負けたが、戦争の勝負はついていない。陸軍と海軍ではこのへんの感覚が違うのである」

正確には、第一線で戦いつづけてきた戦将と、内地にあって傍観視していた政将との感覚は違うのであると、阿南陸相は言いたかったのであろう。

太平洋の島々や大陸では、すでに多くの将兵が散華し、今なお三百万余の将兵が義務の命ずる以上の戦闘をつづけている。しかしなお「戦局好転せず」、天皇の命令でやむなく終戦と決するのである。陸相はそう言いたいのである。

将軍阿南は、ビアク島の惨たる玉砕戦や、比島の山奥で頑張る山下奉文軍や、幽鬼のように痩せ、目だけを光らせ、砲弾と泥の中で最後の敢闘をしているニューギニアの第十八軍の将兵のことを想起したに違いない。そしていまこの瞬間にも、多くの若者が死んでいこうとする。だれのために、何のために。彼らの献身を無にするようなことはできぬ。海相のように戦意を放り出すのは、軍人として許せぬことなのである。

ともあれ、すべての論議の結論はすでに周知のように天皇その人がつけた。

「これ以上戦争をつづけることは、わが民族を滅亡させるのみならず、世界人類をいっそう不幸に陥れるものである。自分としては国民をこれ以上苦しめることは忍びないから、速やかに戦争を終結せしめたい」

十日未明の御前会議の天皇の決定によって、日本の進路は定まった。

陸軍中央のうけた衝撃は大きかった。陸相の誠実さから、六月いらいの和平工作のジグザグの歩みも知らされず、ポツダム宣言以降にやっと終戦という国難に取り組んだ陸軍にとっては、急転直下の天皇裁断には、仕掛けられたものという感触があったと思われる。

御前会議を終え、地下防空壕から外に出た陸軍軍務局長がさっと鈴木総理に近寄り、「総理、これでは話が違うではありませんか」と噛みつくように言ったのも当然であったであろう。総理は温顔でニコニコしていたが、陸相がその間に入り、

「もういい」

と、軍務局長の肩を叩いて止めた。そう言いながら、おのれの政治性のなさに阿南は深い絶望を感じたに違いない。

　このあと陸軍中央の中堅将校たちはクーデタ計画を練りはじめるのである。陸相は陸軍省の部課員全員を集め、

「この上はただただ、大御心のままに進むほかはない。和するも戦うも、今後の敵方の回答如何による」

　と訓示しながらも、クーデタ計画を黙過し、その先頭に立つかのような言辞も与えている。西郷隆盛の心境がよくわかる、と——。

　それを阿南の「腹芸」と評する人びとも多い。腹芸でも演技でもなく、武人の阿南としては、いざとなれば実行する決意だったと思える。要は連合軍の回答如何なのである。即時終戦論者の言うように、陸相は天皇の安全にたいする確信がもてなかった。阿南の初一念、天皇を守り抜く。そこには希望的観測といった甘い要素の入る余地はなかった。

　御前会議のあと、ただちに閣議がひらかれ、天皇裁断をそのまま閣議決定として正式に採択した。その席上、陸相は鈴木首相に、

「もし敵が天皇の大権をはっきり認めることを確認しえないときは、戦争を継続するか」

　と尋ねた。鈴木首相は、継続すると答えた。さらに阿南は米内に同じ質問をもって詰め寄った。海相は答えている。

「継続する」

阿南の大義と初一念が悲痛な叫びをあげているようである。

陸軍中央の中堅将校が立案したクーデタ計画を陸相が目にしたのは、八月十三日夜のことである。計画は「日本が希望する条件を連合国側が容認するまで、交渉を継続するよう御裁可を仰ぐのを目的とする」という限定つきの目的を掲げている。連合国側が天皇の存在を認めれば、計画は霧消するのである。

なぜか今日まで、「クーデタ計画」と規定されているために、狂信的な主戦派がずっと以前から計画し、起こそうとした徹底抗戦のための革命計画と決めつけられている。阿南陸相がそのような暴挙に「腹芸」だの「気迷い」だのをするべくもない。まったく笑止の観察である。

計画首謀の中堅将校たちは、日本の戦争遂行能力の壊滅していることにたいして、いちばん正確な情報を得ていたものたちである。いくら血迷ったといえ、国そのものを抹消するような無謀を犯すわけがない。まして〝大義の人〟阿南惟幾が、である。

かれらが希望する条件、それは国体の護持の一事にほかならない。武装解除の後ではそれが不可能と考える。古今東西の歴史に妥協的な講和というものはあり得なかった。国体護持、日本の歴史はじまっていらい、この時期ほど、この言葉が人々の口にのぼったことはないであろう。しかし、その内容は何かとみれば、千差万別、その顔の異なるように変わっていた。そして八月六日このかた「国体」とは天皇制、いや天皇その人と同義になっていた。

阿南陸相は、人間であり、〝神〟である天皇にかぎりない尊崇の念を抱いている。昭和四年八月から八年八月までのまる四年間、侍従武官として阿南は天皇の傍にあった。この人の生来ともいうべき忠誠心は、身近に仕えることでいっそう磨きがかけられたであろうことが察せられる。

〝聖旨伝達〟の天皇の名代として、しばしば地方へ出張した。台湾に渡った折などは、帰京にさいし、天皇が生物学に趣味があるからと、台湾産の蝶の標本を豊富にもち帰った挿話が残されている。

天皇もまたこの忠誠一途の軍人に厚い信任をかけたと思われる。のちに陸相となって上奏のため宮中へあがったとき、天皇は阿南にたいして例外のように「椅子を与えて話をされること再々」という親密さであった。

阿南陸相は絶対主義天皇制を信じていた。そして、生命を賭けてそれを守り抜くことを大義と観じた。

しかし、現実の歴史の流れは、天皇の裁断があり、承詔必謹という大方針によって降伏への方向へいそいでいる。その言うところは国体の護持であるが、和平派の腹を探れば、戦敗の恐怖にたいする自己保全以外の何ものでもない。そのために天皇を見捨てる——陸相を中心とする中堅将校たちの判断は右のごとくであったであろう。

「原子爆弾やソ連の参戦はある意味では天佑だ。国内情勢で戦いをやめるということを出さなくても済む。私がかねてから時局収拾を主張する理由は、敵の攻撃が恐ろしいのでもないし、原子爆弾やソ連参戦でもない。国内情勢の憂慮すべき事態が主である。今日、その国内事情を表面に出さなくて収拾ができるというのはむしろ幸いである」

と側近に語っていた米内の言葉も陸軍の耳に入っていた。

米内の言う憂慮すべき国内事情とは何なのか。政治上層部や官僚や財閥は、明らかに共産革命を考えている。内大臣木戸幸一、近衛、岡田啓介そして米内ら和平派が恐れていたのは、本土決戦による混乱であり、それにともなう革命である。和平派が望んだのは、革命より敗戦を！　であった。

和平派が守ろうとする天皇とは、阿南のそれとは異なり、〝徳治〟にその正統性があるとする立憲君主的天皇制、という考え方である。和平派といわれる人々は、憲法によってその統治権を制限されるこの天皇観にしがみついた。

機関としての天皇。彼らは、軍部や絶対天皇主義勢力を切り捨て、天皇制を立憲君主制としてでも残し、なんとか機構の存続を図ろうとしたのである。

阿南は、軍人でありながらこれに与《くみ》した米内をついに許せなかった。将来の天皇の保証なくして、期待や可能性で終戦を推進するとは、阿南からすればこれ以上の不忠はないのである。

　こうして非政治人間である陸相は内閣にあって、異なったところで真剣に苦悩し、格闘していた。天皇を輔弼《ほひつ》する閣僚の一員であり、軍の頭領である以上に、何よりも天皇その人のために死ぬことを最もいさぎよしとする忠誠な武人であった。阿南はこの初一念を貫こうとする。

　しかし、天皇その人は、

「たとえ連合国が天皇統治を認めてきても、人民が離反したのではしようがない。人民の意志によって決めてもらって少しも差し支えないと思う」

と木戸に語ったという。そのことも阿南は知らされた。また、陸相にたいして、

「心配せずともよい。私には国体護持に確証がある」

と天皇は諭した。

　こうして万事は休した。なすべきことはすべて終わったのである。天皇の命令は絶対なのである。

　戦争は、八月十四日の二度目の天皇裁断によって終結する。再度の裁断による降伏決定は陸軍にたいする国民全体の不信任を意味するといってよいであろう。

　阿南はふたたび最後の勇をふるう。

　過去の幾多の戦史は、最も精強であり精鋭であった部隊こそ、最も困難な転進作戦において一糸乱れぬ厳然たる軍容を示したことを教えていた。それが軍の矛盾した〝力

学〟というものであった。陸軍の頭領として、そのことをよく知るゆえに、最後の最後まで軍の士気を発揚させつづけてきた。その全責任は陸相がとる。その覚悟をうちに秘め、

「陛下はこの阿南にたいし、お前の気持はよくわかる。苦しかろうが我慢してくれ、と涙を流して仰せられた。自分としては、もはやこれ以上反対申しあげることはできない」

と、陸相は部下に〝降伏〟を訓示した。そして叱咤した。

「不服の者は自分の屍《しかばね》を越えてゆけ」

次の間つきの十二畳の日本間には、隅に床がのべられて、白い蚊帳が吊ってあった。陸相は書きものを終え、しばらくそれを見やった。同じ机の上に、盃と徳利をのせた簡単な膳が置かれていた。大臣は、大事なものを取り扱うように背後の違い棚の戸袋にしまうと、折から訪ねてきた竹中中佐のほうを振り向き、

「かねての覚悟に基づき、本夜、私は自刃する」

と、あっさり言った。

「わかっていました」

と、中佐は答えた。酒盛りがはじめられ、陸相はいよいよ闊達になり、

「これから死ぬ身だというのに、いつものとおり、疲労回復薬の注射をしてもらったよ。これから死ぬからいいとも言えなかった」

と言い、ニコニコした。中佐が聞く。

「先程、何か書きものでもしておられたようですが」

ああ、あれか、と言いながら、陸相は戸袋にしまった二枚の半紙を取り出した。墨痕鮮やかに、二つに折った半紙の上に陸相の字が躍っている。一枚は遺書、一枚には辞世の歌が書かれていた。

「大君の深き恵に浴みし身は
　言ひ遺こすへき片言もなし
昭和二十年八月十四日夜
陸軍大将　阿南惟幾」

この辞世は、第二方面軍司令官として北満にあったときつくったものであるという。遺書は三行に書かれていた。

「一死以テ大罪ヲ謝シ奉ル

昭和二十年八月十四日夜

陸軍大臣　阿南惟幾」

辞世には単に陸軍大将と署名、遺書には陸軍大臣とした意味は何なのか。私人としての「大将」は皇室にたいして崇敬を失わなかった。しかし、公の人としての「陸相」は国を滅ぼした陸軍の代表者として全責任を負って死んでゆく。そう言いたかったのか。

陸相は、このとき何か思いついたように、また墨をすって、二つに折った遺書の裏、まっさらの白地のところに、こう書き足した。

「神州不滅ヲ確信シツヽ」

天皇の将来の保証は、ついに得られなかった。保証のないままに日本陸軍は無条件降伏をする。その罪は軍人として、万死に価するのである。もし神州が不滅でなかったそのときは、不忠の人・米内を斬るべし。しかし、なすべきことはすべてなしたあとのいまは、国家の不滅を確信するのみ――と考えたのであろう。

死出の旅の準備はすべて終わった。嘘いつわりなく生きた人生――顧みて満足だった六十年の生涯を、陸相は自分で閉じることができた。八月十五日午前五時三十分、阿南陸相は短刀を腹に突き立てた。作法どおりの切腹であった。

玉音放送が終わったあとの、午後二時、鈴木内閣の最後の閣議が召集された。軍刀を杖にゆったりと座っていた一人の男の姿は、居るべきところにはもうなかった。その席を見遣りながら、鈴木首相は濃い眉毛を吊りあげ、目をしばたきながら言った。

「阿南陸相は忠実に政府の政策に従われた。陸軍大臣が辞表を提出されたならば、わが内閣は即座に瓦解したであろう。阿南大将が辞職されなかったので、われわれはその主目標つまり戦争終結の目的を達成することができた。わたしは、そのことを陸相に深く感謝しなくてはならない。阿南大将はまことに誠実な人で、世にも珍しい軍人だった。実に立派な大臣であった。わたしは、その死が痛恨に堪えない」

阿南さんにたいする最高の弔辞であったと思う。

# あとがき

あるパーティの席上でのこと、

「どうしてもお願いしたい。長いこと太平洋戦争について書いてきたあなたの義務と考えてほしい」

と初対面の根岸龍介氏に無二無三に依頼された。この人をわたくしに紹介した文藝春秋の同僚かつネスコ（日本映像出版）の社長の村田耕二氏までが、

「これで逃げだすようじゃ男ではない」

とすごんでみせた。まったく気が進まなかったけれども、こうまで言われては引きうけざるをえなかった。わたくしには下町ッ子のおっちょこちょいのところもある。

根岸氏が編集長の月刊誌「カレント」に平成四年九月号から連載をはじめた。一回が八枚強で十回で終了が約束であったのに、好評であるからとの甘言にのせられて、連載は六年九月号までの二十五回になり、やっと勘弁してもらった。と、こんどは一冊の本

にすると、村田氏がもういっぺんすごんでみせた。

何でくだらぬことをくだくだと書くのか、と言われそうであるが、わたくしには本当のところ本書は書きたいテーマを書いたのではなかったことを言いたいのである。二人の熱血漢に圧倒されてやむなく、といまも自分に言いきかせようとしているのである。なぜなら、しっかりと性根が据わっていなかったから、本書は主題が中途半端なものとなっている。きちんと書けていない、それが校正刷りを読み返してわかり、その無力さが情けなく思えてならないからである。なによりも死んでいった二十八人の戦士と三人の夫人と四人の子供たちに申しわけがないの想いを、いま感じている。

自死を覚悟して人が遺書をしたためるときの、その心の深さは真に知ることができないのではないか。戦後五十年の平和ぼけの上に老齢ぼけがはじまっているいまのわたくしには、それと察することすらも不可能なのかもしれない。それをわかったことのように書くのは、たしかに神をも恐れない所業であったと考えるしかない。

わたくしがよく知る戦士のひとりに亡き吉田満氏がいた。海軍少尉吉田満は昭和二十年四月六日、戦艦大和にのり、沖縄への〝特攻〟出撃のその朝、両親宛ての遺書を書いている。

「私ノモノハスベテ処分シテ下サイ　皆様マスマスオ元気デ、ドコマデモ生キ抜イ

テ下サイ　ソノコトヲノミ念ジマス」

ただそれだけである。その吉田がやっと生還して、戦後に綴った記録『戦艦大和ノ最期』には、ただこれだけを書くのにどれだけの想いがあり、心乱れたかが示されている。

「母ガ歎キヲ如何ニスベキ
先立チテ散ル不孝ノワレニ、今、母ガ悲シミヲ慰ムル途《みち》アリヤ
母ガ歎キヲ、ワガ身ニ代ツテ負フ途残サレタルヤ
更ニワガ生涯ノ一切ハ、母ガ愛ノ賜物ナリトノ感謝ヲ伝フル由モナシ
イナ、面ヲ上ゲヨ
ワレニアルハ戦ヒノミ　ワレハタダ出陣ノ戦士タルノミ
打チ伏ス母ノオクレ毛ヲ想フナカレ」

こうして自分を叱咤し、さきの遺書を書き、そして若き戦士はみずからを励ます。

「更ニ何ヲカ言ヒ加フベキ
文面ニ訣別ノ思ヒ明ラカナレバ、歎キ給フベシ

ワレ、タダ俯シテ死スルノミ、ワガ死ノ実リアランコトヲ願フノミ
ワレ幸ヒニ悔イナキ死ヲカチ得タラバ、喜ビ給へ」

わたくしが自分の無力を歎くゆえんが、おわかりいただけたであろうか。一十七の遺書（あるいは遺言）のかげに溢れるものを、正しく伝えたの自信はない。

これまで刊行された太平洋戦争の遺書集としては、『はるかなる山河に』『きけわだつみのこえ』（東大協同組合出版部）、『戦没農民兵士の手紙』（岩波書店）、『あゝ同期の桜』（毎日新聞社）、『回天』（回天刊行会）、それと戦犯死没者のそれを集めた『世紀の遺書』（復刻版・講談社）などがある。これらはすべて遺書そのものをならべたものであり、それが書かれねばならなかった人間性や背景については語られていない。たとえば満淵大尉の遺書「幼き子へ」は『世紀の遺書』にあるが、「神戸市。神宮皇学館本科第一部卒業。元神職。元陸軍大尉。昭和二十一年九月六日、巣鴨に於て刑死。三十二歳」とあるだけである。

その意味からは短かい文章のなかで何とか人間を描くべくつとめた本書にも、いくらかの意義がみとめられるであろうか。

本書をまとめるにさいして、「プレジデント」誌一九八一年六月号に書いた「阿南惟幾──帝国陸軍に殉じた最後の武人」を加えた。単行本に収録するのは初めてである。太

平洋戦争終結までの流れが少しくわしく書かれているから、という理由もあるが、それよりもこの人の遺書もまた見事であると思うからである。

参考文献は別にあげた。著者ならびに出版社にお礼申しあげる。とくに先輩の田々宮英太郎氏の著書には「国定謙男」「有泉龍之助」「岡本清福」を書くにさいし全面的にお世話になった。心から感謝を申しあげる。勝手ながら遺書の漢字は常用漢字としたことをお断りする。

なお、この本を作るのにいろいろ面倒をかけた若い女性編集者の檀原夏弥さんが、なんども胸が熱くなったと言ってくれた、そのことがいまわたくしをかなり力づけている。

一九九四年十一月

半藤一利

# 文庫本にさいしてのあとがき

最近、わたくしは中島敦の名作『李陵』をまた読んだ。何度目の読書の機となるのか数えていないが、この小説のかいまみせるふところの深さに、いつも圧倒されている。とくに今回は、降伏というおのれの行為を「やむを得ない」とし、また、いかなる無情な批判者といえど、それを認めるだろうと信じていた李陵の前に、蘇武が厳然として現われるところで、アッと息をのんだ。

作者は書いている。

「飢餓も寒苦も孤独の苦しみも、祖国の冷淡も、己の苦節が竟《つい》に何人にも知られないだらうといふ殆ど確定的な事実も、この男にとつて、平生の節義を改めなければならぬ程の止むを得ぬ事情ではないのだ」

この男、蘇武はおのれの孤立そのものにたいしても孤立しているような極限の状態にあるのである。しかも、蘇武のこのような孤立を支えているのが、単に「強烈な意地」

にとどまるものでない、と李陵は思う。そこには、

「譬へやうも無く清冽な純粋な漢の国土への愛情が（それは、義とか節とかいふ外から押しつけられたものではなく、抑へようとして抑へられぬ、こんこんと常に湧出る最も親身な自然の愛情）湛へられてゐる」と李陵は感動をもって発見するのである。

この小説の、極度の孤立をとおしてその孤立をこえた蘇武の生き方は、そのまま戦後の井上成美の生き方につながるではないか。わたくしはそう思った瞬間に、思わず息をのんだのである。いや、井上成美だけではない、安達二十三も水上源蔵も、大田実も伊藤整一も、だれの生と死にも「譬へやうも無く清冽な純粋な」国土への、国民への、肉親への湧出る愛情がたたえられているではないか。かれらはみんなその想いを短かい言葉や文章に託して逝った。

わたくしは、いまは、この本を書いておいてよかったと考えている。文庫本になって多くの新らしい読者にお会いできるのを嬉しく思う。

「あとがき」に記したように、わたくしにこの仕事をさせたのは根岸龍介氏である。実は、氏がそれを思いたったのは、『オール讀物』（昭和63・9）に載った「マッカーサーの復讐」を読んだときのことであった、という。本間雅晴中将の死を主題にしたものである。こんどの文庫化にさいして、改題してそれも加えることにした。単行本をお持ち

の方には申しわけないが、本に収録するのは初めてである。
寺田英視氏と松下理香さんにお手数を煩わしたことにお礼を申しあげる。
阿川さんが解説をお書き下さるとの報に、狂喜乱舞している。

一九九七年四月

半藤一利

〈参考文献〉

大岡昇平『ながい旅』（新潮社）
沖修二『山下奉文』（山下奉文記念会）
児島襄『指揮官』『参謀』（ともに文藝春秋）
実松譲『日本海軍英傑伝』（光人社）
曽我部博士『雪と桜』（新人物往来社）
袖井林二郎『マッカーサーの二千日』（新潮社）
田々宮英太郎『大東亜戦争始末記』（経済往来社）
角田房子『一死、大罪を謝す』（新潮社）
〃『いっさい夢にござ候』（中央公論社）
鳥巣建之助『人間魚雷・回天と若人たち』（新潮社）
秦郁彦『昭和史の軍人たち』（文藝春秋）
丸山豊『月白の道』（創言社）
吉村昭『深海の使者』（文藝春秋）
〃『戦艦武蔵』（新潮社）
杉山元帥伝記刊行会『杉山元帥伝』（原書房）

修親会（陸自幹部学校）編『統率の実際』1・2・3（原書房）
亜東書房編『十人の将軍の最後』（亜東書房）
R・マイニア『東京裁判』（安藤仁介訳・福村出版）
L・テイラー『将軍の裁判』（武内孝夫・月守晋訳　立風書房）
マッカーサー『マッカーサー回想記』（朝日新聞外報部訳　朝日新聞社）

木山玄「宇垣纒」（「歴史と旅」臨時増刊　昭和62・9・5　秋田書店）
庄司和子「ドイツ潜水艦に死す」（「文藝春秋」　昭和31・1）
西原征夫「親泊大佐夫妻の自刃」（「文藝春秋」　昭和39・9）
防衛研究所戦史部『戦史叢書』13・17・67・82・93・98各巻（朝雲新聞社）

# 解説

阿川弘之

半藤さんは中学三年生の時、新潟県長岡市で日本敗戦の日を迎へた。昭和五年生れの満十五歳、「吾十有五ニシテ学ニ志シ」と孔子さまの言ふ、ちやうどその年齢であつた。夏の一日を境に、日本国中で価値の大転換が起つた。東亜解放の「聖戦」と定義されてゐたいくさは、残虐非道の侵略戦争に変り、栄誉ある帝国陸海軍の軍人はすべて侵略戦の手駒、社会から追放され無視されて当然の忌むべき存在に変つた。学問といふ真理探究の道へ、やうやく明確な志向を示す年ごろの知的な少年にとつて、衝撃は大きく混乱は深かつたと想像される。国民みんなが餓ゑてゐた。多くの若者が命を捨て、日本中の都市で大勢の家族が焼け出されてゐた。半藤一家も、実は、この年三月東京下町大空襲の罹災者であつた。どうしてこんなことになつたのか？　何が善で何が悪で、どれが真実なのか嘘なのか？　心にたくさんの疑問符を刻みつけられて、それが後年、半藤さんを昭和史研究に打ち込ませる素因となるのではなからうか。

もともと東京向島育ちの半藤一利少年が、父親の故里といふ縁故で罹災後移り住んだ長岡は、偶《たまたま》ゝ山本五十六元帥の故郷の町であり、学んだ中学が、これ亦元帥の母校、旧制長岡中学校であつた。此処を卒業して、十八歳の時東京へ帰つて来るのだが、在学中の三年間、同窓の名高い提督について、評判を色々耳にしたゞらう。耳にすれば、未来の「文藝春秋」編集長が興味をそそられる話は、幾つでもあつたらう。

真珠湾奇襲攻撃の最高責任者、山本聯合艦隊司令長官は、いづれ祖国に「価値の大転換」が起ることを、早くから予測してゐた。緒戦大勝利の報に、

「長官。長官の御郷里の長岡では、市民が祝賀の大提灯行列をやつたさうでございます」

幕僚が新聞電報で入つたニュースを伝へると、機嫌が悪く、

「フン」鼻先で返事したといふ。「その連中がな、そのうち俺の家へ石投げつけに来るよ」

此のエピソードを、当時の半藤さんは多分未だ知らなかつたらうが、生ひ立ちと時代背景から考へて、昭和史研究の手がかり、「何故？」を解く鍵は、身辺至るところに転つてゐたのである。

統帥権干犯問題といふ、結果的に日本帝国崩壊の火種となる憲法解釈上の難問題が持ち上るのは、ロンドン海軍軍縮条約締結の可否をめぐつてのことで、その調印式の行は

れたのが、昭和五年四月二十二日であつた。半藤さんは調印式の一ケ月後、同年五月二十一日此の世に生を享《う》け、物心つかぬ頃満洲事変、五・一五事件、小学校へ入つた年大陸で宣戦布告無しのいくさが始まる、やがて日独伊三国間の軍事同盟、欧洲に戦乱、当然の帰結として日本の対米開戦、初期の大勝利が一転して、ミッドウエー、ガダルカナル、アッツの敗北玉砕となり、聯合艦隊司令長官は二代にわたり戦死殉職、空の特攻、「大和」の洋上特攻、原子爆弾、つひに日本降伏、「学ニ志ス」までの十五年間を顧みれば、好ましからざる意味での「多彩」としか言ひやうがあるまい。

　東大文学部卒業後、文藝春秋に入社した半藤一利は、エディター兼ライターとして、此の多彩な史実と取組む強い意欲を見せ始める。特に、終戦前後の「ほんたうのこと」を追求するのが最大の関心事だつたやうに見える。櫛風沐雨《しっぷうもくう》のその時代をテーマに、ものを書き出す同世代の若い文筆家は、無論他にもゐた。ただ、「疎開派」「焼け跡派」と呼ばれる彼らの多くが、少年期に味はされた悲惨な体験を、一種の恨み節のかたちで描いたのに反し、半藤さんは、如何なる個人的怨恨も感傷も、出来得る限りこれを抑制し、左右どちらのイデオロギーにも偏らず、ひたすら戦史の真実に迫らうと試みる、そこがちがふ。恨み節も芸に昇華してゐれば一つの立派な文化財で、価値あり意味あること言ふまでもないけれど、半藤作品の持つ意味はもう少し別のところに在る。自ら歴史探偵と称し、著書の題名に「歴史探偵団がゆく」といふやうな表現を屢〻用ゐてゐるのは、その意図と熱意のあらはれであらう。

　此の文庫本に収められた二十八人の「戦士」が、やはり、終戦前後一両年間の戦ひぶりや身の処し方によつて注目を浴びる陸海軍軍人で、井上成美提督を除いて全員、戦死、刑死、又は自裁してゐる。謂はば敗けいくさを戦つて空しく命を落した人、戦勝国の法廷で犯罪人として裁かれ処刑された人、敗戦の責任を取つて自分で命を絶つた人が大部分であつて、「戦後民主主義」風の基準にしたがへば、みんな「よくない人物」の部類へ入るのだけれど、半藤歴史探偵は、よくない人物にも「善き」一面があつたのではないか、少くとも人間としてなにがしかの言ひ分はあつただらうと、その点を丹念に克明に追求して行く。さうして、軍人たちの遺書や、残した最後の言葉に突きあたる。それは、立場を異にする者の胸にも深く食ひ入つて来る。再び論語の引用になるが、読んで私は、「鳥ノ将ニ死ナントスルヤ、其ノ鳴クコト哀シ。人ノ将ニ死ナントスルヤ、其ノ言ヤ善シ」の感慨を覚えた。

　実言ふと、半藤さんが取り上げた戦士二十八人のうち、幾人かについて私は、その死を肯定致しかねる。例へば国定謙男海軍少佐の場合で、此の人は、誰に何と説かれても日本降伏を容認せず、降伏派の中心人物米内海相を暗殺しようとして果さず、終戦の一週間後、妻と幼な児二人を道づれに拳銃で自決した。兵学校三十期、卒業成績百二十七人中第四位、その俊秀が何故これほどまで狭く、一途に思ひつめねばならなかつたか。昭和初年以降、此のタイプの、「義憤に燃えて血潮湧く」青年士官たちが次々頭角をあらはし、上層部の一部がそれを煽動し利用し、或は妥協し同調して、海軍は自ら自滅への道をたどるといふのが、私の個人的見解だが、それでも国定少佐の遺書を読むとドキンとする。

「軍は原子爆弾に破れたるに非ず　赤化せる官僚、外務省、親米重臣のため戦機の一歩前で背負なげを受く　泣くにも泣けず　真相は実に〳〵残念なり　陛下は彼らのために誤まられました」

賛成はしないけれど、不賛成のまま何かを考へさせられる。見方を変へれば、半藤探偵の筆で、「考へてごらん」と宿題を提示されてゐるのである。

東部ニューギニア防衛の陸軍部隊指揮官安達二十三中将の場合は、終戦二年後の九月、豪洲軍の法廷で無期禁固の判決が出、そのまま戦争犯罪人の汚名を甘受して服役してゐれば、いつか減刑日本送還釈放の段取りになつたであらうものを、十万の部下を死なせた責めを負ひ、判決言ひ渡しの翌々日、左記の遺書を残して割腹自殺した。

「一昨年晩夏、終戦の大詔、続いて停戦の大命を拝し、この大転換期に際し、聖旨を徹底して謬《あやま》らず、且は残存戦犯関係将兵の先途を見届くることの重要を思ひ、恥を忍び今日に及び候。然るに今や、……小官の責務の大部を終了せるやに存ぜらるるにつき、此の時機に豫《か》ねての志を実行致すことに決意仕候」

ラバウルの収容所内で、錆びた果物ナイフを割腹の具に使ひ、自分で自分の頸動脈を絞めて死んだ。「常人にできることではない」と、半藤さんが書いてゐる。

前の、国定謙男少佐の遺書とこれと、かなり趣がちがふのだが、いづれにせよ、そこからある種の感銘を受けたり何かを考へこまされたりするのは、少くとも五十半ばより上の日本人、我々の世代に近い年輩の人々と、私は考へてゐた。戦後生れの若い人たちは、読んでも格別の感興が湧かないのではないかと思つてゐた。ところが、解説執筆の依頼を受け、事務的な打合せの最中、意外なことを知らされる。担当の若い女性編集者が、「戦士の遺書」を仕事として読んでゐるうち、胸が熱くなつて泣き出したといふのである。ああさうか、戦争を知らず、戦史を全く教へられずに育つた若い世代の方が、むしろ新鮮な驚きを感じるのかと、蒙を啓かれる思ひがした。

戦後、歴史教育の基本方針も亦一変し、軍事問題、特に旧日本陸海軍に関する万般は、触れず教へずがいつか慣行になつてしまつた。国家の冒した悪を批判するにも、悪の実態を知る必要があるだらうといふやうな常識論は却けられて、ただ「臭い物に蓋」で通す教育が、以来半世紀以上続いてゐる。「悪」をつついて「善」の側面が出て来るのを危惧したマッカーサーの占領政策がその発端かもしれないが、日本独立後もこれは変らなかつた。教科書編纂、百科事典編纂の過程で、やはり同じ方針が採用された。試みに、昭和四十一年平凡社刊「国民百科事典」全八巻の索引を繰つてみれば、そのことがよく分る。小学生でも知つてゐる世界最大の戦艦「大和」「武蔵」の名前が出てゐない。日本海海戦の東郷聯合艦隊旗艦「三笠」も載つてゐない。巻数がちがふとは言へ、「エンサイクロペディア・ブリタニカ」が、「大和」「武蔵」はもとより「陸奥」「長門」まで、日本の戦艦として明記してゐるのと、甚だ対照的で、「国民百科」編纂の学者たちは、そんなものを国民に知らせる必要無しと考へてゐたのであらう。

一事が万事、若い世代の殆どが、日本の近代史現代史の重要な部分に目かくしをされて、こんにちに至つてゐる。色んな面で、「日本人の常識は世界の非常識」の趣を呈するのは自然の成り行きであつた。

「戦士の遺書」中の一篇、本間雅晴陸軍中将の項に、マッカーサー元帥の言葉が引用してある。空路厚木に進駐した連合軍最高司令官ダグラス・マッカーサーは、京浜地区一帯の焼け跡始め、敗戦日本の様相をつぶさに見て、「国土と国民がこれほど完膚なきまでに壊滅させられた国は、史上その例をみない」との感想をいだき、それを書き残してゐるさうだ。その言葉を一つもぢるなら、連合軍の占領下、「自国の軍隊と自軍の戦死者とをこれほど完膚なきまでに忘れ去つた国は、史上その例をみない」のではなからうか。

もはや五十回忌も終つて、肉親の思ひ出の中からすら消え去りかけてゐる死者たちの姿が、此の著作の文庫化を機縁に甦ることを期待したい。むろん、二十八人の「戦士」だけを指して言ふのではない。単なる鎮魂のためでもない。三百万を越す戦歿者の中には、国に命を捧げることを崇高な使命と信じて死んで行つた人もあるが、さうは信じられず、運命を呪ひつつ苦しんで死んで行つた人もある。たとひ彼らが悪鬼羅刹の姿で甦へらうと、怨霊として甦へらうと、戦後版日本現代史の欠落部分、「臭い物に蓋」の部分を、後世へ正しく伝へるよすがとなるなら、それでいいと私は考へてゐる。期せずして半藤さんは、その手引書、昭和終戦史学習用の副読本を書いたのだと思ふ、先づは読者に、本文の精読をしてもらはねばなるまい。

半藤さんの、別のジャンルの著作で、「漱石先生ぞな、もし」と題する逸品がある。長年の文藝春秋勤務が終りに近づく頃筆を起し、例の探偵癖と、夫人の半藤末利子さんが漱石の孫にあたる利点とを存分に活用して、文豪の小説、随筆、日常生活の中、あちこちにひそむ謎を発掘、楽しげに、筆つきも軽やかに一つ一つ解明してみせる、大変面白いものだ。大好評を博し、次の「続・漱石先生ぞな、もし」を出しても読者の要望未だ途絶えず、しかし半藤さんは、「続」を世に問ふたところまででこれを打ち止めにした。その「後口上」に、話は未だ未だあるけれど、「漱石先生も too much はいけない、『余り過ぎるのはよろしくない』と諭しておられる」、さう書いてゐる。

私も、感想は未だ未だあるやうな気がするけれど、半藤探偵に倣って、too much にならぬ此のあたりで「解説」の筆を擱くこととしよう。

（作家）

# 新装版のための解説

梯久美子

　二〇二一年春、山口県周南市の大津島を訪ねた。徳山港の南西沖一〇キロほどのところにある小島である。かつてここには、人間魚雷「回天」の基地があった。港からの長い坂道を上りきった場所に、回天記念館が建っている。門柱から建物の入り口まで続く桜並木の両側に埋め込まれたおびただしい数の小さな石碑は、回天による特攻作戦で亡くなった人たちを慰霊するためのものだ。

　石碑には名前と出身地が刻まれ、死亡した日付順に並んでいる。先頭は「黒木博司　岐阜県」そして「樋口孝　東京都」。本書に登場する二人である。

　黒木・樋口の両大尉は、この基地が設置された翌日の一九四四年九月六日の訓練で、搭乗艇が海底に突入して動けなくなり、七日に死亡が確認された。開発者の一人である黒木大尉と、彼から訓練を受けるために同乗した樋口大尉が、回天の最初の死者となったのだ。

私が彼らのことを知ったのは、いまから二〇年近く前に読んだ本書によってである。一〇〇基を越える碑銘の先頭に二人の名前を見つけたとき、本書のことを思い、半藤さんのことを思った。大津島を訪ねたこのとき、半藤さんが亡くなられてからちょうど三か月が経っていた。

魚雷を改造した回天という名の特攻兵器があったことは知っていた。だが、開発にまだ二〇代前半の若い将校が携わっていたこと、日本が特攻作戦を開始する前から彼は搭乗員の生還を前提としない兵器を構想していたこと、そして自らその兵器の最初の死者になったことを知ったのは、本書によってである。

私はその後、現代から見ればあまりに残酷なこの兵器のことが気にかかり、資料を集め始めた。

回天はハッチが閉まると中から開けられないだけではなく、いったん発進すると停止も後退もできず、海底に突っ込んだり海岸に乗りあげたりすると動けなくなる。敵艦に体当たりする以前に命を落とすことになるのだ。黒木大尉たちの死亡後も訓練中の事故が相次いだが、改良されないまま実戦に投入され、多くの若い搭乗員が事故で命を落とした。一方で命中率は高くはなく、犠牲に見合う戦果が上がったとは言いがたい。

遺書を残している搭乗員は黒木大尉と樋口大尉のほかにもおり、私はできるかぎり探して読んだ。そうやって少しずつ調べを進め、このときようやく、最初の回天基地が置かれた大津島にやってきたのだった。もとはといえば、本書に導かれたようなものだ。

本書は、半藤さんの著作の中で私が最初に読んだ一冊である。生前の半藤さんには何度かお会いして、アドバイスをもらったり、励ましていただいたりした。だがそれよりも前に、私は本書によって半藤さんに出会っており、その影響は、いまに至るまで続いている。

半藤さんにはいくつもの名著があるが、最初に出会ったのが本書だったことを、私は幸運に思っている。阿川弘之さんが解説で〈戦争を知らず、戦史を全く教へられずに育つた若い世代の方が、むしろ新鮮な驚きを感じるのかと、蒙を啓かれる思ひがした〉と書いておられるが、半藤さんの子供の世代である私は、まさにその通りの経験をした。

ここに紹介されているのは、いずれも苛烈な運命を生きた軍人だ。私などには到底理解が及ぶはずはなく、共感する素地もないと思っていたが、読み進むうちに、彼らの心情がひたひたとこちらの胸に迫ってきた。それはひとえに、遺書を読み解いていく半藤さんの情理を尽くした文章によるものだ。

平易で簡潔な文章の向こうに、死者の無念や悲しみや怒り、諦観や愛情が垣間見える瞬間があり、そのとき、歴史の闇の中から生身の人間が立ち上がってくる気配がする。

さらに、一人だけではなく二八人の軍人の生と死にふれることで、彼らが生きた時代の姿が、おぼろげながら浮かび上がってくるのである。

当時、戦史をほとんど読んだことのなかった私にとって、それは驚くような体験だった。個人の人生を通してひとつの時代精神を浮かび上がらせることができることを、私は半藤さんによって教えられた。

本書と出会ったとき、私はまだノンフィクションを書くようになる前で、硫黄島の総指揮官・栗林忠道に興味を持ち、資料を集めていた。栗林の章があったことから本書を手に取ったのだが、取りあげられているほかの軍人たちにも心をひかれることになった。

初読のときに胸を打たれたのは、玉砕命令に反し、部下を撤退させて自決したミイトキーナ守備隊の指揮官・水上源蔵や、「明日は自由主義者がまた一人、この世から去って行きます」と書いて出撃した特攻隊員の上原良司、「沖縄県民斯ク戦ヘリ。県民ニ対シ後世特別ノ御高配ヲ賜ランコトヲ」との言葉を残した沖縄戦の海軍トップ・大田実らで、読後、関連書籍を読み漁った。水上少将については、ミイトキーナ守備隊の兵士だった方に会って話を聞いたこともある。

こうした人たちの思考や行動にはおそらく多くの人が共感し、その人間性に感動するだろう。だが、私は次第にそうではない人たち、つまり現代ではなかなか理解しにくい価値観を持っていた人たちのことが気になるようになっていった。安達二十三、宇垣纏、大西瀧治郎、親泊朝省、満淵正明といった人たちである。

半藤さんは、彼らを現代の価値観で一方的に断罪することをしない。その心情を汲みとりつつ、死に至った道程を冷静に描いていく。その文章を読み返していると、現代の私たちが理解できない人たちの中にこそ、知るべき何かがあるような気がしてくる。

彼らに関しては現在まで細々とではあるが資料を集め、取材を続けている。そのうち何人かについては短い文章を書いて発表したが、今後もう原稿にすることがないとしても、引き続き調べるつもりでいる。それは、彼らの生き方と死に方に、軍人について考えるヒントがあると思うからだ。

私がデビュー作となった栗林中将の評伝を刊行したのは二〇〇五年のことだが、取材・執筆する中で考えさせられたのは、軍人とは何かということだった。

硫黄の臭気が漂い、川が一本もない硫黄島で、水不足に苦しみながら指揮を執った栗林。設備が整い、水も食料も豊富で居住性もよい父島から指揮を執ることもできたが、部下たちと同じ環境の中で闘うことを選んだ。全島を徒歩で回って一人一人に声をかけ、食事も一般の兵と同じものをとり、階級による差別を許さなかった。慰安所を作らず、島民を戦闘に巻き込まないよういち早く内地に疎開させてもいる。

犠牲を増やすだけで勝算のない戦争をこれ以上続けるべきではないとして、大本営に早期停戦を具申し、最後の戦訓電報では、大本営の見通しの甘さや陸軍と海軍の縄張り主義を正面から批判した。

戦いにおいては、刀を持って敵陣に突っ込むバンザイ突撃を禁じ、地下に立てこもって島を死守、その戦術と統率力は敵である米軍からも高く評価された。

だが、水も食料も武器も尽きた戦場で、一日でも長く生きて闘えと命じるのは、もっとも苦しい死に方を部下に要求することにほかならない。

私が取材した硫黄島戦死者の夫人は、夫は米軍の上陸初日に死んだと思いたい、と言った。一日生き延びれば、一日分長く地獄を味わわなければならなかったから、と。

硫黄島で亡くなった人の戦死公報はすべて、死亡日を三月一七日としている。これは最後の突撃が予定されていた日だ。だがこの未亡人は、夫の命日を戦闘初日の二月一九日と決め、毎年この日に法要を行っていた。一日でも早く死んでほしかったという願いを込めて。何と悲しい願いだろうと思うが、遺族の心情とはこのようなものであろう。

栗林が公平無私かつ部下思いだったことは多くの証言や実際に下した命令の記録、戦訓電報、最後の突撃前の訣別電報などから明らかである。そういう人が、愛する部下にもっとも過酷な死を求めたのだ。戦争から遠く離れて生きる私たちにはなかなか理解しがたいことである。だが、半藤さんが選んだ二八人の人生を知り、その遺書を読んだことは、私がその後の取材と執筆で、軍人としての栗林を理解する助けになったと思う。

彼我の戦力差から勝利はありえず、しかも退却は許されない孤島の戦場。全員が死ぬことは前提の戦いである。ならば、どうすれば部下は〝甲斐ある死〟を死ぬことができるのか。そう考えた末に栗林は、本土への空襲を一日でも遅らせ、民間人の死者を一人でも少なくするための出血持久戦を選んだ。

のちに私との対談で半藤さんは「軍人というのは生より死に価値を与える人たちですね。死を価値あらしめるために、最大限の努力を捧げる人たちです」と言われた。

このことを念頭に改めて読むと、本書に出てくる軍人たちの行動原理がわかってくるように思う。彼らにとって「よく生きる」ということは、現代の私たちの思うヒューマニズムと同じではない。

いまさらそんなことは言うまでもない、古今東西、軍人とはそういうものだと言われればその通りだ。しかし、敗戦以来、軍人というものがいなくなった日本では、軍人とは何かを誰も教えてくれない。それがわからなければ、戦争とは何かもわからないはずなのに。

若者たちが歴史を知らないと嘆く声を聞くが、現在の日本では、一五歳も七五歳も、戦争を知らないということでは同じである。戦争を考えるためには軍隊を知り、軍隊を知るためには軍人とは何かを知ることも必要であるに違いない。

（ノンフィクション作家）

単行本　一九九五年一月　ネスコ刊
旧版文庫（底本）一九九七年八月　文春文庫刊
ＤＴＰ制作　エヴリ・シンク

一部の写真については底本通り、田々宮英太郎氏著『大東亜戦争始末記』（経済往来社）よりお借りしました。

文春文庫

定価はカバーに
表示してあります

戦《せん》士《し》の遺《い》書《しょ》
太平洋戦争《たいへいようせんそう》に散《ち》った勇者《ゆうしゃ》たちの叫《さけ》び

2022年8月10日　新装版第1刷

著　者　半《はん》藤《どう》一《かず》利《とし》
発行者　花田朋子
発行所　株式会社 文藝春秋

東京都千代田区紀尾井町 3-23　〒102-8008
TEL 03・3265・1211(代)
文藝春秋ホームページ　http://www.bunshun.co.jp

落丁、乱丁本は、お手数ですが小社製作部宛お送り下さい。送料小社負担でお取替致します。

印刷製本・凸版印刷

Printed in Japan
ISBN978-4-16-791925-2

（　）内は解説者。品切の節はご容赦下さい。

半藤一利
## ノモンハンの夏
参謀本部作戦課、関東軍作戦課。このエリート集団が己を見失ったとき、悲劇は始まった。司馬遼太郎氏が果たせなかったテーマに、共に取材した歴史探偵が渾身の筆を揮う。（土門周平）
は-8-10

半藤一利
## ソ連が満洲に侵攻した夏
日露戦争の復讐に燃えるスターリン、早くも戦後政略を画策する米英、中立条約にすがってソ満国境の危機に無策の日本軍首脳――百万邦人が見棄てられた悲劇の真相とは。（辺見じゅん）
は-8-11

半藤一利
## 日本のいちばん長い日　決定版
昭和二十年八月十五日。あの日何が起き、何が起こらなかったのか？　十五日正午の終戦放送までの一日、日本政府のポツダム宣言受諾の動きと、反対する陸軍を活写するノンフィクション。

は-8-15

半藤一利
## あの戦争と日本人
日露戦争が変えてしまったものとは何か。戦艦大和、特攻隊などを通して見据える日本人の本質。「昭和史」「幕末史」に続き、日本の大転換期を語りおろした〈戦争史〉決定版。

は-8-21

半藤一利・加藤陽子
## 昭和史裁判
太平洋戦争開戦から七十余年。広田弘毅、近衛文麿ら当時のリーダーたちはなにをどう判断し、どこで間違ったのか。半藤〝検事〟と加藤〝弁護人〟が失敗の本質を徹底討論！

は-8-22

半藤一利
## 聯合艦隊司令長官　山本五十六
昭和史の語り部半藤さんが郷里・長岡の先人であり、あの戦争の最大の英雄にして悲劇の人の真実について熱をこめて語り下ろした一冊。役所広司さんが五十六役となり、映画化された。

は-8-23

菅原文太・半藤一利
## 仁義なき幕末維新
われら賊軍の子孫
薩長がナンボのもんじゃい！　菅原文太氏急逝でお蔵入りしていた幻の対談。西郷隆盛、赤報隊の相楽総三、幕末の人斬り、歴史のアウトローの哀しみを語り、明治維新の虚妄を暴く！
は-8-34

（　）内は解説者。品切の節はご容赦下さい。

江藤 淳
**閉された言語空間**
占領軍の検閲と戦後日本

アメリカは日本の検閲をいかに準備し実行したか。眼に見える戦争は終ったが、アメリカの眼に見えない戦争、日本の思想と文化の殲滅戦が始った。一次史料による秘匿された検閲の全貌。

え-2-8

加藤陽子
**とめられなかった戦争**

なぜ戦争の拡大をとめることができなかったのか、なぜ一年早く戦争をやめることができなかったのか――繰り返された問いを、当代随一の歴史学者がわかりやすく読み解く。

か-74-1

小泉信三
**海軍主計大尉小泉信吉**

一九四二年南方洋上で戦死した長男を偲んで、戦時下とは思えぬ精神の自由さと強い愛国心とによって執筆された感動的な記録。ここに温かい家庭の父としての小泉信三の姿が見える。

こ-10-1

高木俊朗
**インパール**

太平洋戦争で最も無謀だったインパール作戦の実相とは。徒に死んでいった人間の無念。本書が、敗戦後、部下に責任転嫁、事実を歪曲した軍司令官・牟田口廉也批判の口火を切った。

た-2-11

高木俊朗
**抗命**
インパール2

コヒマ攻略を命じられた烈第三十一師団長・佐藤幸徳中将は、将兵の生命こそ至上であるとして、軍上層部の無謀な命令に従わず、師団長を解任される。「インパール」第二弾。

た-2-12

高木俊朗
**全滅・憤死**
インパール3

インパール盆地の湿地帯に投入された戦車支隊の悲劇を描く「全滅」。〟祭〟第十五師団長と参謀長の痛憤を描く「憤死」。戦記文学の名著、新装版刊行にあたり、二作を一冊に。

た-2-13

「特攻 最後のインタビュー」制作委員会
**特攻 最後のインタビュー**

多くの〟神話〟と〟誤解〟を生んだ特攻。特攻に生き残った者たちが証言するその真実とは。航空特攻から人間機雷、海上挺進特攻まで網羅する貴重な証言集。写真・図版多数。

と-27-2

（　）内は解説者。品切の節はご容赦下さい。

保阪正康
**瀬島龍三**
参謀の昭和史
太平洋戦争中は大本営作戦参謀、戦後は総合商社のビジネス参謀、中曾根行革では総理の政治参謀。激動の昭和時代を常に背後からリードしてきた実力者の六十数年の軌跡を検証する。
ほ-4-3

堀　栄三
**大本営参謀の情報戦記**
情報なき国家の悲劇
太平洋戦争中は大本営情報参謀として米軍の作戦を次々と予測的中させて名を馳せ、戦後は自衛隊情報室長を務めた著者が稀有な体験を回顧し、情報に疎い組織の欠陥を衝く。（保阪正康）
ほ-7-1

松本清張
**日本の黒い霧**（上下）
占領下の日本で次々に起きた怪事件。権力による圧迫で真相は封印されたが、その裏には米国・GHQによる恐るべき謀略があった。一大論議を呼んだ衝撃のノンフィクション。（半藤一利）
ま-1-97

松本清張
**昭和史発掘**　全九巻
厖大な未発表資料と綿密な取材で、昭和の日本を揺るがした諸事件の真相を明らかにした記念碑的作品。「芥川龍之介の死」「五・一五事件」「天皇機関説」から、「二・二六事件」の全貌まで。
ま-1-99

柳田邦男
**零式戦闘機**
太平洋戦争における日本海軍の主力戦闘機であった零戦。外国機を凌駕するこの新鋭機開発に没頭した堀越二郎を中心とする若き技術者の足跡を描いたドキュメント。（佐貫亦男）
や-1-1

山本七平
**私の中の日本軍**（上下）
自己の軍隊体験をもとに日本軍についての誤解や偏見をただし、さまざまな〝戦争伝説〟〝軍隊伝説〟をくつがえした名著。鋭い観察眼と抜群の推理力による冷静な分析が光る。
や-9-1

山本七平
**一下級将校の見た帝国陸軍**
「帝国陸軍」とは何だったのか。すべてが規則ずくめで大官僚機構ともいえる日本軍隊を、北部ルソンで野砲連隊本部の少尉として惨烈な体験をした著者が、徹底的に分析追究した力作。
や-9-5

湯浅　博
歴史に消えた参謀
## 吉田茂の軍事顧問　辰巳栄一
戦前は、英米派として対米開戦派と戦い、戦後は吉田茂とともに陸上自衛隊の礎を築いた男。彼の武器は情報（インテリジェンス）だった！　名参謀の姿が鮮やかに蘇る！　（中西輝政）
ゆ-11-1

吉村　昭
## 海軍乙事件
昭和十九年、フィリピン海域で連合艦隊司令長官、参謀長らの乗った飛行艇が遭難した。敵ゲリラの捕虜となった参謀長が所持していた機密書類の行方は？　戦史の謎に挑む。（森　史朗）
よ-1-45

半藤一利・宮崎　駿
半藤一利と宮崎駿の
## 腰ぬけ愛国談義
最後の長編作品『風立ちぬ』を作り終え、引退を決めた宮崎駿が敬愛する半藤一利にだけ語った7時間強。ふたりの昭和史観や漱石愛、日本のこれから……。完全収録した文庫オリジナル。

G-3-2

イアン・トール（村上和久 訳）
## 太平洋の試練　真珠湾からミッドウェイまで（上下）
ミッドウェイで日本空母四隻が沈み、太平洋戦争の風向きは変わった――。米国の若き海軍史家が、〝日本が戦争に勝っていた百八十日間〟を、日米双方の視点から描く。米主要紙絶賛！

ト-5-1

アンネ・フランク（深町眞理子 訳）
## アンネの日記
増補新訂版
オリジナル、発表用の二つの日記に父親が削った部分を再現した〝完全版〟に、一九九八年に新たに発見された親への思いを綴った五ページを追加。アンネをより身近に感じる〝決定版〟。
フ-1-4

アンネ・フランク（中川李枝子 訳）
酒井駒子 絵
## アンネの童話
アンネは童話とエッセイを隠れ家で書き遺していた。「パウラの飛行機旅行」など、どの話にも胸の奥から噴出したキラリと光るものがある。新装版では酒井駒子の絵を追加。（小川洋子）
フ-1-5

高木俊朗
## 陸軍特別攻撃隊（全三冊）
陸軍特別攻撃隊の真実の姿を、隊員・指導者らへの膨大な取材と、手紙・日記等を通じて描き尽くした記念碑的作品。特攻隊を知るために必読の決定版。菊池寛賞受賞作。（鴻上尚史）
歴-2-31

（　）内は解説者。品切の節はご容赦下さい。

寺崎英成　マリコ・テラサキ・ミラー　編著
**昭和天皇独白録**
雑誌文藝春秋が発掘、掲載して内外に一大反響をまきおこした昭和天皇最後の第一級資料ついに文庫化。天皇が自ら語った昭和史の瞬間。（解説座談会／伊藤隆・児島襄・秦郁彦・半藤一利）
て-4-1

友納尚子
**皇后雅子さま物語**
令和の皇后となられた雅子さま。ご成婚時の輝くような笑顔はなぜ失われたのか。お世継ぎ問題と適応障害の真相は。痛みを知るからこそ強く歩まれる、その半生を徹底取材した決定版。
と-22-2

渡邊満子
**上皇后陛下美智子さま 心のかけ橋**
なぜ他の誰でもなく美智子さまが、皇后という「使命」を生きてくださったのか。初めて明かされる「御心の軌跡」。皇室取材二十五年の映像プロデューサーが綴る珠玉の秘話が満載。
わ-23-1

美智子
**橋をかける**
子供時代の読書の思い出
美智子さまが自らの少女時代の読書について語られた講演を、ご成婚50周年、文春文庫創刊35周年記念の特装版として刊行。本を読む喜びを語り、子供たちに希望と平和を願う祈りの本。
特-1-1

江藤　淳
**新編 天皇とその時代**
日本人にとって天皇とは何か。戦後民主主義のなか、国民統合の象徴たらんと努めてきた昭和天皇の姿を、畏敬と感動を込めて語る。新編では次代の皇室への直言を加えた。（平山周吉）
歴-2-35

佐野恵作（梶田明宏　編）
**昭和天皇の横顔**
宮内省幹部として「終戦の詔書」を浄書し、その夜の「宮城事件」を経験した著者による、終戦前後の宮中の貴重な記録と、昭和天皇ご一家の素顔。初の文庫化。（梶田明宏）
歴-2-39

E・G・ヴァイニング（小泉一郎　訳）
**皇太子の窓**
戦後まもなく、当時の皇太子の英語家庭教師となったヴァイニング夫人が、ともに過ごした日々を瑞々しく綴った回想録。敗戦後の日本の風景も浮かび上がる。（保阪正康）
雑-3-14

御厨 貴
**政党政治はなぜ自滅したのか？**
さかのぼり日本史
国民の期待を背負って誕生した政党政治はなぜ自壊したのか。軍の台頭を招いた政党政治はなぜ失敗したのか。4つの歴史的ターニングポイントから政党政治の失敗の原因を解明する。
み-56-1

峯村健司
**宿命 習近平闘争秘史**
腐敗撲滅で政敵を排除、国家主席の任期も撤廃した習近平。中国共産党の深奥を徹底取材し、〝終身皇帝〟の宿命を背負いし男の真実に迫る。エズラ・ボーゲル独占インタビューを特別収録。
み-57-1

村上春樹
**約束された場所で**
underground 2
癒しを求めた彼らが、なぜ救いのない無差別殺人に行き着いたのか。オウム信者、元信者へのインタビューと河合隼雄氏との対話によって、現代の心の闇を明らかにするノンフィクション。
む-5-4

森 絵都
**おいで、一緒に行こう**
震災後、福島原発20キロ圏内に取り残されたペットたち。その命を救出すべく無人地帯に潜入したのは女たちだった。人知れず動物レスキューに取り組む人々を描くノンフィクション。
も-20-8

森 功
**悪だくみ**
「加計学園」の悲願を叶えた総理の欺瞞
「忖度」で済ませてはいけない！　安倍政権を象徴する加計学園問題を、アメリカ留学時代の「腹心の友」にさかのぼり、複雑な利権構造から解き明かす。大宅賞受賞作。（石井妙子）
も-26-2

森 健
**「つなみ」の子どもたち**
作文に書かれなかった物語
感動の作文集『つなみ』から生まれた7つの家族の喪失と再生の物語。子どもたちは「書くこと」で、平成最大の災害をどう乗り越えたのか。大宅賞受賞作。（細谷亮太）
も-30-1

柳田邦男
**空白の天気図**
昭和二十年九月、原爆により行政も通信も壊滅していた広島を超大型の枕崎台風が襲った。二重災害の悲劇と広島気象台員の苦闘の全貌を掘り起こした傑作ノンフィクション！（鎌田 實）
や-1-20

（　）内は解説者。品切の節はご容赦下さい。

山崎朋子
## サンダカン八番娼館
近代日本の底辺に生きた女性たち〝からゆきさん〟をたずね、その胸底に秘めてきた異国での体験を丹念に取材した大宅賞受賞作。『サンダカンの墓』も収録する「底辺女性史」の決定版。

や-4-8

野上孝子
## 山崎豊子先生の素顔
現代のタブーに迫り、戦争と平和を問い続けた国民的作家・山崎豊子。その素顔と創作の現場を、五十二年間一心同体で支えた秘書が明かす回想録。「文藝春秋読者賞」受賞作に大幅加筆。

や-22-10

安武信吾・千恵・はな
## はなちゃんのみそ汁
毎朝、早起きしてみそ汁をつくること――それが癌で逝った三十三歳の母と五歳の娘・はなちゃんとの「約束」だった。静かな感動に満ちた家族の物語、待望の文庫化。（竹下和男）
や-59-1

山崎まゆみ
## 女将は見た　温泉旅館の表と裏
温泉旅館に行くと笑顔で出迎えてくれる女将とは一体どんな仕事なのか。一日密着取材、本音炸裂の匿名座談会や、経費削減の知恵、湯治場の恋、混浴の掟など数々のエピソードが満載。

や-74-1

吉村　昭
## 三陸海岸大津波
明治二十九年、昭和八年、昭和三十五年。三陸沿岸は三たび大津波に襲われ、人々に悲劇をもたらした。前兆、被害、救援の様子を、体験者の貴重な証言をもとに再現した震撼の書。（髙山文彦）
よ-1-40

吉村　昭
## 関東大震災
一九二三年九月一日、正午の激震によって京浜地帯は一瞬にして地獄となった。朝鮮人虐殺などの陰惨な事件によって悲劇は増幅される。未曾有のパニックを克明に再現した問題作。

よ-1-41

横田増生
## ユニクロ帝国の光と影
大型旗艦店を続々開き、世界に覇を唱えるユニクロ。だがその経営哲学は謎に包まれている。創業者・柳井正の栄光と蹉跌とは。グローバルな取材で炙り出す本当の柳井正とユニクロ。

よ-32-1

（　）内は解説者。品切の節はご容赦下さい。

横田増生
**ユニクロ潜入一年**
柳井社長の「うちの会社で働いてどういう企業なのかぜひ体験してもらいたい」という言葉を招待状と受け止め、潜入を決意。離婚して名前まで変えて挑んだ潜入ルポの傑作！（鎌田　慧）
よ-32-2

渡辺一史
**こんな夜更けにバナナかよ**
筋ジス・鹿野靖明とボランティアたち
自分のことを自分でできない生き方には、尊厳がないのだろうか？　介護・福祉の現場で読み継がれてきた大宅壮一ノンフィクション賞・講談社ノンフィクション賞受賞作。（山田太一）
わ-18-1

「文藝春秋」編集部　編
**私は真犯人を知っている**
未解決事件30
下山事件からライブドア事件まで戦後を彩る三十の未解明事件。足利事件を追う気鋭の記者のルポ、そして検察による冤罪に立ち向かった元厚労省局長の村木厚子さんの手記も収録。
編-2-44

レザー・アスラン（白須英子　訳）
**イエス・キリストは実在したのか？**
イエスは平和と愛を説いた救世主ではなく、武力行使も辞さない革命家だった。「聖書」からどんな史実が落とされ、何が創作されたのか。イスラーム教徒による実証研究。（若松英輔）
ア-12-1

クリスティー・ウィルコックス（垂水雄二　訳）
**毒々生物の奇妙な進化**
読めば読むほど〝毒々生物〟に夢中になる禁断の書！　猛毒生物たちの驚くべき生態を解き明かすべく時には自ら刺され、嚙まれる科学者たちを、ユーモラスに描く。（今泉忠明）
ウ-24-1

ジェイコブ・ソール（村井章子　訳）
**帳簿の世界史**
メディチ家の繁栄、スペインの没落、フランス革命、アメリカ独立戦争、大恐慌……。歴史の裏には全て、帳簿を駆使する会計士がいた！　気鋭の歴史家が初めて紐解く。（山田真哉）
S-22-1

（　）内は解説者。品切の節はご容赦下さい。

藤原正彦・藤原美子
**藤原正彦、美子のぶらり歴史散歩**
藤原正彦・美子夫妻と多磨霊園、番町、本郷、皇居周辺、護国寺、鎌倉、諏訪を散歩すると、普段は忙しく通り過ぎてしまう街角に近代日本の出来事や歴史上の人物が顔をのぞかせる。
ふ-26-4

本郷和人
さかのぼり日本史
**なぜ武士は生まれたのか**
「武士」はいかにして「朝廷」と決別し、真の統治者となったのか。歴史を決定づけた四つのターニングポイントから、約六百五十年間続く武家政権の始まりをやさしく解説。
ほ-25-1

松本清張
**私説・日本合戦譚**
菊池寛の『日本合戦譚』のファンだった松本清張が、「長篠合戦」「川中島の戦」「関ヶ原の戦」「西南戦争」など、戦国から明治まで天下分け目の九つの合戦を幅広い資料で描く。　（小和田哲男）
ま-1-112

宮部みゆき・半藤一利
**昭和史の10大事件**
歴史探偵と作家の二人は、なんと下町の高校の同窓生(30年違い)。二・二六事件から東京裁判、金閣寺焼失、ゴジラ、宮崎勤事件、日本初のヌードショーまで硬軟とりまぜた傑作対談。
み-17-51

宮城谷昌光
**中国古典の言行録**
中国の歴史と文化に造詣の深い作家が、論語、詩経、孟子、老子、易経、韓非子などから人生の指針となる名言名句を選び抜き、平明な文章で詳細な解説をほどこした教養と実用の書。
み-19-7

三浦佑之　訳・注釈
**口語訳　古事記**
神代《かみよ》篇
記紀ブームの先駆けとなった三浦版古事記が文庫に登場。語り部による親しみやすい口語体の現代語訳で、おおらかな神々の物語をお楽しみ下さい。詳細な注釈、解説、神々の系図を併録。
み-32-1

三浦佑之　訳・注釈
**口語訳　古事記**
人代《ひとよ》篇
神代篇に続く三十三代にわたる歴代天皇の事績と皇子や臣下の物語。骨肉の争いや陰謀、英雄譚など「人の代の物語」を御堪能下さい。地名・氏族名解説や天皇の系図、地図、索引を併録。
み-32-2

（　）内は解説者。品切の節はご容赦下さい。

海部陽介
**日本人はどこから来たのか？**
遠く長い旅の末、人類は海を渡って日本列島にやって来た。徹底的な遺跡データ収集とDNA解析、そして古代の丸木舟を再現した航海実験から、明らかになる日本人の足跡、最新研究。
か-77-1

近藤紘一
**サイゴンから来た妻と娘**
戦火のサイゴンで子連れのベトナム女性と結婚した新聞記者が、家庭内で起こる小事件を通してアジア人同士のカルチャーギャップを軽妙に描く。大宅賞受賞作品。　（井尻千男）
こ-8-1

井上　靖・司馬遼太郎
**西域をゆく**
少年の頃からの憧れの地へ同行した二大作家が、興奮も覚めやらぬままに語った、それぞれの「西域」。東洋の古い歴史から民族、そしてその運命へと熱論ははてしなく続く。　（平山郁夫）
し-1-66

司馬遼太郎・陳　舜臣
**対談　中国を考える**
古来、日本はこの大国と密接な関係を保ってきた。「近くて遠い国」中国をどのようにとらえるべきか、我が国のとるべき立場を歴史の大家が論じつくした中国論、日本論。　（山内昌之）
し-1-137

東山彰良
**ありきたりの痛み**
幼いころ過ごした台湾の原風景、直木賞受賞作のモデルになった祖父の思い出、サラリーマン時代の愚かな喧嘩、そして愛する本と音楽と映画のこと——作家の魂に触れるエッセイ集。
ひ-27-1

與那覇　潤
**中国化する日本　増補版**
日中「文明の衝突」一千年史
中国が既に千年も前に辿りついた境地に、日本は抗いつつも近づいている。まったく新しい枠組みによって描かれる興奮の新日本史！　宇野常寛氏との特別対談収録。
よ-35-1

楊《よう》　海英《かいえい》
**逆転の大中国史**
ユーラシアの視点から
「中華は漢民族の国」、は幻想だ。多彩な民族が入り乱れて文化を発展させてきた真の歴史を見よ。南モンゴル出身の気鋭の文化人類学者が、中国史の常識を覆す。　（川勝平太）
よ-39-1